Même dans sa jeunesse

DU MÊME AUTEUR

AUX ÉDITIONS HÉLOÏSE D'ORMESSON

D'Anvers est contre tous, 2022.

AUX ÉDITIONS DE L'ARBRE VENGEUR

Vu d'en bas, 2019.

Julien Cridelause
Même dans sa jeunesse

Roman

Éditions Héloïse d'Ormesson

L'auteur a bénéficié d'une aide
de la région Nouvelle-Aquitaine
pour ce roman

ISBN 978-2-35087-941-3

Éditions Héloïse d'Ormesson
92 avenue de France, 75013 Paris
www.editions-heloisedormesson.com

À Nicole B.

Elle a voyagé avec la lenteur imperturbable
d'un changement de saison

Lumière d'août, William Faulkner

Even in his youth he was nothing
Kept his body clean going nowhere
Daddy was ashamed he was nothing
Smears the family name he was something

Even in his youth, Nirvana

Lilian Chapelet était un assassin, une brute sur crampons qui n'était là que par goût pour le sang et le doux tintement des fractures ouvertes, et lorsque je le vis fondre sur moi depuis ses cages, ses gros jarrets roses et velus labourant les quelques mètres de terrain qui nous séparaient, je me dis qu'il me restait peu de temps pour savoir si je voulais commencer cette nouvelle saison avec une patte folle, une dentition ajourée, foudroyé en plein vol comme lors du duel Battiston/Schumacher de triste mémoire, ou m'en tirer sain et sauf physiquement, mais avec une bonne entaille à mon amour-propre.

De l'eau avait coulé sous les ponts, mais mon père, qui s'époumonait et gesticulait depuis la ligne de touche pour me faire comprendre ses instructions farfelues, n'avait toujours pas digéré, neuf ans après, ce *blitz* indigne du boucher de Séville lors de la Coupe du monde 1982, qu'il considérait comme une déclaration de troisième guerre mondiale. « Le nez ! Le nez, David ! Ça saigne de suite, il y verra que dalle ! Coude, nez, c'est pas compliqué ! » Il espérait chaque week-end, depuis mes balbutiements de poussin, que j'aurais les épaules assez larges pour venger cette injustice faite à la nation, même si le gardien d'en face venait du village voisin et avait pour seul tort d'avoir pris allemand en première langue. Rien ne m'aurait fait plus plaisir que d'assouvir la vengeance paternelle, d'autant plus que ce Lilian jouait souvent des prolongations agressives dans la cour du lycée, cherchant des noises à la moitié des élèves qui croisait son chemin, mais je me contentai d'un refus d'obstacle et d'une passe piteuse à l'arrière qui nous fit rapidement perdre la balle. Cette décision repoussa aux calendes mon quart d'heure de gloire et de fierté filiale. « Alors Barone ? On les a eues à zéro ? Ha ! » J'entendais déjà les conciliabules sarcastiques de mes coéquipiers, les allusions à peine voilées de mes camarades de classe le lendemain, ainsi que les reproches et le laïus à grand renfort de métaphores guerrières que ne manquerait pas de me faire le vieux sur le chemin du retour. La silhouette de mon père – masque funèbre tavelé d'amertume, yeux mouillés d'affliction, cœur hors de sa boîte, bras ballants jusqu'aux genoux et dos voûté par le poignard saillant entre ses deux omoplates –, que je croisais furtivement en redescendant comme un dératé vers la défense, me fit regretter de ne pas avoir perdu un os dans la bataille. Qu'est-ce qui m'avait pris ? Il était un peu prématuré de le tuer. Les lois qui régissaient les relations père-fils étaient pourtant gravées dans la roche depuis la nuit des temps. Mieux valait aller au casse-pipe que de contrarier ses attentes et de subir ses aigreurs monotones pour le reste de mon existence.

Mi-temps. 1-0 pour l'équipe adverse. À peine le cul sur le banc, les premières vannes fusèrent. Pas trop vaches, la plupart des types sachant déjà au fond d'eux qu'ils étaient figurants depuis quarante-cinq minutes et que j'avais créé la seule piqûre d'adrénaline de ce laborieux début de match. « Dis-donc, David contre Goliath, ça se terminait pas par David qui se tire une pierre dans le pied et qui détale aussi sec dans mes souvenirs ? » Heureusement, le coach avait eu la bonne idée d'obliger la horde de parents frustrés à assister au match aux antipodes des vestiaires et avait tracé une ligne de démarcation à ne pas franchir, pour éviter de se faire rebattre les oreilles par ces fins stratèges du dimanche. Les pères en survêtement qui bombaient leur bedaine plus que leur torse, les mères qui vantaient leurs talents culinaires comme source magique des exploits sportifs de leurs rejetons. Et le mien, dans un style tout personnel, qui courait autant que moi et crachait ses poumons le long de la ligne blanche.

Ce n'était un secret pour personne. Je n'aimais ni le foot ni les footballeurs. Mais après mes carrières fulgurantes de judoka, de jockey et de nageur – le temps d'acheter les panoplies –, le ballon rond était ce qui avait continué à tourner. Je m'investissais un minimum. J'allais aux entraînements, aux compétitions sans broncher, mais je n'en faisais pas une maladie comme certains. Je n'avais pas de héros, j'évitais les retransmissions des matchs, et quand j'y participais, je ne vibrais pas, n'exultais pas sur mon coin de canapé rabougri, et, par-dessus tout, je ne passais pas mon temps à hurler armé de ma télécommande et de mon verre de bière sur un tube cathodique à peu près inoffensif. En outre, je n'y comprenais pas grand-chose. Les débats sans fin sur les tactiques de jeu m'apparaissant aussi indispensables que celles du baby-foot. Je n'étais pas difficile pour autant. Je voulais bien faire ce qu'on me demandait. Le 4-4-2 classique, le losange, le 4-3-3. Mais au bout du compte, je n'étais pas plus qu'un chat qui manquait de souplesse, excité par une pelote de laine que d'autres chats du quartier convoitaient aussi. J'y voyais surtout du hasard, de la chance, de la science météorologique, pas plus. Le gardien plonge du bon côté, le gardien plonge du mauvais côté. Basta.

Monsieur Moustier, l'entraîneur, n'en savait sans doute pas beaucoup plus que moi. Il mettait de l'enthousiasme à tracer de son feutre sur son tableau des flèches, des points, des croix, des cercles, des ellipses, des arabesques qui se mordaient la queue. Le tout finissait invariablement par ressembler à une sorte de Jackson Pollock tardif, en plus abscons. Puis, l'écume aux lèvres, au moment de contempler son œuvre et de reboucher son escadrille tricolore de Velleda, son meilleur conseil tombait : « Mettez la balle au fond du filet, putain de moine ! » Au signal, nous remontions nos chaussettes, faisions claquer les élastiques de nos maillots trempés de sueur, puis nous avancions vers la sortie tout en feignant par quelques rebonds erratiques, alors que nous étions les mêmes pauvres types qu'un quart d'heure plus tôt, le second souffle qui nous mènerait forcément à la victoire.

Le terrain était le même lui aussi, mais tirait peut-être un peu plus vers le jaune paille dans une lumière qui sentait les premiers feux de l'automne. Il y eut une légère clameur à notre passage, suivie de deux ou trois applaudissements mous, puis un « Utilisez plus vos couilles que votre cerveau ! » venant d'une zone non identifiée des tribunes. Je me replaçai en petites foulées à mon poste – milieu offensif aux coudées franches, attaquant qui s'ignore – suivant les gribouillages de Moustier. Mon père avait repris des couleurs. Il se tapait les cuisses pour se redonner du courage, et aussi se fouetter le sang pour le prochain marathon qui l'attendait. Le coup de sifflet de l'arbitre retentit, et c'était reparti pour la pelote de laine.

Elle m'arriva assez rapidement dessus après une passe approximative de Bagieu – un maigrichon au maillot trop grand qui claquait dans sa course comme les voiles d'une goélette en pleine tempête –, qui prêtait une attention toute relative à la couleur que je portais et semblait plutôt se débarrasser d'un colis piégé auprès du premier venu. J'étais rapide, pas trop manchot la balle au pied, ce qui m'avait valu ce poste, et je mis dans le vent assez facilement les deux bourrins en première ligne. J'entendis mon père sonner bruyamment l'hallali depuis l'autre bout du terrain alors que j'étais encore à dix mètres de la surface de réparation et qu'il restait deux cerbères en culottes courtes à effacer, sans compter les quatre-vingt-dix kilos de bidoche dans les buts. L'un me facilita la tâche en se sabordant dans un jeté de crampons peu réglementaire qui se termina en une belle gerbe de mottes de gazon. L'autre, plus coriace, m'hameçonna de ses gros doigts au maillot, bien à l'abri du regard de l'arbitre amateur qui avait du mal à tenir la distance. C'était le moment de vérité. Nous allions enfin savoir de quel côté la chance allait basculer. La respiration sibilante et heurtée de taureau avant l'estocade que je sentais dans ma nuque me fit rapidement comprendre que le grand Sachem du ballon rond n'avait pas pourvu mon antagoniste d'une cage thoracique compétitive. Il décrocha sur mon dernier changement de tempo, et je fonçais de nouveau vers l'armoire à glace que j'avais refusé d'affronter plus tôt. Les encouragements de mon père, qui n'étaient plus qu'un orage lointain, furent remplacés par le bourdonnement du sang à mes tempes. Chapelet ouvrit grand les bras et j'eus l'impression, dans les tremblements du décor et les saccades de couleurs qui se confondaient sous mes yeux remplis de sueurs, que son envergure allait m'avaler en une seule bouchée. Puis les mots vinrent se télescoper en rafale dans mon crâne. *Coude. Nez. Coude. Coude. Nez.* Arrivé à sa hauteur, je pivotai sur moi-même, balançai une roulette pour le désorienter et épater la galerie, et alors qu'il refermait ses tentacules, je me déployai pour reprendre mon équilibre face aux cages, en lui balançant au passage un formidable coup de coude en plein milieu de la tronche. J'entendis un craquement et une sorte de bruit mouillé juste avant d'armer mon tir du pied gauche et de mettre, putain de moine, le ballon au fond des filets.

Le long silence qui suivit était très éloigné des fanfares criardes de triomphe qui résonnaient à ce moment-là dans ma tête, et je mis un certain temps à m'apercevoir que le carton qu'agitait avec rage l'arbitre était sensiblement assorti au flot de sang qui dégoulinait du visage boursouflé de Lilian Chapelet. Les trompettes de la renommée se mirent en sourdine, remplacées petit à petit par le vacarme extérieur. J'observais, depuis mon piédestal à la dérive, la belle harmonie et l'ordre qui régnaient jusque-là hors du terrain se casser la gueule. Les tribunes fuyaient de toutes parts, les parents et les supporters franchissaient impunément la ligne imaginaire du coach. Je cherchai du regard mon père dans ce flou peu artistique, et aperçus son crâne ovoïde, strié de quelques souvenirs de cheveux noirs, et ses petits poings qui moulinaient dans l'air au-dessus de la mêlée, pour expliquer aux pauvres malheureux qui ne l'auraient pas encore compris, que je venais par mon geste olympien de laver dans le sang l'honneur de tout un pays. J'échappais, de mon côté, toujours grâce à mon jeu de jambes, à un ou deux coups fourrés des coéquipiers de Lilian qui, profitant du chaos, s'étaient munis de leur casque de scooter pour se lancer dans une expédition punitive. Je slalomai entre les échauffourées, évitant ici une manchette, là un croche-pied, tout en peinant à déterminer si j'étais en territoire ami ou ennemi. Le coup de sirène strident de la voiture de gendarmerie mit tout le monde d'accord et ramena un semblant de paix. Après la désertion du champ de bataille, le but fut invalidé, et la victoire accordée à l'équipe adverse par l'arbitre déconfit, qui tâtait en grimaçant l'ecchymose qui bleuissait sous son œil.

Dans les douches, tout le monde regardait ses pieds et les coulées d'eau, teintées de terre, de savon et de sang mêlés, qui disparaissaient dans les bondes. Les blagues ne fusaient plus, les mines étaient fermées, les lignes de sourcils tortueuses, et nous nous offrions nos épaules légèrement voûtées en guise de paravent, derrière lesquelles nous ruminions nos pensées et léchions nos blessures en silence. Je passai des vêtements propres qui sentaient le fraîchin et regagnai la civilisation.

À la sortie du vestiaire, monsieur Moustier me lança un regard vitreux, les paumes de main tournées vers le ciel. « Nom de Dieu ! Qu'est-ce qui t'a pris, David ? Tu l'avais. C'était un boulevard, tu le gagnais de vitesse. » Je restai là sans rien dire. Au bout d'un moment, il balaya l'air devant lui, comme s'il voulait brouiller le reflet d'un souvenir désagréable, avant de tourner les talons en portant sur son dos toute la misère du monde et le sac de maillots souillés.

Mon père m'attendait sur le parking, les bras croisés, appuyé contre sa Renault 5 bleu marine. Il avait rediscipliné sa touffe de cheveux et rentré à la va-vite les pans de sa chemise. « Tu veux conduire ? » me proposa-t-il. J'acquiesçai et attrapai les clefs qu'il me lança au vol.

Les odeurs de l'habitacle étaient des échantillons en boîte de celles de mon père. After-shave, tabac, marée, café avec une touche finale de senteur pin moribonde, qui venait du petit arbre magique qui pendait au rétroviseur intérieur, et dont nous recevions quelques bouffées fantomatiques lors des dodelinements de la carcasse de la voiture dans les virages. On se contenta tous les deux de regarder la route et le paysage monotone des rangs serrés de vignes et d'arbres qui roussissaient. Puis mon père enclencha l'allume-cigare et tourna le bouton de l'autoradio. Il alluma sa cigarette et exhala lentement le petit nuage opaque de sa Gitane, qui glissa sur le pare-brise et finit par stagner au-dessus de nos têtes.

« Ils sont pas croyables. Ne plus fumer dans les lieux publics ? Conneries ! Ils veulent nous changer en robots serviles, comme dans ce film avec la montagne de muscles et sa coupe de balai de chiotte.

– Il n'y a que toi, papa, pour établir un parallèle entre *Terminator* et un problème de santé publique.

– Santé publique ? Qu'ils restent chez eux dans leur sanatorium et s'occupent de leur petite santé. Et qu'ils prennent les végétariens avec eux. Mon grand-père chiquait, fumait et s'hydratait au picrate. Il est mort à quatre-vingt-douze ans dans son sommeil.

– À propos de santé publique, tu me laisses conduire une voiture sans permis, alors que je pourrais être autonome, si tu vois ce que je veux dire. Ça te ferait des vacances.

– J'ai juré sur la tombe de ta mère que je t'achèterais jamais un de ces engins de mort. Hors de question. Ton vélo prend la poussière au garage. Ça, c'est bon pour la santé, non ?

– La plupart de mes amis...

– Si les parents de la plupart de tes amis veulent se débarrasser de leur progéniture, grand bien leur fasse ! Je te garde sain et sauf jusqu'à tes dix-huit ans, après, ce sera plus de mon ressort. J'aurai fait mon boulot. Tu pourras même jouer à la roulette russe, si ça te chante.

– Ou me mettre à fumer. »

Il monta le volume de la radio. Un chanteur nous hurlait dans les oreilles, avec un falsetto surprenant, qu'il voulait mourir malheureux. J'essayai de me faire entendre au milieu de ces suppliques désespérées. « On va parler du match ? » Il jeta son mégot par la fenêtre et coupa la chique au castrat. « Qu'est-ce qu'il y a à en dire ? C'était bien joué, tu avais fait quatre-vingt-dix-huit pour cent du travail, mais tu t'es fait prendre. Point barre.

– Bien joué ? J'ai assommé ce type pour marquer un but.

– C'est le jeu. Maradona s'est fait piquer quelquefois. Et l'autre, cet enfoiré de nazi, s'en est tiré à bon compte. C'est de la loterie. Chapelet l'a mérité, c'est un crétin. Son père aussi. Je regrette pas de lui avoir fait bouffer sa casquette. Et puis, sans tes cheveux longs qui te ralentissent, tu aurais pu la jouer à la loyale.

– Carlos Valderrama ne serait pas d'accord avec toi.

– Dans l'équipe de l'armée, avec ma boule à zéro, personne ne pouvait suivre.

– C'est reparti avec le service militaire, la plus belle période de ta vie.

– Moque-toi, tiens. Ça forge un homme, tu verras. Une année incroyable. Il paraît qu'ils veulent le sucrer. Des robots et des chiffes molles, je te dis. Tu sais, j'aurais pu partir en caserne à Papeete, puis j'ai rencontré ta mère. Ma vie aurait été différente. »

Il dégaina une nouvelle cigarette du paquet qui dépassait de sa pochette de chemise, l'humecta du bout des lèvres, puis se ravisa, comme tout à coup découragé par l'effort et le cérémoniel que cela demandait – ou peut-être cueilli par l'apparition soudaine, au bord d'un pré de vaches circonspectes, du mirage de son rendez-vous manqué avec une vie rêvée à marcher au pas de l'autre côté du monde, sur des îles azurées.

Sur le reste du trajet, je serrai les fesses aux carrefours dépourvus d'indices patents de signalisation, ainsi que devant les assauts des tracteurs pachydermiques qui m'assaillaient, tandis que la radio favorite de mon père égrenait ses tubes caducs et comblait les blancs entre mes haut-le-cœur. Le rock, le yéyé, le disco, quelques francs-tireurs de la chanson française qui reconstituaient dans le désordre la mosaïque intime d'Antoine Barone, pêcheur de son état, mon père.

Il se mit à fredonner, baissant par inadvertance la garde de sa bougonnerie routinière. Il était désarmant de voir ce bout d'homme sec, ce bloc de nerfs à la peau tannée par les embruns et au timbre tabagique, doubler les refrains échevelés d'un Bee Gees ou d'un Patrick Juvet.

Notre maison était une sorte de forteresse de lotissement, flanquée d'une grosse maison à tour carrée et ceinte par une inextricable rangée verte de lauriers. Elle culminait à l'entrée d'un chemin pentu qui descendait vers des champs en bord de Garonne, sur lequel, allongé à plat ventre sur un skateboard, j'avais éprouvé mon courage et entretenu mes croûtes aux genoux, aux coudes et parfois au menton. Je me faufilai dans l'allée, accueilli comme d'habitude par les aboiements du gros berger belge du voisin, et coupai le moteur.

« Je repars demain, pour trois ou quatre jours.

– Tu crois que les poissons se sont refait une santé ?

– Il faut l'espérer. Les filets ont tendance à s'alléger. Bientôt, on cherchera tous notre baleine blanche. Tu ne m'accompagnerais pas ?

– Papa, j'ai lycée.

– Moi, ce que j'en dis : plus tôt tu travailles, mieux c'est. Ton grand-père était sur le pont à ton âge. Je ne suis pas un de ces pères à espérer des études jusqu'à ce que mort s'ensuive. Je sais que c'est la mode. Le fils Salomon a vingt-cinq balais et vit toujours chez papa maman. À cause de sa prétendue thèse.

– Je ne sais pas encore ce que je vais faire de ma vie, mais la pêche n'est pas en haut de ma liste.

– Ouais. Dieu seul sait ce qu'il y a sur cette liste. »

Il attrapa les clefs sur le contact et s'extirpa péniblement de la voiture, dont les amortisseurs couinèrent leur soulagement. « Ta mère adorait cette guimbarde, je me demande bien pourquoi. Et pourquoi moi, je garde ce tas de rouille ambulant. » Il passa ses doigts sur les craquelures de peinture de la portière. « Bref, si t'as besoin de quelque chose pendant mon absence, tu iras voir ton oncle. Je vais faire ma sieste. Il doit rester quelques merlans au frigo, tu te débrouilles ? » Il n'attendit pas ma réponse et disparut dans la maison en massant ses propres craquelures.

J'entrai à mon tour et m'assis un moment, à écouter la musique familière de la maison, accoudé au comptoir de la cuisine. J'ouvris le frigo, mais fus peu emballé par les regards en coin des merlans par encore frits qui scintillaient dans leur sarcophage de polystyrène. Je grimpai dans ma chambre sans manger, au sommet de l'unique tour de la maison. Par la fenêtre, j'avais une vue imprenable sur les vignobles, les sinuosités du fleuve sédimenteux, qui s'ocrait à certaines heures de la journée, les taches blanches de calcaire des coteaux et, au loin, sur un point de fuite de l'horizon, l'observatoire qui ressemblait à une balle de golf sur son tee.

Malgré mes dix-sept ans bien sonnés, ma chambre restait prise dans les strates de l'enfance. Murs et moquette d'un bleu garçon délavé, petites voitures et peluches empoussiérées sur des étagères, une collection de porte-clefs en perdition et, au milieu de la pièce, mon lit, dans lequel je me sentais à l'étroit depuis quelques poussées de croissance. Une flopée de posters punaisés à la va-vite détonnaient dans le décor et essayaient de se frayer un chemin vers l'adolescence, mais sans grande conviction. Un morceau de choix de Pamela Anderson par-ci, des groupes de rock enchaînant les poncifs, entre langues tirées et majeurs dressés, par-là. Une réplique coréenne de Fender Stratocaster et un ampli quinze watts qui attendaient d'être maltraités par mes soins.

Je me tordis le cou sur les tranches de cassettes audio empilées sur ma table de nuit. Passai les couches des Doors, des Kinks, et optai pour un Pink Floyd. Je l'enfournai dans le ventre de ma chaîne hi-fi, puis m'allongeai sur mon lit. *Time* et ses horloges, les pulsations de la batterie, les ondes profondes de Wurlitzer, de Farfisa et surtout du synthétiseur VCS3 me plongèrent directement dans le coton. Je m'endormis avant les premiers staccatos électriques de Gilmour.

Je me réveillai en pleine nuit, sur la salve de toussotements du moteur de la R5. Le réveil affichait trois heures du matin. Mon père partait pour son travail. Je me levai vite et allai à la lucarne de l'escalier pour l'apercevoir, comme je le faisais enfant d'aussi loin que je me souvienne, ahaner dans la pente jusqu'au panneau de stop. J'apercevais d'abord les faisceaux des phares qui tremblotaient sur l'asphalte noir et écoutais attentivement les râles spasmodiques et les feulements du moteur, à l'affût d'un raté. Arrivé poussivement au sommet, mon père sortait comme à son habitude son bras par la fenêtre et grattait de ses doigts le ciel étoilé pour me dire au revoir.

« NON MAIS JE T'ASSURE, BARONE ! Les personnages des pornos français des seventies pratiquaient un langage hyper soutenu comparé à maintenant. J'ai entendu du subjonctif imparfait. Tu te rends compte ? Du subjonctif imparfait ! »

Même en cherchant bien, on aurait eu du mal à trouver chez Alcibiade Hallström, un grand échalas blond d'un mètre quatre-vingt-dix aux cheveux filasse, la moindre parcelle de ressemblance avec le légendaire général athénien. Ni la beauté ni l'intelligence, et en le voyant peiner à faire rentrer de ses gros doigts maladroits la portion de tabac dans sa feuille de cigarette, on ne lui aurait pas donné dix minutes de survie sur un champ de bataille du Péloponnèse. Mais c'était mon meilleur ami depuis le jour où je lui avais ratiboisé la moitié de sa tignasse avec ma paire de ciseaux, sous les yeux effarés des assistantes maternelles. En outre, il était un fin exégète, autant que consommateur compulsif, de cinéma pornographique français, dont la pléthore de VHS échappait à la vigilance de sa mère grâce au faux plafond de sa chambre qui ployait dangereusement certains jours. Je l'avais retrouvé, comme chaque matin, devant le portail de la caserne de gendarmerie où il habitait. Le soleil en cette saison était déjà bien perché, mais caché par des cumulus qui prenaient des teintes irisées au-dessus de nos têtes. Nous marchions ensuite, lestés de nos sacoches militaires faisant office de cartables en bandoulière, sur le dernier kilomètre jusqu'à l'arrêt de bus du lycée, situé dans le bourg du village.

« Madame Guimard serait aux anges de voir que tu t'intéresses au subjonctif imparfait.

– Ah oui ? Tu crois que je devrais en parler à la prof de lettres ?

– Non, de la même façon que tu ne devrais pas parler au professeur d'histoire-géographie de *Salò ou les 120 Journées de Sodome*.

– Pourtant madame Guimard a quelque chose de Brigitte Lahaie, si tu vois ce que je veux dire. » Je perçus derrière le rideau fin de sa frange ses deux petits yeux bleus briller, et il caressa, comme chaque fois qu'il lançait une connerie, la balafre de son menton, vestige d'une blessure ancienne faite par un molosse qu'il avait pris pour une grosse peluche.

« Elle est un peu vieille pour toi.

– Tss-tss, l'amour n'a pas d'odeur, dit-il en reniflant le bout de ses doigts.

– Al, je ne suis pas sûr que ce soit la bonne expression – et tu es dégoûtant –, mais bizarrement, je la comprends. » Alcibiade lécha enfin le papier à cigarette du bout de la langue pour parachever son œuvre difforme. Il la leva vers le ciel, puis après un rapide examen, la dépiauta avec une grimace dans son paquet de tabac et recommença l'opération.

« *J'eus soudain le puissant désir qu'il me prît par le...*

– Ta gueule, le Suédois !

– Ohhh, t'es pas marrant depuis que t'es devenu le pourfendeur de pifs des stades. »

Il shoota dans un caillou et se mit à courir autour de moi, bras levés, dans un simulacre mou de danse de la victoire. Il s'arrêta au bout d'un tour et demi, hors d'haleine.

« Tu sais que ce gros con de Chapelet raconte à ses ouailles qu'il va te refaire le portrait ? Tu l'as bien arrangé. Il se balade avec son crucifix de sparadrap et d'attelles en travers du visage.

– Je crois qu'il devrait plutôt me remercier pour la chirurgie esthétique gratos.

– Les collègues de mon père nous ont raconté leur intervention en pleine bagarre générale. Il paraît que même les matrones se crêpaient le chignon.

– Ma foi, c'était plus vivant et intéressant que ce match de bras cassés.

– Chapelet raconte aussi que t'es cintré comme ta mère. »

Je m'arrêtai et le fixai dans le blanc des yeux, qui virait au jaune après une nouvelle nuit de visionnage forcené. Il détourna le regard, puis fit mine de chercher un brin de tabac coincé entre ses ratiches, dans un grand bruit de succion. « Enfin, faut être de toute façon cinglé pour courir après la baballe comme vous le faites. De vrais petits clebs.

– Des chats.

– Hein ?

– Laisse tomber. »

La lumière perça enfin à notre arrivée à l'arrêt de bus, poudrant doucement les tuiles de brique rouge des toits alentour. Miguel, le conducteur de bus, nous assaisonna des jurons de son pays natal pour notre retard. « On sait, Miguel, on sait, on est des *cabrones* de première, mais regarde la belle *garo* que je t'ai roulée. Une vraie beauté, j'y ai mis du cœur, de l'amour, même un peu de sensualité. Le petit Jésus en culotte de velours, ça marche pour une clope ? C'est la bonne expression ça, David ?

– Toujours pas, Hallström.

– Bon, ben, tenez chef, avec nos plates excuses et moult courbettes. »

Le chauffeur arracha à contrecœur la cigarette des mains d'Alcibiade et ferma les portes du bus en bougonnant dans sa barbe. « Un matin, je partirai sans vous. Fichez le camp au fond du bus *muy rapido*, je veux pas vous voir et pas vous entendre, les deux hippies. *Me rompes las pelotas*...

– Ça, ça veut dire qu'il nous aime, Barone ! »

On remonta l'allée centrale en cahotant, sous les brusques coups de volant de Miguel, qui voulait rattraper de précieuses minutes et tenait là sa petite vengeance sur les hippies retardataires. Le récit de mes prouesses du week-end avait déjà fait le tour du patelin, et j'eus un large éventail de réactions à mon passage entre les rangées de fauteuils. Des têtes baissées, des sifflets, des applaudissements disparates, une mini-ola des jumeaux Brisbart assortie de leurs gloussements de fouines habituels. Puis il y eut le dédain aristocratique de Nina de Banville, le nez et le menton hauts, ses billes d'antilope tournées vers la fenêtre qui reflétaient les teintes brunes de septembre.

Alcibiade s'allongea de tout son long sur les sièges du fond, yeux fermés, tête posée sur son sac rempli d'air. Puis il ouvrit un œil pour guetter ma réaction, tordit sa bouche en virgule pour souffler sur sa mèche blonde récalcitrante, et recroquevilla ses deux longues guiboles pour me laisser une place. « T'es un héros, mon pote, je te laisse le trône du milieu.

– J'ai plutôt l'impression que les avis sont partagés.

– Comme d'hab ! Tu vois, mes parents m'ont pas appelé Alcibiade pour rien, le type controversé, héros et traître à la fois, du coup, je peux être ce que je veux au gré du vent. Si ç'avait été Héraclès, j'aurais été obligé de filer droit. C'est pas une vie.

– Mmm, il avait ses failles lui aussi.

– Ouais, mais la peau de lion, ça m'irrite. Ma mère m'achète du cent pour cent coton. Mais on me la fait pas, je sais qu'il y a un seul avis qui t'intéresse, celui de la comtesse de Banville.

– Comment tu t'y prends pour être épuisant dès le matin alors que t'as passé une nuit blanche ?

– L'entraînement, Barone, et je sais que t'as envie de pratiquer ton subjonctif imparfait avec la dame. Maintenant que t'as montré ta testostérone et mis tes couilles sur la table, peut-être qu'elle voudra bien te reprendre. » Il se redressa, posa ses Nike usées jusqu'à la corde sur l'appuie-tête devant lui, et gratta de nouveau sa balafre. « Sinon, ça t'emmerde si je tente ma chance ? Trop tôt ? Deux semaines, ça me paraît la bonne distance à nos âges, hein ? Puis, un baron et une comtesse, ça pouvait pas coller, il faut un roturier comme moi, tu vois, à la Lady Chatterley et compagnie.

– Tu lui montreras ta collection de VHS chatoyantes.

– Méfie-toi, mon grand, je peux te dire rien qu'à la façon dont elle attache son chignon si c'est une folle du cul ou pas. Tu veux le verdict ?

– Mais que t'es con ! Pourquoi est-ce que je me traîne le satyre du lycée ?

– Ma poésie, Stéphane Mallarmé et Henry Miller à la fois. Bon, et puis personne d'autre veut t'approcher. »

Alcibiade n'avait pas tort, nous n'étions pas, loin de là, les plus populaires du bahut. Ignorés la plupart du temps par les masses laborieuses, moqués et décriés épisodiquement pour nos cheveux longs au soyeux discutable, nos fringues dépareillées, trouées et peu ajustées, nos goûts musicaux énervés, nos pow-wows improvisés au milieu de la cour et notre je-m'en-foutisme de bon aloi. Mon intégration en équipe de foot ainsi que ma relation éclair avec la reine de beauté du lycée – évènements qui faisaient officieusement l'admiration d'Alcibiade, mais qu'il feignait de marquer du sceau de l'infamie et de la trahison – étaient des sortes d'anomalies, d'embardées sur mon chemin plutôt balisé de rebelle sans cause. Nina avait soudain recouvré ses esprits et la vue un beau matin, m'avait éjecté de sa vie par copine interposée, et le monde avait recommencé à tourner sur son axe comme si de rien n'était, ignorant le vortex improbable de cette courte idylle.

J'observais, depuis mon perchoir du fond, sa nuque gracile, ce cou que j'avais effleuré avec fébrilité lors de nos premiers rendez-vous. Puis mon regard grimpa vers les méandres des longues mèches blondes enchevêtrées de son chignon haut perché, dont je ne savais s'il était le résultat d'une maîtrise défiant les lois de la gravité, ou juste une improvisation au petit bonheur dans les brumes matinales, suivie de quelques prières pour que le tout ne s'effondre pas avant la fin de la journée. Cette fille, c'était vraiment quelque chose.

L'histoire avait été un rêve éveillé, baigné d'une lumière irréelle et diffuse, légèrement en contre-jour, digne des plus grands nanars à l'eau de rose où le moindre brin d'herbe scintille dans le décor. Et moi, au beau milieu, astre éteint, qui faisais tache. Je me rappelle avoir pensé, paupières closes, alors que sa langue fouillait ma bouche et que j'avais l'impression de m'enfoncer dans un lac profond où je ne voyais plus mes pieds, qu'il y avait erreur sur la personne. Je m'étais même platement excusé de m'être laissé embrasser, et avais balbutié à la volée des théories hasardeuses sur les causes vraisemblablement accidentelles et quantiques – oui oui, ce mot était bien sorti – du télescopage de nos lèvres. Elle m'avait souri avant de rentrer en classe et, à moins de croire qu'elle souriait au mur lépreux derrière mon dos, il avait fallu se rendre à l'évidence que j'étais bien la cible de Nina de Banville. Alcibiade, qui avait suivi toute la scène depuis un coin du couloir, avait débarqué avec un air inhabituellement éveillé, bouche ouverte, m'offrant une vue imprenable sur ses amygdales. « Putain de merde, Barone ! C'était quoi, ça ? Je dirais pas du porno, mais presque, mon vieux ! Du film érotique du dimanche soir avec pelotages à travers les culottes sur des draps rouges satinés, mais c'était chaud ! T'as dit quoi ? T'as fait quoi ?

– J'en sais foutre rien ! Elle est apparue comme ça devant moi. Je crois qu'elle a dit quelque chose.

– Ouais, une vraie fée Clochette. Elle a peut-être cru que tu faisais un malaise ? Avec ton teint cadavérique, t'as toujours l'air au bout du rouleau. »

L'affaire, qui nourrit les ragots lycéens pendant presque un mois, fut décousue, partagée de manière inégale entre les élans passionnés de Nina et de longues plages d'ignorance où elle m'adressait à peine la parole. Jusqu'au dénouement brutal qui me renvoya à mon quasi-anonymat et à la circonspection de mon acolyte, qui était pourtant le témoin oculaire de cette parenthèse. « Je crois pas que ça soit vraiment arrivé, David. C'était de la science-fiction. Une hallucination passagère. On a dû tous les deux bouffer un truc pas frais à la cantine, des friands périmés, des cordons bleus radioactifs ou un truc dans le genre. Cette fille ne joue pas dans notre catégorie. »

Le bus continuait son ramassage précipité de lycéens aux mines renfrognées qui remettaient les pieds dans les marasmes de ce jour honni entre tous : le lundi. Se bousculaient à l'intérieur des boîtes crâniennes les rengaines des futurs problèmes, frustrations, vexations de la semaine, rythmées par le tic-tac lancinant du compte à rebours jusqu'au prochain week-end. Comme nous nous rapprochions du lycée, la ville s'installait dans le paysage, rongeant les derniers vestiges de campagne des faubourgs. Au loin, on apercevait dans le ciel les silhouettes imposantes des bâtiments de pierre grise. « Allez, retour au Stalag 13, matricule n° 0876717 ! » grogna Alcibiade en me frictionnant les épaules.

Miguel veillait au grain depuis son large rétroviseur, en nous jetant à chaque arrêt des regards suspicieux couronnés de ses sourcils broussailleux frémissants. Alcibiade y répondait par des baisers mouillés qu'il envoyait de ses deux mains tendues, et parfois, quand le chauffeur ne nous prêtait plus attention, de ses deux majeurs. « Il va nous faire un ulcère, le Miguel, si y fait pas gaffe. On est de vrais anges, non ? » Alcibiade décrocha les deux marteaux brise-glace au-dessus de sa tête et entama un solo de batterie sur les accoudoirs. « Tu sais ce que je joue, là ? C'est la nouvelle bombe qui vient de sortir. Nirvana que ça s'appelle. Ça envoie du gros, et je peux te dire que question ulcère et gueulante, Miguel peut aller se rhabiller, le chanteur crache sa bile comme personne. On voit ça à la répète ? » Les roulements redoublèrent. « Hé ! Les deux *burros* ! Vous laissez mes fauteuils tranquilles *Joder di mierda* ! *Me cago en…* »

Notre arrivée au lycée déroula tous les codes du western classique. Moi, le nouveau shérif à l'étoile rutilante, accompagné de son fidèle Rantanplan, qui entre dans la ville tenue d'une main de fer par un hors-la-loi notoire – Lilian « nez cassé » Chapelet –, pour y remettre de l'ordre et y faire enfin régner la justice. Tension palpable, regards effarouchés de la populace et, avec un peu de chance, les encouragements larmoyants de Nina, la fille du notable, lors du convenu face à face. Mais je pressentais une infime modification quant à l'épilogue du scénario : Gary Cooper entre quatre planches.

La réalité fut moins épique – même si Alcibiade sifflait le thème du *Bon, la Brute, et le Truand* – et j'arrivai en un seul morceau à la salle de monsieur Berbérian, le professeur de mathématiques. Il était lui aussi, malgré sa rondeur, ses pull-overs sans manches, ses pantalons à velours côtelés, ses chaussures bateaux, sa paire de culs-de-bouteille et son léger zézaiement, un flingueur de première. « Tiens, voilà la race supérieure, messieurs Hallström et Barone, le duo de choc, à l'heure comme d'habitude. Heureusement pour vous, les boulots de subalternes ne manquent pas. Encore faut-il être capable d'incliner un balai de la bonne façon, et ça, ne vous en déplaise, ce sont des maths et de la géométrie élémentaires. Quand comprendrez-vous que la vie et la discipline que je vous enseigne sont intimement mêlées ? Allez à vos places, près du radiateur, mariner pendant votre heure de sieste.

– Oui monsieur, non monsieur, à vos ordres monsieur, merci monsieur, bonjour monsieur ! » carillonna Alcibiade en singeant le garde-à-vous, le dos de sa main grossièrement plaquée sur le front. Nouveaux gloussements des hyènes jumelles du fond, regard torve et aboiements de Berbérian, qui finit par passer sa colère sur son lot de craies, en blanchissant le tableau noir d'équations à deux inconnues.

On ne pouvait pas dire que nous dormions, non, mais nous démontrions clairement, les yeux grands ouverts et les oreilles fermées, un vif désintérêt pour l'abstraction et l'abscondité des nombres dont monsieur Berbérian faisait un prolixe étalage. Le demi-sang grec d'Al ne faisait rien à l'affaire, et la légende selon laquelle Alfred Nobel avait boudé la matière de l'amant de sa femme venait corroborer, pour son côté suédois, cette répulsion.

Chez moi, c'était plutôt une allergie à toute forme d'enseignement qui consistait à me faire rentrer dans la tête aux forceps une myriade de notions qui n'amélioreraient pas drastiquement mon niveau de guitare d'ici la fin de l'année. Ce cours me permettait en revanche d'améliorer mon coup de crayon en croquant, dans des postures et des situations scabreuses, la grosse carcasse démodée de l'ayatollah de l'algèbre.

Après la litanie des chiffres, des lettres et des digressions plus ou moins sensées, arrivait le moment tant redouté, le quart d'heure de torture pendant lequel Berbérian exultait : l'appel des condamnés à venir résoudre les problèmes au tableau. Lorsqu'ils étaient désignés, certains premiers de la classe y allaient la fleur au fusil, et nous assistions soulagés, mais gênés, à des roucoulements obséquieux entre le lèche-bottes du jour et son maître. Les autres mortels – la majeure partie de la classe – tentaient de s'épargner le passage à tabac en fixant tour à tour leur bureau, leurs pieds, le plafond et les profondeurs insondables de leur trousse. Alcibiade et moi avions la peau dure et la répartie facile, et l'exercice n'était qu'une formalité, mais certains en ressortaient clairement minés et prêts à remettre en question leur existence sur terre.

Berbérian prit son temps pour choisir sa victime, en nous scrutant un à un de ses verres à double foyer, aussi menaçants que des lampes d'interrogatoire. Un sourire apparut enfin dans l'étau de ses bajoues couperosées, et il stoppa net devant Nina.

« De Banville, au tableau. » Il tourna autour d'elle en se frottant les mains, puis trottina jusqu'à son bureau pour se laisser tomber lourdement sur sa chaise, visiblement satisfait de sa prise.

« On va voir si vous n'avez pas laissé votre petit cerveau à la maison, comme la dernière fois. Vous voyez ? asséna-t-il avec ce débit heurté des anciens bègues. Je suis optimiste. Je suppose que vous avez bien un cerveau quelque part. Je ne m'inquiète pas outre mesure, vous serez sauvée par votre joli minois… » Il saisit sa règle de tableau, la pointa sur la première équation, puis ajouta, après un petit silence étudié : « Ou les relations de vos parents. »

Nina ne se départit pas de son port altier lorsqu'elle avança telle Marie-Antoinette vers la guillotine, mais en passant près de mon pupitre, le soupir que je perçus était comme un sanglot coupé de sa source lacrymale. « Les *x* et les *y* vous laissent perplexes, mademoiselle de Banville ? » Hallström fit glisser son cahier de maths sous mon museau. Les marges étaient saturées de dessins, comme le mien. Je lus son message aux accents proverbiaux aussi énigmatiques que de coutume. Un Berbérian qui mangeait sa propre oreille tranchée le surplombait.

Je sais qu'elle t'a balancé comme un vieux slip souillé mais tu devrais lui lancer une perche, le héros. Et si tu veux casser le nez du gros Berbérian aussi, je construirai un autel à ta gloire à côté de celui de la Cicciolina dans ma chambre.

Je regardai Alcibiade qui s'était enfoncé un crayon dans chaque narine, et levai la main machinalement, sans avoir la moindre idée de ce que j'allais pouvoir raconter pour sauver les jolies fesses de la comtesse.

« Barone ? Si c'est pour la grosse commission, il va falloir vous retenir encore un peu.

– Non, monsieur, je pense pouvoir résoudre vos équations, dis-je en fixant la trotteuse de l'horloge au-dessus du tableau, qui avançait laborieusement sur son dernier quart.

– Je suis un athée convaincu, mon cher Barone, mais je crierais bien au miracle et commencerais à me flageller devant vous avec mes bretelles pour me repentir si vous résolvez ces dix équations. Allez, si vous résolvez ne serait-ce que la moitié, je veux bien boire un seau entier d'eau bénite et grimper au Golgotha. Après tout, Descartes a bien déduit l'existence de Dieu de ses travaux. »

Et Dieu fit retentir la sonnerie de la fin du cours.

Berbérian montra les dents. « Vous ne perdez rien pour attendre, je vous conseille de votre côté d'aller brûler un cierge. Allez, déguerpissez, les limaces ! »

Sorti de classe je m'apprêtais – c'était devenu une manie – à récolter les lauriers de ma nouvelle attitude chevaleresque. Je tombai à la place sur le roulage de pelle de Nina et Lilian. Ce dernier portait une superstructure en forme de T qui lui recouvrait la moitié du visage. Ils tordaient leurs deux têtes dans un angle étrange, sans doute pour préserver l'édifice nasal d'un choc.

Al me prit dans ses bras et me baisa les deux joues. « Bordel, j'ai cru que c'était la bonne, cette fois, que t'étais parti pour l'apothéose, le Graal, la pipe de récompense.

– La pipe de récompense ?

– Ben oui, le type fait un truc galant et classe – tenir la porte ou relever la cuvette des chiottes –, et la petite se met à genoux pour le délivrer. Et tu vois, je sens que tu as besoin d'être délivré ces derniers temps.

– Je te conseille un sevrage sec, Al, à coups de films traditionnels où les gens ne finissent pas à l'horizontale et où on ne se parle pas la bouche pleine.

– À l'horizontale, la bouche pleine ! C'est toi le poète, mon petit Barone ! Mais tu sais, ils font ça très bien debout aussi. Tu veux quoi ? Que je me tape des Woody Allen dans lesquels ça tourne autour du pot, mais ça passe jamais à l'acte, à part entre les prises ?

– Oui, ça serait un bon début. Pour ta santé mentale et peut-être pour celle du monde.

– Enfin, dans ton monde, cette espèce d'Hannibal Lecter à l'envers t'a piqué ta meuf.

– Elle ne l'est plus, et je ne suis plus vraiment sûr qu'elle l'ait été.

– Un poète, j'te dis. »

Chapelet me toisa d'un regard qui ne disait pas grand-chose derrière son masque, mais sa petite bouche de guingois, ses lèvres fines et brillantes comme des fils de lames de rasoir me lançaient à coup sûr un défi. Il prendrait son temps, mais il me coincerait un de ces quatre matins avec la bande à fais-moi-peur qui lui reniflait habituellement l'arrière-train.

Pour l'heure, il se contenta de me dépasser en tenant par la main sa première vengeance.

MON ONCLE THOMAS, le frère de ma mère, était un artiste raté. Et bien qu'il eût tenté de copier, avec plus ou moins de succès, tous les courants, styles, écoles qui avaient traversés l'histoire de l'art – et ce jusqu'à enfermer ses excréments dans une boîte de conserve à l'instar d'un Piero Manzoni –, il n'avait jamais réussi à être suffisamment pertinent pour entrer dans les bonnes grâces d'un galeriste avisé ou d'un mécène opulent. Il persévérait dans la peinture, à ses heures perdues, mais avait opté depuis longtemps, en feuilletant les petites annonces, pour le travail un peu plus rémunérateur de détective privé.

Non qu'il fût un détective accompli – la plupart des tâches se résumant à filer une femme ou un mari volage, ou à retrouver un cousin éloigné pour lui faire parapher un document notarial, et de temps en temps un animal de compagnie en escapade –, mais ça suffisait pour faire bouillir la marmite, comme il le disait, et lui laissait assez de temps pour « peaufiner son art ».

Il vivait à quelques kilomètres de chez nous, dans un chalet en bois qu'il avait construit de ses propres mains, sur une clairière sablonneuse entourée de pins géants, à la porte des Landes. J'allais toujours chez lui à vélo, empruntant les chemins sinueux sous les frondaisons d'aiguilles qui, lorsqu'elles laissaient passer la lumière, striaient d'ombre la terre argileuse. Je passais devant un vieux moulin décapité et deux palombières perchées sur leurs échasses, puis descendais en roue libre un tumulus couvert de mousse spongieuse, avant d'être ralenti par les premiers sables dans lesquels était dressé un portail de fortune. Il était fait de grillage rouillé, de poteaux non élagués, de cagettes à légumes, et l'on pouvait y lire un *Défense d'entrer* tracé à la peinture, dont la calligraphie précieuse Art Nouveau était peu dissuasive. J'y appuyai ma bécane et contournai l'obstacle en escaladant le vieux chêne-liège bicentenaire, seul petit soldat noueux et trapu au milieu de la cohorte longiligne des conifères. Passées les premières lignes, il fallait encore évoluer à pas pondérés au milieu d'un bric-à-brac sans nom qui jonchait les abords de la maison. Entre paradis du ferrailleur et enfer tétanique, où les ronciers et les orties tentaient de reprendre leur droit, je slalomais en terrain connu, mais me faisais parfois surprendre par l'affleurement d'un pot d'échappement, d'un soc de charrue désossée, par des manchettes vicieuses de corde à linge, sur laquelle séchaient tout un tas d'objets plus ou moins identifiables. J'atteignais vivant le seuil – en sueur, mâché, courbatu, égratigné, balafré et ayant perdu à jamais les effets bénéfiques de ma balade champêtre en VTT, mais vivant. J'annonçais toujours ma présence en agitant sous l'auvent de la terrasse une cloche de quart, sans doute récupérée sur le gaillard avant d'un voilier, que mon oncle avait cru malin de graver du nom du *Titanic*.

J'entrais ensuite par une sorte de débarras, dans lequel étaient entassées les toiles finies, inachevées et parfois éventrées de dépit. Une série de peintures représentant à différents stades, dans un style très réaliste, un Saddam Hussein hilare déplaçant des pièces d'échecs en forme d'ogives, qui chevauche un George Bush et un François Mitterrand en guêpière et à croupetons sur fond de derricks phalliques – inspirée par une drôle de guerre dans le golfe Persique qui s'était achevée quelques mois plus tôt – était la partie visible de cet iceberg de châssis. Puis je débouchais enfin sur la cuisine, où me sautait aux narines un mélange d'odeurs de moisissure, de colle, d'essence de térébenthine et d'eau de pâtes croupie. Un vrai défi olfactif.

« Il faut être l'artiste de sa propre vie », aimait asséner mon oncle entre deux bouffées d'une pipe en écume de mer qu'il avait sculptée. L'objet, qui était d'un kitsch consommé, figurait une sirène aux formes plantureuses, et il adorait prendre des poses inspirées devant son chevalet en pinçant ses lèvres sur les nageoires de la créature, et lâcher ses aphorismes brumeux dans son panache blanc.

Il m'aperçut par-dessus sa toile.

« Ahhh ! Mon chevelu préféré ! s'exclama-t-il en mâchonnant sa pipe, dont le foyer rougit trois fois d'étonnement. Je n'ai pas entendu le carillon d'entrée. J'étais en grande conversation avec Manet, Modigliani, et je me laissais doucement convaincre par Ingres. » Il caressa de sa large main sa barbe noire aux poils fins constellés de gouache, qui cascadait sur sa poitrine. Elle avait pris quelques centimètres depuis la dernière fois et, s'il n'y avait eu ces deux mèches revêches à son extrémité, courbées comme des défenses de sanglier, elle lui atteindrait sans problème le nombril.

Thomas avait des allures de pope orthodoxe défroqué dans son ample tunique de lin noire avec ses sandales de cuir rongées aux pieds, qui laissaient apparaître de gros orteils charnus comme des pilons de poulet. « Si tu es là, c'est que ton père a dû repartir racler les fonds marins pour une pêche miraculeuse. Assieds-toi là, je n'en ai plus pour très longtemps. » Il m'accompagna prudemment jusqu'à la chaise. Il détestait que je jette un œil à son travail en cours. « Ne bouge pas ! » Il retourna en trottinant derrière son chevalet, essuya ses deux paluches sur son tablier, puis se remit à l'ouvrage.

Au bout de quelques minutes de silence studieux, pendant lesquelles je rongeais mon frein en observant ses arabesques maniérées, ses froncements de sourcils, ses tirages de langue appliqués, il leva les yeux vers un point qui semblait se trouver derrière moi. « Manon ? Tu peux placer ton bras un tout petit plus haut au-dessus de ta tête, je te prie. Ça fera plus détendu, plus naturel. Olympia avait franchement l'air d'avoir un balai dans le cul sur sa banquette, dit-il en pointant une sorte de couteau ensanglanté par des coulures de peinture ocre. Voilà, bien, un chouïa de plus. OK. » Je ne compris pas tout de suite, habitué que j'étais des multiples extravagances de Thomas – que j'avais déjà vu se lancer dans des conversations échevelées avec ses pinceaux –, puis j'entendis un léger frottement d'étoffe dans mon dos. Je tournai la tête et tombai sur une fille complètement nue, allongée lascivement sur le canapé du salon. Je fus comme ébloui par l'incandescence d'une peau blanche qui reflétait la lumière crue du puits de jour au-dessus de nous, et détournai le regard. Des taches fantomatiques de sa silhouette continuaient à clignoter devant moi alors que je me tournais de nouveau vers mon oncle, dont j'aperçus, perdues au milieu de la masse sombre de son visage, les lèvres se tordre en un petit rictus narquois. « Ah oui ! David, je te présente Manon, mon docile modèle. Manon, ce chevreuil effarouché, c'est David, mon neveu. » Je lâchai un « salut » timide au mur devant moi – choisissant un ton faussement détaché à la place d'un « bonjour » guindé après cette rencontre biblique –, tout en restant pétrifié sur ma chaise, dans l'équilibre précaire d'une demi-fesse. « Enchantée, le neveu. Tu peux te détendre. Il y a pourtant des filles nues à tous les coins de rue, de nos jours. En tout cas, c'est comme à la maternelle, tu as vu mon nénuphar, j'ai le droit de voir ton zizi. » Mon oncle agrippa ses deux poignées d'amour sous sa tunique. « Il a toujours refusé que je le peigne, ce bougre d'âne. Monsieur a sa pudeur. Même pas un portrait. Je suis sûr qu'il est gaulé comme un centaure, contrairement à son gros Bouddha d'oncle. » Elle avait un rire au tintement clair, une clochette de Noël, qui était en contradiction complète avec le timbre bas aux fêlures fines que j'avais entendu auparavant. J'eus soudain l'envie impérieuse de voir son visage. Je me retournai juste à temps pour la voir fermer la dernière pression du décolleté d'une longue robe d'été bleu ciel. « Ah, il ose enfin. Il est courageux, finalement.

– J'essayais de me montrer poli.

– Tu es bien élevé, mais je ne crois pas que le corps d'une femme exige de la politesse. Plutôt de la révérence, de l'idolâtrie. Et un peu de crainte. »

Elle avait une longue chevelure noire et bouclée, qu'elle ne cessait de ramener d'une patte féline sur son épaule droite, et, dans ce mouvement princier, son visage – ses yeux noisette changeants aux paupières charbonneuses, ses pommettes hautes et sa bouche sanguine parfaitement dessinée – se parait d'un clair-obscur étrange, comme les lueurs d'une planète lointaine. Je me dis que c'était du pain béni pour la peinture de mon oncle. Il n'y avait qu'à se laisser porter par cette ligne pure qui rendait le reste du monde flou. Elle s'avança vers moi, sur la pointe de ses pieds nus, en remontant sa robe jusqu'à ses genoux comme si elle voulait m'inviter pour une danse.

Je détournai le regard une seconde fois.

« On peut faire des présentations habillées et de face », dit-elle en me tendant sa main blanche aux longs doigts fins, qui ondulèrent jusqu'à moi comme les mudras d'une danseuse indienne. Je n'avais jamais serré la main d'une femme, et je la secouai maladroitement, comme avec une poignée de porte récalcitrante.

« Manon Lescaut.

– David Copperfield.

– Ah ! mais c'est qu'il a de la répartie, le neveu. »

J'étais troublé par sa beauté, mais aussi agacé par ce ton condescendant qu'elle utilisait avec moi, tête imperceptiblement inclinée, me couvant de ce regard un peu trop tendre que l'on réserve à une portée de chatons, bien qu'elle ne fût pas, j'en étais persuadé, beaucoup plus âgée que moi. Mon oncle l'agrippa par la taille et l'attira vers lui.

« Où vas-tu encore ? À cette allure, ça me prendra des semaines.

– Ça fait trois heures que je suis échouée sur ton canapé lépreux. J'ai l'impression de ne faire qu'un avec lui, d'être une vague excroissance de cuir.

– Peindre de mémoire n'est plus de mon âge.

– Force un peu moins sur l'ouzo.

– Mais enfin, c'est l'élixir des Dieux, ma belle. Praxitèle devait en siroter quelques verres pour faire jaillir les courbes de Phryné du marbre.

– Tu connais très bien mon corps, tu le vois tous les jours, sous tous les angles possibles et imaginables. Tu n'as pas besoin que je pose. Et moi, j'ai besoin de bouger, sinon tu peindras bientôt une nature morte. »

Elle embrassa mon oncle sur les lèvres et se défit de son étreinte. Elle prit ensuite ma main et la secoua vivement à son tour, rejouant ma gaucherie avec amusement. « On devrait se recroiser, David Copperfield. N'oublie pas que tu me dois un strip-tease. *Bye.* » Elle passa une paire de Converse rouge sans les lacer et sortit. On s'est tous les deux avancés vers la fenêtre, quelque peu sonnés, pour l'observer doucement se confondre avec les bleus et les clartés du jour, jusqu'à ce qu'elle disparaisse dans l'ombre des pins.

Mon oncle soupira bruyamment.

« La *Judith* de Klimt. Et elle aura ma pauvre caboche d'Holopherne entre ses mains, un de ces quatre. Sacré morceau, non ?

– Qui est-ce ?

– Manon Lescaut, tu l'as entendue.

– Je veux dire, d'où elle sort ?

– Ah ça, mon bon ami, je n'en ai pas la moindre idée ! Elle va, elle vient, comme un courant d'air parfumé de vanille. Elle n'habite pas loin, dans une cabane un peu miteuse sur le fleuve. Je n'en sais pas plus, et ça me va. Je vais parfois par là pour prendre la lumière. »

Thomas chaussa ses demi-lunes et se replaça derrière sa toile. Il s'éloignait, s'approchait, tendait son cou, rentrait la tête, ajoutait une touche laconique qui semblait l'apaiser un court instant, puis, imperceptiblement, il glissait vers les affres du doute et recommençait sa parade picturale.

L'image du corps de Manon me revint soudain à l'esprit avec une acuité redoutable, alors que je ne l'avais aperçu que quelques secondes. Un grain de beauté sur un sein, le sillon ténu de son ventre, le delta sombre de son sexe.

« Quel âge a-t-elle ? » lançai-je en jetant un autre regard à la fenêtre. Mon oncle se figea, les sourcils haut-perchés sur son large front marbré de veines de poussière et de pigments argentés. Il retira solennellement ses lunettes, surjouant l'outrage, puis sa barbe convulsa sous les assauts d'un rire étouffé, avant d'éclater.

« Ha, ha, ha ! Un père-la-pudeur se cacherait-il sous cette chevelure indisciplinée ?

– Simple curiosité.

– Oui, la curiosité. Je sais ce que c'est, et je te vois venir avec tes grosses rangers. Dix-huit, dix-neuf, dans ces eaux-là. Et je sais très bien qu'il est dangereux pour moi de nager dedans. Mon médecin ne me le conseille pas. Enfin, j'ai vingt ans depuis trente ans, et sûrement pour l'éternité.

– Tu es avec elle ?

– Ah, mais c'est plus que de la curiosité, on est en plein interrogatoire. Tu ne ferais pas un mauvais détective. Avec elle ? Ce n'est pas l'idée, non. Tu es un peu jeune pour comprendre.

– Elle aussi. »

Mon oncle me dévisagea un moment ; ses sourcils reprirent leur poste au-dessus de ses paupières lourdes d'éléphant fatigué, et il rechaussa ses lunettes pour brosser la toile du bout de son pinceau. « Tu as peu de monnaie sur le comptoir pour t'acheter des cigarettes en chocolat et un reste de sauté de veau dans le frigo. Sers-toi, ça te changera de la poiscaille. » Il gratta une allumette et enflamma la chevelure de la sirène. Il tira plusieurs longues bouffées qu'il retint, poitrail bombé, dans ses poumons. Et tout en soufflant le geyser de fumée vers le plafond, il ajouta d'une voix rocailleuse et sifflante : « Au fait, j'ai réparé ta planche à roulettes. Tu vas pouvoir t'estropier en toute liberté. Elle est dans la cabane de jardin. »

Dehors, la lumière commençait à décliner. Une odeur âcre de sous-bois, mélange d'humus, de sable chaud et de résine, se dégageait du jardin qui prenait des allures de cimetière entre chien et loup. Le chemin était à peu près dégagé, et je n'eus qu'à enjamber dans la semi-pénombre les sentinelles florales qui se dressaient devant moi, comme les fougères aigle, les touffes de bruyères cendrées, d'ajoncs, de genêts à balais et de houx pour atteindre la cabane. J'y entrai en inventoriant mentalement les nouvelles éraflures qui cuisaient mes mollets et allumai la lumière chiche du plafonnier. Les grillons entamèrent leur litanie nocturne, à laquelle répondait, imperturbable, une chouette hulotte, prélude à un dialogue de sourds qui allait durer jusqu'à l'aube.

Ma planche était là, adossée à un entrelacement de cadavres de toile, de pinceaux pétrifiés et d'outils démantibulés et rouillés. Lorsque je voulus la récupérer, mon œil accrocha une inscription en fines lettres noires à l'arrière d'un cadre. J'y reconnus l'écriture de Thomas, ses pleins et déliés fantaisistes, et m'approchai pour la déchiffrer à la lueur de l'ampoule qui vacillait sous les assauts des papillons de nuit kamikazes.

La Sieste d'Élisa, 1973

Le prénom de ma mère.

Je posai mon skateboard et entrepris la lente désincarcération du tableau, en essayant de ne pas réveiller le monstre de bois et de métal qui ne demandait qu'à s'effondrer sur moi. Il y eut des plaintes, des grincements, des gargouillements qui remontèrent de la masse sombre. Un râteau édenté et une queue de pelle rattrapés *in extremis* avant le coup du lapin, une lame de tondeuse émoussée prise à pleine main – qui, neuve, m'aurait sectionné les deux premières phalanges –, mais je réussis à dégager le tableau au bout d'une bonne demi-heure de lutte.

Il faisait maintenant nuit noire, et je distinguais à peine la maison de mon oncle, qui, tous feux éteints, n'était plus qu'un vaisseau fantôme argenté par un quartier de lune. Je soulevai le tableau et le positionnai sous la lumière. Je reconnus la chambre de mon oncle, avec son lit aux pieds torsadés vert bouteille et le crucifix en bois au mur, sur lequel Jésus était réduit à une forme abstraite, que j'associais depuis toujours à un oiseau prenant son envol. Il y avait aussi cette petite chatte rousse en boule sur une chaise dans un coin, Isis, dont j'avais quelques souvenirs, notamment celui du jour où elle s'était fait mordre par une vipère aspic, lui laissant à l'endroit de la morsure un bourrelet de peau où le poil n'avait jamais repoussé.

Une jeune femme brune était assise sur le lit, jambes allongées devant elle. Elle portait une jupe à carreaux et avait gardé ses chaussures, des ballerines sur lesquelles mon oncle avait peint de petits losanges jaune pâle pour évoquer les reflets du vernis. Ses paupières étaient closes, ses lèvres entrouvertes, et elle serrait contre sa poitrine, qui me semblait nue, un grand livre à la couverture rouge. C'était bien elle. Élisa. Je prononçai son nom à voix haute. J'avais très peu de photos de ma mère, mais j'aurais pu reconnaître ce profil, dont le contour délicat, comme tracé à l'encre de Chine, se découpait sur les aplats de couleurs vives de l'oreiller, entre mille. La forte ressemblance avec Manon me sauta aux yeux, et je me dis que se trouvait là, en plus de raisons bassement physiologiques, l'origine du trouble que j'avais ressenti lors de notre rencontre. L'ampoule me lâcha dans un claquement sec, et la cabane fut plongée dans le noir. Je la tapotai en vain et ne réussis qu'à ajouter la brûlure à la longue liste de mes blessures de guerre.

Je décidai de laisser ma planche quelques jours de plus en convalescence ici. L'idée était d'embarquer le tableau avec moi sur mon vélo. J'avançai à tâtons vers la maison, et y entrai à pas feutrés à la recherche d'un plaid que j'avais vu plus tôt pour y envelopper ma découverte. Mon oncle était déjà couché, et j'entendais, entre deux apnées du réfrigérateur, ses ronflements réguliers depuis la mezzanine sur laquelle il entassait tout son matériel de peinture. Il avait dû être, comme souvent, assommé par sa panacée grecque. J'attrapai au passage la poignée de monnaie sur le comptoir et sortis pour regagner mon fier destrier. Arrivé au portail, je le crus un instant volé, mais le retrouvai avachi dans les herbes folles. Le ronronnement flûté d'un engoulevent résonna dans l'arbre au-dessus de moi, me donnant le signal du départ. Tableau sous le bras, je m'enfonçai dans la forêt.

Le chemin du retour fut limpide. Je l'avais pratiqué des centaines de fois, et en toute saison. J'aurais pu le faire les yeux fermés. Chaque ornière, nid-de-poule, virage, descente, montée et banc de sable étaient gravés dans ma mémoire. J'avais donc roulé à tombeau ouvert en priant pour qu'un chevreuil ou un sanglier n'aient pas la mauvaise idée de jouer les noctambules. Je me fis tout de même des frayeurs avec la toile qui, à trois ou quatre reprises, se changeant en aile d'avion sous l'effet d'un subit appel d'air entre les galeries de la carrière abandonnée, avait fait décoller ma roue avant d'un bon mètre. Je ne croisai que deux voitures aux phares éberlués par mon équipée hybride, qu'elles distinguaient au dernier moment, sur la portion de route goudronnée qui menait au village.

Il était plus d'une heure du matin lorsque j'arrivai enfin chez moi, exténué. Une paire de chauves-souris vint effectuer des rase-mottes près de ma tignasse, alors que j'envoyais dans un ultime effort mon vélo sur la barrière de brandes près du garage. Sultan, le chien du voisin, passa sa tête par-dessus, mais resta bizarrement muet en m'apercevant. Il se contenta d'un bâillement et d'un lèchement de babines circonspects avant de retourner se coucher. Je ne devais pas être beau à voir, et il avait dû se dire qu'il n'y avait aucun plaisir à s'acharner sur une ombre.

Mon père n'était toujours pas rentré. Je récupérai ma clé sous la dalle amovible de la terrasse, près de la gouttière, et entrai dans la maison silencieuse. Comme Thomas, je n'eus pas la force de me déshabiller ni d'atteindre ma chambre, et je me laissai choir lourdement sur le fauteuil du salon, où je m'endormis avec le portrait de ma mère pour seule couverture.

ALCIBIADE N'AVAIT PAS FRANCHEMENT le sens du rythme, mais je reconnaissais que, assis derrière sa batterie, ses gesticulations – coups de baguette à l'aveugle dans des mouvements amples d'orang-outang, touffe blonde hirsute convulsive – avaient de la gueule. Et ce à quoi nous ressemblions, dans le coin du garage que j'avais aménagé en salle de répétition avec de vieux tapis et des panneaux de contreplaqué récupérés dans une vieille baraque abandonnée, comptait pour une part essentielle dans notre conception de la pratique musicale. Le fait que je mettais un accord sur deux sur le nouveau morceau que nous travaillions était largement compensé, j'en étais convaincu, par les titubations cadencées que je tentais de reproduire d'après le clip de *Smells Like Teen Spirit* que nous venions de visionner.

Al avait déboulé chez moi en fanfare avec la cassette sur laquelle il l'avait enregistré lors de l'une de ses insomnies enfumées. « Faut que tu voies ça, mon pote. Regarde, ça me brûle les doigts ! avait-il dit en me refilant la patate chaude. On arrête les conneries des seventies et on bosse ce truc à fond. Fais chauffer le magnéto ! » Du moment où j'avais lancé la vidéo ouvrant sur un groupe de pom-pom girls amorphes dans une sorte de gymnase lugubre, jusqu'au furieux rugissement final qui sortait du chanteur feu follet grimaçant et illuminé, nous étions restés foudroyés par le poste de télévision, soudain changé en bouche de l'enfer crachant des gerbes électriques à nos pauvres visages et oreilles effarés.

Une paire d'heures plus tard, à peu près remis de notre traumatisme, on avait chevauché nos instruments pour comprendre les origines du Big Bang. Mais malgré les efforts et l'enthousiasme que nous y mettions, le tout approchait à peine les crépitements d'un feu d'artifice de fête de village en pleine cambrousse.

« On va y arriver, David. De loin, on fait illusion. On a les fringues, la transpi, le cheveu gras, manque pas grand-chose.

– Je confirme, ça sent le raton laveur. Je suis vidé. On n'a peut-être pas l'étoffe pour devenir des héros du grunge.

– Qu'est-ce que tu me chantes ? On est grrrrrrunges jusqu'au bout des ongles, mais on le savait pas encore. Tu vois, Spiderman avant de découvrir ses super-pouvoirs ?

– OK, les araignées c'est pas ce qui manque ici. Je vais aller m'affaler sur ce fauteuil, et dès que tu te fais mordre, tu me sonnes.

– C'est le son, faut qu'on bosse le son, mais avec nos instruments des Carpates qui susurrent aux feuilles des grands-mères, on va pas y arriver. Monte-moi ton putain de volume, chéri !

– Al, je ne suis pas sûr que le voisinage apprécie. Je te rappelle que Gallois est armé, et la plupart du temps saoul.

– Arrête de faire ta mijaurée et balance la sauce. Tu penses que Nirvana en avait quelque chose à foutre des bouseux qui pipaient que dalle ? Son vieux chien dégueulasse nous pète les oreilles toute la journée. Faut qu'on se réveille, qu'on arrête les infrasons et les ultrasons. Faut qu'on taille dans le gras. Je vais donner tout ce que j'ai, comme si ma vie dépendait des peaux de bite que je fouette avec mes gros cure-dents, va falloir que tu suives et que tu montes ton ampli de nabot. Pour l'instant, j'entends à peine tes postillons de comptines pour ma petite sœur.

– Tu n'as pas de petite sœur.

– On va faire comme si, et je veux qu'on joue tellement fort qu'elle en fasse des cauchemars à lui faire pousser un troisième bras au milieu du bide.

– T'es cinglé. »

Al se leva de son siège, avança avec ses baguettes pointées comme des banderilles vers mon ampli et, après avoir un instant psalmodié dans sa barbe pour invoquer une tripotée de saints patrons des amplificateurs à transistors et des six cordes, monta tous les potards à fond. Une vague de larsen en sortit, gonfla lentement, puis se mit à onduler à nos oreilles. « Tu entends ce chant des sirènes, Barone ? C'est ça qu'il faut pour hypnotiser les masses. Puis, quand ils sont bien dans les vapes, tu dégaines l'artillerie lourde et t'arroses. Ce morceau, c'est mer étale et tsunami, poudreuse et avalanche, yin et yang… Bordel, c'est pas Nir-va-na pour rien, David ! Des bonzes électriques avec cheveux ! *Les bonzes électriques* ! Tu vois le truc ? *Ômmmmmm…* » Il répéta son mantra plusieurs fois en se balançant d'un pied sur l'autre, les *ômmm* faisant vibrer les membranes de ses joues creuses. Puis il écarta le rideau de ses cheveux, afin que je puisse mieux prendre la mesure de l'idée de génie qui venait d'émerger dans le bleu de ses iris fatigués. Il se cala de nouveau derrière ses fûts. « David, je suis à court de métaphores et de paraboles, c'est ma dernière cartouche. Envoie le riff de scie-sauteuse de l'intro ! » Je tins mon médiator fermement et fis cingler les quatre premiers accords. « Lance la satu, mon cochon ! » J'écrasai la pédale de distorsion, l'ampli gronda derrière moi, et ce fut parti pour la cacophonie la plus totale, jusqu'à la relative langueur du couplet. J'égrenai les deux notes, do fa, qui sonnaient comme une plainte, un appel du fin fond d'un puits, qui remontait en bulles d'air cristallines jusqu'à la surface. Al avait la tête baissée sur sa batterie, le dos voûté, comme dans l'attente d'un prochain coup. De grosses gouttes de sueur se formaient puis glissaient jusqu'à la boursouflure de cartilage au bout de son nez étroit, avant d'exploser en petites bombes de sel sur sa caisse claire scintillante. Le rythme tenait la route, peut-être pour la première fois, et nous savions exactement quoi faire pour avancer sur ce débit cyclique qui s'emballait inexorablement, en même temps que nos pulsations tachycardes, vers le retour du refrain. Il était là, tout près, et nous étions d'attaque pour nous y jeter la rage au ventre. Le refrain. Le refrain. *Ômmm ômmm.*

C'est ce moment-là que mon père choisit pour apparaître dans l'encadrement de la porte du garage, ses deux mains plaquées sur les oreilles. On stoppa aussi sec. Alcibiade bondit vers mon père. « Mister B. ! Ça faisait une paye ! » Mon père ne me quitta pas des yeux et tendit une main molle à Al. « Nom de Dieu, vous essayez de faire ébouler le garage ?

– Mais non, monsieur Barone ! On est en train de peaufiner notre chanson pour devenir les prochaines rockstars et tout ça, sans nous compromettre dans la soupe populaire. Vous voyez ?

– Ton père sait que vous organisez des messes sataniques ici ?

– Oh, mister B. comme vous y allez ! C'est les Beatles avec un peu plus de mordant, c'est votre époque ça, le Swinging London, les Yéyé, on est pas loin ! Faut bien que jeunesse roule pour pas amasser mousse, tout ça tout ça. »

Mon père passa une main sur son crâne presque chauve, comme s'il y arrangeait un épi fantôme, et s'assit sur le fauteuil désossé. « J'ai l'esprit large, les enfants, même si j'ai encore les oreilles qui sifflent, mais le fou d'à côté en veut à la terre entière d'avoir raté sa vie. Je voudrais bien éviter qu'il canarde à la chevrotine notre maison. Il a déjà eu quelques chats du quartier.

– Ce n'est que de la musique, papa. Tu devrais nous féliciter de ne pas incendier les poubelles ou rayer les bagnoles.

– De la musique ? Ça reste à prouver. Mais au fait, tu ne devrais pas être à l'entraînement ? » J'éteignis l'ampli qui recommençait à siffler, roulai patiemment le câble, et rangeai ma guitare dans son étui. Mon père avait observé le rituel dans une position de pétrifié, attendant ma réponse pour remettre son corps en marche. « Je fais… une pause », dis-je le dos tourné, en espérant presque que le zip de la housse couvre mes paroles. Il se redressa d'un bond et m'attrapa par l'épaule pour que je le regarde en face.

« Une pause ? Qu'est-ce que tu me chantes ? Il n'y a pas de pause en sport. T'es le moteur de cette équipe. Sans toi, ce n'est que du ballon prisonnier. Faut que tu t'accroches, David ! Tu fais ça depuis tout petit.

– On peut encore faire semblant quelque temps que je serai le nouveau Platini, mais tu sais très bien que ça n'ira nulle part.

– *Et ta musique ?* Ton bruit qui ne pense pas, ça mène quelque part ? »

Alcibiade arriva en crabe pour s'intercaler entre nous : « Hé, monsieur Barone, la pêche a été bonne ou quoi ? » Mon père se rassit dans le fauteuil, et je me rendis compte, dans la lumière rasante qui filtrait par les carreaux ajourés au-dessus de son établi, qu'il avait deux gros cernes couleur cendre sous les yeux. Il passa ses doigts entre les mailles d'un morceau de filet de pêche que j'avais tendu entre deux murs pour m'en faire un hamac lorsque j'étais enfant. « Pas si mal. Le temps était avec nous. Mais les grands chalutiers raflent la mise, je ne sais pas si je vais avoir la force de tenir encore longtemps. Et les bons matelots se font rares, ils préfèrent se tourner vers la pêche industrielle, où ils ont un salaire minimum assuré. Le prix du carburant, les quotas. Je me sens un peu fatigué.

– Mister B., ça tombe bien pour la reconversion, il nous manque un bassiste. C'est pas compliqué, faut juste planter les clous, *boum boum boum boum.* » Alcibiade commença à faire le tour du garage en se grattant le ventre du bout des doigts. « On tient le bon bout, et on est quasiment sûrs d'être mondialement connus. Pour les cheveux longs, vous faites pas de bile, on est pas sectaires. En plus on peut se lever à midi sans souci, ça vous changera. » Il avait toujours réussi à arracher un sourire à mon père et il y était arrivé encore une fois, même si celui-ci, un peu crispé, était voilé de mélancolie. Mon père se leva et ébouriffa les cheveux d'Al. « En attendant votre succès international, midi, c'est plutôt l'heure à laquelle je me couche. À plus tard, les enfants. » Je le regardai sortir à pas lents, plus petit que lui-même.

Mon père, qui n'avait jamais été un grand bavard, semblait de plus en plus taciturne et se drapait dans une sorte de léthargie circonspecte. Il n'y a pas si longtemps, il n'aurait pas lâché le morceau jusqu'à ce que j'enfile devant lui mes crampons, mon maillot, et que je fignole l'ourlet de mes chaussettes. Cette fois-ci, il avait aussitôt baissé les bras et laissé Al débiter ses pitreries. Il y avait bien quelques éclats par-ci par-là, mais presque du bout des lèvres, sans grande conviction.

Je venais de lui donner le coup de grâce. Je le sentais. Même si j'avais douché depuis longtemps ses espoirs que je perpétue la longue lignée de marins-pêcheurs de notre famille – qui remontait au chalutier à vapeur dans lequel mon arrière-grand-père sicilien fraîchement débarqué en France avait piégé ses premières sardines –, il misait encore sur ma carrière de footballeur. Il était vrai que si j'avais un petit talent pour pousser le ballon, le pied marin m'avait, en revanche, toujours fait défaut, et ce malgré les multiples tentatives de mon père pour me faire goûter la beauté du métier. Bien sûr, il y était allé à la dure et ne m'avait pas épargné. La psychologie n'était pas le fort de mon père, et nous étions chaque fois sortis par grand vent. Pas vraiment la tempête, mais du haut de mes sept ans, lorsque je vis pour la première fois disparaître, au-dessus du bastingage, la terre, la ligne d'horizon, et sentis au plus profond de mon être la houle, les creux, les roulis et toutes les humeurs de la mer qui résonnaient à l'unisson avec mon vague à l'âme, je pensai être le moussaillon malheureux d'un tombeau flottant. Le message de mon père était clair : nous ne sommes pas des plaisanciers. Après avoir ânonné des prières apprises au catéchisme qui ne me paraissaient pas le moins du monde convenir à la situation, je réussis à me convaincre que nous n'allions pas mourir ce jour-là. En outre, l'odeur de poisson, d'huile, d'essence, de cambouis sur une note tenue d'iode prit le pas sur mes pensées morbides. Je vomis mon petit déjeuner, suivi d'un liquide âcre et jaunâtre que je ne savais pas sécréter, et je m'attendais à voir un à un mes organes sortir de ma bouche pour aller rejoindre les remous.

Mon père, son vieux bonnet en laine enfoncé jusqu'aux yeux, s'était approché pour me coller deux anchois aux écailles opalescentes encore frétillants dans les mains. « Des diamants bruts de la mer, David. Est-ce que tu as déjà vu quelque chose de plus beau ? » Je lâchai le premier, qui sauta sur le pont et réussit presque à s'échapper par un dalot. Pris de panique, je serrai tellement le second que je le broyai entre mes doigts. Lorsque je rouvris ma main, le poisson était inerte et tordu, sa chair rose transpercée par les arêtes translucides. Seule sa mâchoire continuait à palpiter pour s'accrocher à une parcelle de vie. Puis tout s'arrêta dans un dernier soubresaut. J'approchai alors sa petite tête triangulaire de mon visage et je fondis en larmes devant les pastilles luisantes de ses yeux qui reflétaient le gris du ciel, sa bouche figée dans un *o* mouillé – expression dans laquelle j'avais lu comme un étonnement devant le sort qui lui avait été réservé.

Après cet épisode, le seul dont je me souvienne avec précision, mon père avait tenté de m'embarquer une nouvelle fois avec lui, mais il avait capitulé devant mes yeux s'humidifiant à la simple évocation d'une sortie en mer. Maintenant que j'étais en âge de refuser, il balançait sa demande machinalement, au milieu de considérations diverses et variées : « Tu m'accompagnerais pas à la pêche demain ? » Je répondais école, amis à voir, musique, pas envie, ou je laissais le silence remplir l'espace. Il ne s'en offusquait plus et retournait à ses poissons. Mes bonnes performances au foot – que j'attribuais surtout à la nullité totale de mes coéquipiers et, souvent, à celle du camp d'en face, et qui me faisaient briller plus que de raison – avaient ravivé la flamme de la fierté dans l'œil de mon père. Flamme que je venais de souffler avec une nonchalance tout adolescente pour embrasser une carrière de musicien. J'étais en confiance et j'y croyais fermement, enorgueilli par notre capacité à aligner plus de quatre mesures d'un morceau – et c'était une première en presque trois années de répétitions foireuses – sans trop d'anicroches et dans une stabilité rythmique relative. Nous qui avions l'habitude de capituler devant les gimmicks de Led Zeppelin, des Who, de Pink Floyd et autres hérauts du rock, y étions enfin arrivés, sous les vivats stridents d'un Kurt Cobain qui nous disaient que nous pouvions le faire, que nous faisions enfin partie du sérail. Évidemment que c'était une *carrière.*

Alcibiade et moi étions si certains de notre irrésistible ascension vers le succès qu'on décida qu'il ne fallait pas trop forcer la chance, et, les cheveux dans les yeux plus que jamais, on partit pour un rodéo à mobylette du côté des vignobles. « Tu vois, gros, c'est un 103 SPX, 50 cc, 3 cv, 5 500 tours minute, réservoir 5 litres, carbu 5 mm. Mate la bestiole.

– Depuis quand tu t'y connais en mécanique ?

– J'y connais que tchi, Barone ! Mais ces chiffres et ces lettres, ça claque sous la langue comme le drapeau de la liberté claque au vent !

– Le drapeau de la liberté ?

– Mais ouais, et t'as pas encore entendu le ronron de la liberté qui va avec. » Alcibiade agrippa le guidon et balança un coup de pied vif sur le kick de démarrage. Rien ne se passa. « Le ronron de la liberté, Al ? J'entends surtout le chuintement des semelles des deux cons qui vont se traîner à pied sur le bord de la route en poussant leur engin. Ah ! Et la douce musique des klaxons des voitures qui nous dépassent, jalousant notre liberté.

– Attends, le rabat-joie ! J'avais coupé l'arrivée d'essence. C'est nous qui allons doubler tout le monde.

– Et les casques ?

– Arrête tes conneries ! Pas de casque, c'est comme ça que je me sèche les cheveux après ma douche de la semaine. Tu vas voir, ça va nous faire une tignasse d'enfer.

– Ou nous y envoyer.

– Je te reconnais bien là, le pétochard. Si Christophe Colomb avait été comme toi, il aurait juste commandé un poulet massala chez l'Indien du coin. Putain, David ! On part à l'aventure là ! »

Al enchaîna une nouvelle ruade de Dr. Martens pour démarrer. Le moteur toussa une ou deux fois avant d'envoyer ses vocalises gutturales dans un petit nuage de fumée. J'enfourchai le porte-bagages à l'arrière. « Accroche-toi ferme, Barone. À moi si t'es sûr de ta virilité, ou direct derrière tes fesses. Et au fait, gaffe à l'épilation définitive des mollets avec le pot. » Al tourna la poignée, et la pétarade commença, d'abord sans que l'on bouge d'un iota, puis lorsque le bruit du moteur devint assourdissant, il se mit à pousser de ses deux jambes pour donner une impulsion vers l'avant.

« Merde, faut arrêter les kebabs, on n'avance pas.

– Hein ?

– Je dis que tu devrais peut-être te remettre au foot pour qu'on gagne en aérodynamisme. » Je descendis du porte-bagages et l'aidai à pousser de toutes mes forces. La chaîne s'emballa, et la mobylette fit un grand bond en avant. « Ça y est ! Grimpe, patate ! » Je courus un instant derrière et sautai en catastrophe à califourchon. Après quelques embardées où Al semblait tenir son engin enragé par les cornes, on trouva notre équilibre et notre rythme de croisière grâce à la pente descendante. Il lâcha ensuite le guidon deux fois pour étayer son propos sur le vivre dangereusement, mais une fraction de seconde, en ligne droite et avec ses deux petits doigts dressés pour garde-fous, au cas où. Sans doute que mourir sur une route paumée de campagne entre deux hérissons écrasés le laissait sceptique sur l'éventualité de sa gloire posthume. « On va à la cache à binouzes ?

– Où veux-tu qu'on aille sinon ? »

La *cache à bières* se trouvait sur les berges, longées par les carrés de vignes et les cabanes de pêcheurs. En hiver, il n'était pas rare que le fleuve sorte de son lit, baigne les ceps à hauteur des premiers sarments, puis abandonne en refluant, rassasié par sa morsure langoureuse à la terre, une bonne couche de vase. À la fin de l'été, le chemin qui y menait était alors fait d'une croûte de boue sèche et craquelée comme une queue écailleuse de dinosaure. « T'es prêt pour le rodéo, camarade ? » Je crispai un peu plus mes phalanges déjà douloureuses sur le porte-bagages et Alcibiade manœuvra tant bien que mal sur les larges empreintes laissées par les roues de tracteur, en amortissant les cahots du ressort de ses grandes pattes.

Au niveau des vignes, j'arrachai au vol une lourde grappe de raisins rouges et croquai dedans. Une fois aspiré le jus saturé de sucre, je recrachai les pépins et les petits lambeaux de peau fripée qui me laissaient sur la langue une légère amertume. « On y est », dit Alcibiade en engouffrant la mobylette sous les branches d'un saule pleureur près du fleuve. Il coupa la chique au moteur. « Tu vois après un bordel pareil, on apprécie plus la mélodie pastorale, le contrepoint champêtre…

– Et je reconnais que j'ai le cheveu plus soyeux, mais j'ai la colonne vertébrale tassée, j'ai sans doute perdu un bon centimètre et demi de taille, et j'ai le cul mâché.

– À d'autres Barone ! Il est de notoriété publique que tu as un joufflu de première, rembourré, capitonné, pare-balles ! Moi, j'ai juste deux poteaux raccordés directement au dos.

– Je prends la selle au retour.

– Tu peux venir sur mes genoux, en amazone ! »

Al s'approcha du tronc d'arbre, en caressa l'écorce, puis plongea ses mains au milieu des gros plumeaux duveteux d'herbes de la pampa pour en remonter la corde qui y était dissimulée. Il tira dessus et, après quelques minutes d'efforts, j'aperçus, émergeant de l'eau opaque à l'autre extrémité, une nasse remplie jusqu'à la gueule de petites bouteilles ruisselantes d'un vert émeraude. « C'est comme ça que les hommes préhistoriques gardaient leurs bières au frais, mon pote. Véridique. Les bienfaits écolos et gratos de notre chère Mère Nature !

– Mon père s'emmerde bien à pêcher le poisson en mer, alors que la Heineken pullule dans ce fleuve boueux.

– Houla ! Heineken ? Tu t'emballes, mon pote. Le logo est ressemblant mais je suis allé au moins cher. N'empêche, tu vas connaître la fraîcheur ancestrale qui rendra cette pisse d'âne aussi goûteuse qu'un Veuve Clicquot. » Il ouvrit deux bouteilles avec son briquet en guise de décapsuleur et m'en tendit une.

« C'est toujours de la pisse, mais oui, de la pisse bien fraîche », dis-je en avalant ma première gorgée.

– Tu t'embourgeoises, mon vieux Barone. »

Alcibiade vida la sienne d'un trait et planta la bouteille, cul vers le ciel, dans le mélange de terre et de cendres à ses pieds, vestige d'un feu de camp que nous avions allumé pour griller une barquette de saucisses, une nuit au cœur de l'été. Nous avions eu l'idée de nous la jouer Tom Sawyer et Huckleberry Finn, mais n'avions pas tenu deux heures. Pas tellement à cause de la nostalgie de notre nid douillet ou des remords en pensant à l'inquiétude de nos parents, mais à cause de moustiques boit-sans-soif qui nous avaient empalés sans relâche à la tombée du jour. Al retira ses grosses chaussures et s'allongea – sa position favorite en toute circonstance – dans l'herbe en mâchonnant une brindille de teff.

« Tu vas à la boum de Jessica Navarro ?

– Al, il serait temps, à ton âge, que tu arrêtes de dire "boum".

– Tu vas à l'orgie romaine de Jessica Navarro ?

– Je ne crois pas que nous soyons invités. Notre popularité a ses limites.

– On s'incruste. Elle verra pas la différence. Il y aura quasiment tout le lycée. Elle, elle est sacrément populaire. Tu te souviens quand elle s'est ramenée avec sa petite coupe au carré, son petit foulard noué, son blouson d'aviateur, ses Sebago et son jean ?

– Oui, on a vu une armée de clones débarquer le lendemain.

– Je sais pas comment elle fait. Personne nous suit, nous. Je pensais lancer un truc avec mes ponchos mexicains et mes mitaines.

– Non, sur ce coup, même moi je ne t'ai pas suivi.

– Et elle a une piscine et un jacuzzi, il paraît. Ses parents doivent être maîtres du monde ou un truc dans le genre.

– Ils sont médecins.

– Voilà, et sans doute francs-maçons, on peut y aller, je connais le code avec les doigtages de la paume de main pour se faire reconnaître. Les soirées de l'ambassadeur, quoi. On pique un plongeon, on tire trois saucisses cocktail, un Ferrero Rocher et une bouteille de Baileys, et on trace. Sans compter qu'il y a une ou deux pin-up du lycée que je verrais bien en maillot de bain, c'est tout bénef. Caroline Tomaszewski en terminale six, je mettrais mes tétons à couper que c'est une Pamela Anderson en puissance. Elle a l'air franchement engoncée dans ses tee-shirts.

– Tu peux trouver tout ça au supermarché du coin et continuer à mater tes cassettes, comme d'habitude. Ça, ça me semble tout bénef.

– Merde, j'ai décidé de m'investir un peu dans la vie réelle et tu casses mes élans. Je voulais même discuter avec d'autres gens que toi. Tu vois, pour ouvrir mes chakras, me faire de nouveaux amis, de nouvelles opinions sur la vie, philosopher sur la disparition du mulet, polémiquer sur le port du jean taille haute. Sans compter que maintenant qu'on est des stars du rock, les meufs vont se jeter comme des zombies affamés sur nos pantalons.

– Je suis le seul à te supporter.

– Bon, OK, alors dis-toi juste que c'est gratos ! L'argent de poche que me file mon padre couvre à peine les dépenses pour ma conso de tabac et quelques cigarettes en chocolat pour les fins de mois difficiles. Là-bas, on pourra taper les blondes des fils à papa.

– Je ne fume pas.

– Tu devrais t'y mettre, ça fait pousser le poil au menton. T'as toujours tes joues de bébé. Ou alors, tu peux jouer au Robin des bois, tu prends aux riches pour me le donner. » Al attrapa une nouvelle bière entre ses deux orteils, puis la fit rouler le long de sa jambe jusqu'à sa main. Il retroussa ses babines, tordit la capsule d'un coup de dents, et la siffla aussi vite que la première. « Elles ont chauffé, on commence à sentir le goût. »

Tout à coup, Alcibiade se redressa sur ses avant-bras et se figea comme un épagneul devant un bruit suspect. « Merde! T'entends, gros? » Il se leva d'un bond, fit tournoyer le panier de bières au bout de la corde, et le balança de toutes ses forces dans le fleuve. Il flotta un instant en surface, ballotté par quelques vaguelettes, avant de couler lentement dans un gloussement de mousse. Il jeta ensuite les cadavres de bouteilles et la corde dans les herbes ébouriffées. « C'est le Renard! Il est comme cul et chemise avec mon père. Fais comme-ci de rien n'était. On est là pour faire un herbier ou contempler un truc. Enfin, t'inventes quoi, c'est toi qui connais le nom du moindre brin d'herbe.

– Quand la bière est en danger, t'as une force surhumaine. C'est qui le Renard?

– C'est le père Dos Santos, le garde champêtre, il est un peu tatillon. Surtout quand il est sous l'influence du picrate. On pourrait tenter le bakchich en le soudoyant à la bière, mais tout notre stock y passerait. »

Je vis alors un type approcher sur un solex, qui semblait flotter sur un nuage de fumée bleutée et de postillons d'huiles, expectorés par le moteur maladif à l'avant. Il portait plusieurs épaisseurs de treillis rehaussés d'un gilet orange fluo et une casquette de velours difforme à longues oreilles. Une tenue pour le moins déroutante. Il releva sa visière sur son front à la peau bicolore – deux teintes de rose parcheminé –, et nous observa un instant de son regard torve avant d'arrêter son usine à gaz. De longs poils roux sortaient de son nez tubéreux pour former une moustache contrariée ou inachevée au-dessus de ses lèvres filiformes. Il la tamponna avec un foulard rouge douteux qui sortait comme un cordon ombilical de la boucle d'une cartouchière qui ceignait son ventre bedonnant. « Mais c'est les inséparables : Alcibiade et le petit du pêcheur ! Tout le temps fourrés ensemble. Ça commence à jaser dans le village. Qu'est-ce que vous tramez encore dans votre coin ?

– B'jour monsieur Deux Saints ! Oh, vous savez bien qu'on est des petits angelots, on philosophe en observant les roseaux tricolores et les bécasses callipyges. Pas vrai, David ? » Al me fila un coup de coude dans les côtes. « Oui, voilà, on philosophe. »

Dos Santos descendit de sa bécane et avança vers nous, encore figé dans sa position de motocycliste, poings serrés devant lui, les jambes arquées et le corps à demi plié en deux. Puis il enfonça une main dans son pantalon et, comme s'il venait d'y actionner un levier, se redressa complètement. Malgré ça, il nous arrivait à peine aux épaules. Une odeur de vin et de transpiration nous parvint aux narines. « Ouais, ouais, ouais. » Il balaya le sol devant nous du bout de ses espadrilles remplies de trous, par lesquels sortait par intermittence un gros orteil recouvert d'un ongle jaunâtre et recourbé comme l'ergot d'un coq.

« Vous vous foutez pas un peu de ma gueule, les chevelus ? Quelqu'un a fait un feu ici. D'ailleurs, j'ai encore retrouvé deux poubelles cramées près de l'école. Vous auriez pas une petite idée de qui peut bien être le pyromane en herbe ?

– Monsieur, la coupe de cheveux ne fait pas l'incendiaire. Je serais vous, je chercherais plutôt du côté des grosses brutes qui mettent du Studio Line et qui rentrent leur chemise dans leur pantalon. Vous voyez, le genre propres sur eux à l'extérieur, mais anarchie hormonale à l'intérieur.

– T'as des noms, Hallström ?

– Non m'sieur, je donne personne, ça me rappelle trop les heures sombres de notre histoire. Vous avez dû connaître ça ? La drôle de guerre.

– Hein ? Qu'est-ce que tu me racontes ? J'ai à peine quarante-deux ans.

– C'est que vous avez l'air tellement sage qu'on a l'impression que vous êtes sur cette vieille terre depuis une bonne centaine d'années.

– Allez, arrête tes conneries, vous allez déguerpir d'ici. Et à pied, les branleurs, ça vous apprendra à rouler sans casque. Je pourrais vous coller un procès-verbal si j'étais pas sympa. Ça me démange. » Dos Santos tapota l'une de ses nombreuses poches de veste pour nous faire comprendre qu'il était prêt à dégainer son carnet, puis il essuya, cette fois-ci d'un revers de manche, les nouvelles gouttes de sueur qui venaient perler comme une rosée huileuse au-dessus de sa bouche. « Au fait, ton père te cherche. Tu dois rentrer fissa à la gendarmerie. Il avait pas l'air jouasse. C'est jour des bulletins, non ? M'est avis que ça va chauffer pour ton matricule. Et gare à vos fesses si je vous vois encore comploter dans le coin.

– *Jawhol!* »

Le garde-champêtre reprit son solex et remonta péniblement la colline au milieu des rangs de vigne, avant de disparaître dans un dernier cumulonimbus de gaz d'échappement.

« Quel con ! Je crois que mon père le paye en vinasse pour m'espionner. Faut que je rentre, tu te ramènes ?

– Je vais rester encore un peu pour philosopher. Je vais suivre les conseils du Renard et rentrer à pied.

– C'est toi qui vois, Barone. C'est vrai qu'il faut préserver ton fessier légendaire. M'en voudrais de l'esquinter. À demain matin ! » Après avoir fait mine de la pousser sur une première moitié du chemin, Al démarra sa meule et l'encouragea, dans son langage bien à lui, à avaler les derniers mètres de la pente.

Je décidai de mon côté de longer le fleuve. Je n'étais pas pressé de rentrer chez moi pour retrouver le silence de notre maison anesthésiée, où le temps, plusieurs après-midi par semaine, s'arrêtait pour respecter le sacro-saint repos du guerrier de mon père. Il m'était arrivé plus jeune de le réveiller en laissant échapper de mes mains une tasse, un couvert dans l'évier, ou un jouet sur le sol de ma chambre, dont la vibration s'étendait comme une traînée de poudre à toute la charpente, pour finir par carillonner jusqu'à la sienne. Ces réveils-là n'étaient pas beaux à voir, et on peut dire que je les sentais passer. Depuis, été comme hiver, quand je n'étais pas en classe, je préférais m'éloigner de l'antre pour éviter ces épiques savons – ou de devoir passer mon temps à progresser dans la maison à pas circonspects.

Je cueillis des feuilles de menthe sauvage que je roulai sous mes doigts et les mâchai longuement pour me débarrasser du mauvais goût de la bière. Puis je fis quelques haltes devant les mûriers chargés de baies noires, que je pillai allègrement devant les babillements d'un merle qui sonnaient hostiles à mes oreilles. Il y avait dans l'air ces petits courants de fraîcheur qui s'immisçaient dans les écharpes de touffeur estivale et vous faisaient frissonner l'échine un instant. J'aimais bien cet entre-deux, où l'été aux abois faisait son baroud d'honneur, alors que l'automne, plus subtil, la jouait sans armes ni violence, en instillant sa respiration, son tempo, par de simples fourmillements aux extrémités du cosmos.

Je croisai les cabanes à carrelet qui, à cette heure-ci, sous les larges ombres des frondaisons des ormes champêtres, des aulnes glutineux, des charmes et des merisiers, avaient des profils d'échassiers déplumés. Elles étaient pour la plupart délabrées, et l'on y voyait les rafistolages successifs des propriétaires qui, avec leurs pansements dérisoires – l'ajout d'une planche, d'un tuteur, d'un linteau, d'une tôle, d'un fil de fer – tentaient de retarder l'inexorable effondrement dû à l'érosion des berges. De temps à autre, l'une d'elles rendait l'âme et s'effondrait à grand fracas dans le fleuve. Les marées et les courants se chargeaient alors d'emporter petit à petit les ossements de bois qui pouvaient parfois, après une longue procession maritime, barboter jusqu'à l'estuaire, où ils étaient définitivement engloutis par le baiser bouillonnant des eaux douces et salées.

Je flânai une bonne heure, jusqu'à atteindre un vieux mur au parement plutôt grossier qui m'empêchait de continuer mon périple. Il devait faire à peu près trois mètres et j'envisageai de l'escalader en repérant les divers trous qui me serviraient de prises. À peine posai-je mes premiers appuis que les moellons s'effritèrent en gros grumeaux sous mes doigts. Il y avait des chances que je puisse me percer un passage à mains nues, mais je n'avais pas le goût du vandalisme, ni le cœur à détruire cette antiquité qui avait sans doute une centaine d'années. Je n'avais pas non plus la force, ou le courage malgré la chaleur, de me jeter à l'eau tout habillé, pour le contourner à la nage. Les tourbillons que j'observais depuis la rive, ajoutés à la réputation du fleuve aux courants capricieux, achevèrent de me dissuader.

Plus loin, je repérai, accolé au mur, une cuve à raisins abandonnée, rongée par la rouille à certains endroits, mais qui me paraissait encore solide. Si j'arrivais à m'y hisser, je savais qu'elle serait suffisamment haute pour me permettre de passer mon obstacle. Restait à découvrir ce qui m'attendait de l'autre côté, et si je n'allais pas me retrouver à devoir faire le saut de l'ange dans l'inconnu, à savoir un pot-pourri agressif de la jungle locale – ronces, orties, marécages, palus oubliés, grottes sans fond.

Arrivé au sommet assez facilement, je fus soulagé de constater que le passage était balisé, presque touristique, car quelqu'un s'était amusé à construire une sorte d'escalier de gros rondins de bois pour faciliter la descente. Ce côté du mur était finalement plutôt civilisé, et je remontai par un petit chemin de terre rougeâtre serpentant au milieu d'un bosquet de chênes enturbannés de lierre, vers un pont en béton armé qui enjambait un large bras mort du fleuve. J'y accédai par une passerelle en colimaçon, dont je crus bien qu'elle allait céder tant elle tangua sous mon poids. Je me voyais déjà crucifié à ce morceau de ferraille pour rejoindre à jamais la légende fluviale et enrichir d'une nouvelle entrée la toponymie déjà bien fournie de la région. *Le pont du trépassé. Le noyé de fer. L'idiot aquatique.* La passerelle tint bon. Je passai le pont, qui lui aussi n'était pas en très bon état, à pas timorés. La rambarde était disloquée et l'on y voyait une guirlande de morceaux de béton qui pendaient, simplement retenus par de longs spaghetti de métal fourchus.

L'autre rive était envahie par une épaisse forêt de bambous. J'imaginais la surprise de la personne qui avait planté le premier pied, à la légère, sans trop y croire, pour exprimer une pincée de fantaisie orientale dans cette austérité tempérée, lorsqu'elle découvrit, quelques années plus tard, le monstre végétal qu'elle avait engendré. Peut-être était-ce à bon escient, pour dissimuler la maison en bois dont je devinais l'appentis entre les interstices de tiges noueuses.

J'entrai dans les bambous et me baissai machinalement pour avancer accroupi. J'étais à l'affût et, comme un Mohican en terrain ennemi, je me mis à éviter les brindilles et à poser mes pas sur les îlots de terre meuble et humide, que je repérais pour étouffer les bruits qui auraient pu signaler ma présence. Je n'avais pas la moindre idée de pourquoi je me comportais ainsi, mais dès que j'entendis un grincement de porte, je me jetai à terre et m'aplatis derrière un tumulus. Après quelques secondes, le silence revenu, je redressai la tête et vis, garé juste à côté de la maison, la voiture imposante de mon oncle. C'était une Jeep Cherokee rouge bordeaux, que j'aurais reconnue entre mille, avec son autocollant « Route 66 » surmonté d'un coucher de soleil orange sur le coffre. Puis je le vis, lui, chemise ouverte sur son torse nu, un sourire satisfait aux lèvres. Il marchait lourdement sur la terrasse en caressant son ventre tendu et tapotait sa fameuse pipe sur le rebord d'une fenêtre. Thomas le bienheureux, pensai-je. Après une paire de bouffées qui lui donnaient toujours un air très inspiré, il descendit jusqu'à sa voiture et démarra en trombe en donnant un coup de klaxon bref.

La porte couina de nouveau, et elle apparut en trottinant sur les pointes de ses pieds nus. Simplement vêtue d'une robe de chambre aux manches amples qui flottaient dans l'air, c'était comme si elle battait des ailes pour prendre son envol en bout de piste. Elle se contenta de faire un petit signe de la main au néant, alors que mon oncle était loin et qu'on ne distinguait déjà plus les vrombissements de son 4×4.

Elle rentra dans la maison, et j'entendis depuis mon repaire la tornade intérieure qui tourbillonnait d'une pièce à l'autre. Les claquements de porte, les craquements du bois, les tintinnabulements de la vaisselle, les râles, les déglutitions, les pluies, les musiques de l'eau dans tous ses états venant des tuyaux de canalisations, qui formaient un réseau aussi bancal qu'arachnéen entre les pilotis et les colonnes de brique qui soutenaient l'édifice. Elle ressortit une minute plus tard, avec une jupe en jean effilochée sur ses cuisses et une chemise nouée au-dessus du nombril. Elle pencha la tête sur le côté et passa ses doigts dans ses cheveux pour les brosser. Puis, les séparant en trois mèches, elle commença à les tresser rapidement en remontant jusqu'à ses oreilles, sur lesquelles apparurent de fines créoles dorées. La logique me commandait de me relever, d'épousseter mes vêtements et de sortir de là avec ma plus belle démarche engourdie, pour feindre la rencontre fortuite. Si j'y mettais du mien, peut-être pourrais-je me convaincre moi-même que mon parcours le long des berges était un pur voyage d'agrément et que je n'avais pas tout fait, depuis notre première rencontre dans l'atelier de mon oncle, pour la recroiser. Du genre « Hé, Manon, j'étais justement en train d'admirer une colonie de fourmis dans tes bambous quand je t'ai aperçue. » Mais je restai immobile sur le sol, respirant à peine, et lorsque, après de vagues étirements vers le soleil, elle s'engagea dans un chemin au fond de son jardin, je continuai à jouer à l'Indien pour la suivre.

Mes nerfs furent mis à rude épreuve dans la foulée de Manon, qui avançait, stoppait, rebroussait, contournait, feintait comme un papillon en butinage. Car il n'était bien sûr plus question maintenant de se faire repérer et de passer, au détour d'un buisson, pour un cinglé ou une espèce de pervers des bois.

Je me donnais un mal de chien pour rester à couvert, et je crus à plusieurs reprises m'être fait prendre pendant que je me figeais comme un totem avec le mince espoir de passer pour un arbre au feuillage un peu criard.

Ce jeu s'éternisa, et je commençais à être à bout lorsque Manon s'arrêta sur une petite grève en pente douce, comme il y en avait parfois le long du fleuve à marée basse, perdue entre deux escarpements de terre grignotée et de racines suspendues aux allures de mangrove. Je m'affalai sur un monticule de sable gris pour reprendre ma respiration, puis me laissai rouler jusqu'à un tronc d'arbre allongé, d'où je pouvais l'observer à l'abri entre les larges mailles d'un grillage de verdure.

Manon retira ses sandales et entra dans l'eau qui lui arrivait à mi-mollet. Elle trempa le bout de ses doigts, fit ruisseler les gouttes sur son visage, ses bras, sa nuque, et les massa vigoureusement. Elle prit ensuite de l'eau dans sa main en coupe et la passa sous sa jupe, entre ses jambes. Elle remonta sur la plage et s'assit en tailleur. Elle fouilla dans un sac de toile que je n'avais pas remarqué, sur lequel était imprimé *La Grande Vague de Kanagawa* du peintre japonais Hokusai. Elle le portait en bandoulière, et la cordelette qui se perdait entre ses deux petits seins accentuait la forme pleine et conique que j'avais entrevue et qui hantait mes pensées.

Depuis mon observatoire, je mis un certain temps avant de m'apercevoir qu'elle venait d'en sortir une paire de ciseaux, dont les éclairs blancs des lames se confondaient avec les reflets des crêtes argentées qui veinaient la surface de l'eau. Elle attrapa alors une mèche de cheveux à pleine main et la sectionna d'un coup net. Je réprimai difficilement un hoquet de surprise, et je la vis soudain lancer son regard aigu vers le maquis où je me terrais. Je plantai mon nez dans le sable, fermai les yeux, bouchai mes oreilles et retins ma respiration, comme si ce stratagème enfantin pouvait oblitérer l'univers entier. Je n'entendais plus que les rouages et les pompes de mon propre corps qui ressemblaient à une mélopée tribale. Lorsque je relevai la tête, Manon avait disparu.

J'attendis comme ça une dizaine de minutes, attentif aux infimes inflexions de lumière, d'air, à la recherche d'une Manon que je pensais tapie dans un coin, guettant le moment propice pour me cueillir dans ma position embarrassante. Mais il n'en fut rien, et je décidai de descendre vers la plage où je trouvai, attachée à une branche morte, la longue mèche ondulée. Je la dénouai, l'étirai dans la lumière pour la contempler. Elle faisait bien une vingtaine de centimètres, et j'étais à peu près sûr qu'elle avait sacrifié la moitié de sa crinière. Je la portai à mes narines pour respirer son parfum – agrume, amande et une pointe indéfinissable légèrement piquante – et la mis dans ma poche. J'avais de quoi philosopher sur le chemin du retour.

Si je rechignais à accompagner mon père lors de ses sorties en mer – qui s'apparentaient dans mon esprit à des montagnes russes liquides –, j'étais en revanche toujours partant pour assister mon oncle Thomas dans ses enquêtes quand il me le proposait. Ce n'était clairement pas la place d'un adolescent, mais, comme à son habitude, il ne s'embarrassait pas trop de la morale et me disait que j'avais beaucoup plus de chances que lui de passer inaperçu depuis qu'il avait dépassé le quintal.

Mon père n'était évidemment pas au courant, et je prétextais participer à diverses petites besognes – lavage de voiture, entretien de pelouse du voisinage, promenade de chien – pour justifier mes absences et l'amélioration substantielle de mes revenus d'argent de poche due aux billets que mon oncle me glissait pour les services que je lui rendais.

Vers treize ans, j'avais commencé par la partie la moins palpitante du métier, en archivant une kyrielle de documents et de photographies qui étaient éparpillés aux quatre coins de son bureau, dans des étagères, sur des chaises, sur le sol, dans un désordre, me disait Thomas, plus organisé qu'il n'y paraissait. Il était étonnant de voir que la seule partie épargnée – l'œil du cyclone – était le bureau lui-même, qui se contentait d'accueillir une lampe style banquier à l'abat-jour vert et au laiton poli, dont l'ampoule était manquante. J'avais dégoté une ampoule et m'étais attelé à la tâche sans broncher, plutôt ravi de mettre les choses dans des cases, et ce, dans un endroit où il y avait peu de chances de prendre l'eau, même noyé sous une tonne de paperasse.

En fait, je m'amusais bien. Je voyais passer des copies de lettres où mon regard accrochait des mots de poésie au rabais, doux, licencieux ou enflammés, des notes d'hôtel chiffonnées et des clichés en gros plans, la plupart du temps de dos, de mains baladeuses, de baisers volés, de plaques d'immatriculation fautives. Fort heureusement pour moi, on était loin de la grande époque des flagrants délits d'adultère, et je n'avais pas eu à m'abîmer les yeux sur des photos de chairs tristes d'amants dénudés et essoufflés dans des draps défaits, cachant maladroitement leurs parties intimes. Le soupçon confirmé ainsi que le langage des corps habillés suffisaient dorénavant aux clients. En revanche, je croisais bel et bien les photos des toutous ou des minous à leurs mémères, le pedigree à l'air, dans des poses lascives, les yeux vitreux d'un amour inassouvi dont mon oncle était chargé de retrouver la trace. Je fus d'ailleurs étonné d'apprendre que le rapt d'animaux de compagnie contre rançon était monnaie courante, et que leur recherche représentait un business très lucratif pour mon oncle, et souvent bien plus que la filature des infidèles bipèdes.

Après une année de ce régime-là, mon oncle m'emmena sur le terrain. J'étais très excité, et le premier jour de notre « planque », j'avais sorti ce que je croyais être la tenue la plus appropriée pour un détective en herbe : casquette enfoncée jusqu'aux oreilles, lunettes de soleil, écharpe et gants, ainsi que l'imperméable trop grand de mon père, quelque peu bouffé par les mites. Mon oncle avait éclaté de rire en me voyant arriver : « Tu n'aurais pas oublié aussi une pancarte *Détective privé* pour parader dans les rues ? » C'était la première déception de la journée – j'étais revenu avec ma panoplie d'adolescent habituel –, et nous avions poireauté quatre heures dans sa voiture pour apercevoir un type soupçonné par son employeur d'espionnage industriel en faveur de son adversaire. Je m'étais ennuyé ferme et avais réussi à envier le boulot de l'espion que nous devions surveiller. Et même s'il y avait eu des montées d'adrénaline où nous avions dû nous ratatiner dans nos sièges pour ne pas nous faire repérer, je regrettais déjà mon emploi d'archiviste.

Mais après quelque mois, mon rôle devint enfin bien plus intéressant. Mon oncle me demanda de *filer* certaines personnes et me confia le soin, armé de son Nikon agrémenté d'un zoom suffisamment puissant, de mitrailler nos victimes. J'y pris vraiment goût, et même lorsque nous retournions de temps en temps à des activités plus passives, je n'avais plus l'impression de perdre mon temps, mais plutôt d'aiguiser mes cinq sens – et peut-être un sixième – de fin limier. Cela expliquait sans doute que « par déformation professionnelle », j'avais suivi Manon en catimini du côté des berges. En tout cas, dès lors, chaque fois que je le pouvais, je répondais présent à l'appel de Thomas.

C'était un jour sans, et je me demandai, en observant mon oncle avachi dans son siège en train de fouiller sa barbe à la recherche de miettes de chips au fromage, ce qu'elle pouvait bien lui trouver. « Ce dentiste trompe à coup sûr sa femme avec sa secrétaire, mais ce qu'elle sait pas, c'est qu'il la trompe depuis des années en pénétrant des milliers de bouches étrangères avec ses doigts et ses outils. Là, elle se formalise pas, bizarrement. » Il plongea une main dans l'échancrure de sa large chemise et en pêcha le crucifix en argent qui pendait à son cou pour se curer une dent avec l'une des branches. « Je sais pas si c'est pas pire que proctologue ou gynéco. Le nombre de choses qu'on s'enfourne là-dedans, tu te rends compte ? Promets-moi de choisir aucun de ces métiers, mon garçon. Ceux où on touche, on ouvre, on enfonce, etc. Hein ? Promis ? Garde tes distances ! » Il m'avait embarqué en ville avec lui, et on fixait depuis trois heures une porte cochère qui donnait sur le cabinet du type, dans une rue d'hôtels particuliers aux façades pompeuses style XVIIIe, qui culminait à son extrémité avec le bâtiment du Grand Théâtre. Leurs murs, à l'origine d'un beige lumineux, étaient maintenant d'un gris anthracite, tannés depuis des lustres par les émanations ininterrompues des gaz d'échappement. Pour me changer les idées, je pouvais de temps à autre jeter un œil au péristyle de colonnes corinthiennes et à l'arrondi d'albâtre des épaules dénudées d'Euterpe et d'Uranie, qu'on reconnaissait encore sous la couche de suie, et que je voyais partiellement dans le rétroviseur extérieur. Thomas me tendit le paquet de chips. « Non merci, mes doigts risquent de glisser au moment de prendre la photographie compromettante », dis-je en le mettant en joue avec le Nikon. Il le vida dans sa bouche grande ouverte comme un pélican attendant la becquée, puis essuya ses deux grosses paluches aux doigts lourdement bagués sur sa chemise hawaïenne. « Tu crois que les palmiers et les flamants roses vont pas nous faire repérer à quatre kilomètres ? C'est déjà à peine tenable de te regarder.

– Mais non, j'ai l'air d'un Américain en goguette. Qui me soupçonnerait d'être Hercule Poirot ?

– Je confirme. Personne. Mais t'as un côté Magnum qui s'est laissé aller.

– Hé, pas de blague sur les gros, nous sommes réputés pour notre extrême jovialité. Et nous sommes le ciment des civilisations. Regarde les États-Unis, à peine plus de deux cents ans, et ils gouvernent le monde.

– Oui et ils ont un laaaarge choix de maladies : hypertension artérielle, athérosclérose, maladie rénale chronique, etc. Alors que nous, simples mortels, on est pris par surprise par un banal cancer de série.

– Exactement ! Et je déteste les surprises. Mais depuis quand t'es médecin ? Je t'ai dit d'éviter ce genre de boulot.

– Quand je m'emmerde, je lis tout ce qui me passe entre les mains, et je sais pas, ça reste gravé. Ça devait être une revue dans une salle d'attente.

– C'est parfait, tu vas faire des heureuses. Les femmes détestent qu'on oublie… Tiens ! Regarde-moi les deux tourtereaux qui se font la malle pour un cinq à sept ! »

Le couple apparut bras dessus bras dessous dans l'encadrement de la porte. Je pointai mon objectif sur eux. « Tu les as ?

Tu vois, David, je ne sais pas si nos habits font les moines, mais lui, il a bien l'air d'un dentiste, et elle, d'une secrétaire. On peut pas se tromper. Pour lui, le cheveu rare trop discipliné, la bouche sûre de son râtelier immaculé, le costume dépareillé, la chevalière au doigt, un tremblement du coude post-fraise. Pour elle, l'infatigable tailleur cintré, avec la jupe s'arrêtant dans une précision mathématique et sensuelle au-dessus du genou, le masque obséquieux de l'assistante et les escarpins à talons aiguilles qui mordent sur la frontière de la stripteaseuse de cabaret. Ce qu'elle est, de temps en temps, dans la villa au Cap-Ferret du monsieur, pour lui faire plaisir alors qu'il s'empiffre d'huîtres et de muscadet.

– Sont tout à fait normaux, si tu veux mon humble avis. Tu es sûr que ce ne sont pas des habitants de l'immeuble ?

– J'ai de la bouteille, mon neveu. Tu verras, quand t'auras bourlingué comme moi dans les marécages de l'adultère. Bon, puis sa femme m'a filé une photo des deux lors d'un séminaire sur l'occlusodontie – me demande pas ce que c'est –, où ils avaient déjà les narines dilatées par la luxure. Je lui ai dit que c'était couru. Enfin, elle réclame des preuves, alors allons-y. »

Nous les avons suivis, en roulant au pas, jusqu'à un parking souterrain situé une centaine de mètres plus loin, où nous avons de nouveau attendu, le temps que Thomas émiette une boîte de bretzels dans sa barbe. Nous étions garés devant un carrousel antique, qui tournait à vide sur une musique d'orgue limonaire qui déraillait. « Tu sais qu'en Angleterre il tourne dans l'autre sens ? » Le type au guichet, qui portait un haut-de-forme trop grand et une redingote comme le chapelier fou d'*Alice au pays des merveilles*, se mit à nous observer d'un œil suspicieux derrière son journal et l'écran de fumée de son cigarillo. « Ce papy a dû être corbeau pendant la guerre et dénoncer une tripotée d'honnêtes gens », me dit Thomas en chaussant ses Ray-Ban et en remontant le col mou de sa chemise – deux gestes notoirement connus pour leurs puissants pouvoirs d'invisibilité. « Si les amoureux buissonniers n'émergent pas vite fait, il va contacter la Kommandantur, crois-moi. » Il défit le premier bouton de son pantalon et bascula son siège de quelques degrés en arrière. « Sors de la bagnole et prends deux trois photos de son bastringue, ça va le brosser dans le sens du poil.

– Pour quoi faire ? Ces chevaux de bois m'ont l'air d'être ici de leur plein gré. Ils sont peut-être exploités et sous-payés, mais rien de grave, je le suis aussi. Et puis, je ne vois aucun signe dans l'éclat du crin ou la dilatation des naseaux qui attesterait d'un adultère en cours.

– Je te paie grassement. À ton âge, mon père me payait en coups de savates. Les jeunes n'ont plus le sens de l'engagement. Allez, déconne pas Dada ! Vas-y, sinon on va se faire griller.

– OK, mon tonton chéri, je sais que quand tu m'appelles Dada, c'est que tu es aux portes de l'apoplexie.

– Tu nous as pas fait ta petite crise d'adolescence jusque-là, mais je sens que ça vient. »

Alors que je mettais un pied hors du Cherokee pour flatter la croupe des chevaux, la Jaguar du dentiste sortit du ventre du parking.

Ce fut le début d'une course-poursuite indolente dans les rues congestionnées de la ville, où chaque voiture essayait de trouver son salut, pare-chocs contre pare-chocs, au milieu de la nébuleuse diffuse et mordorée créée par le smog qui semblait émaner de leur carrosserie chauffée à blanc. Mon oncle en profita, n'ayant plus rien à se mettre sous la dent, pour allumer sa pipe. Il ouvrit sa fenêtre à la fureur extérieure qui s'engouffra aussitôt dans l'habitacle. La civilisation à son meilleur, shootée au monoxyde de carbone. Mauvaise foi et claustrophobie dans la rumeur des moteurs frustrés, des noms d'oiseaux et des klaxons. J'en profitai pour tirer discrètement les portraits d'un type qui cherchait à se gratter le cerveau par les narines, d'une femme qui élaguait ses sourcils, d'un chien circonspect dont la bave ruisselait sur la peinture métallisée, d'un enfant à court de doigts pour compter les voitures rouges, jaunes ou bleues. Et enfin, mon oncle, Cro-Magnon éclairé, la main plongée dans son pantalon.

Le bouchon sauta sur les boulevards à la sortie de la ville, et l'on suivit notre proie qui piqua vers le sud.

Mon oncle resta à bonne distance – pas moins de trois ou quatre véhicules d'écart – avec son 4x4 qui était plus fait pour une chasse à l'éléphant en Tanzanie que pour les voies rapides. On joua comme ça à saute-mouton une demi-heure, le praticien se fichant visiblement des limitations de vitesse. « Mon cher neveu, il est temps de faire ton éducation sexuelle. Ça, tu vois, la conduite de monsieur, ce sont les préliminaires. Nous sommes en pleine parade amoureuse. Un peu d'adrénaline et de testostérone à bon compte. De quoi faire vibrer l'agrafeuse de madame. » Puis on les laissa prendre le large au niveau d'une bretelle qui bifurquait vers la route de la côte. « Inutile de se faire repérer avec les gros sabots de ma Cherokee. Je sais où ils vont. Ils rejoignent la modeste cahute sur le bassin, avec champagne au frais, capotes dans la table de nuit, marines aux murs, la clef du hors-bord avec la petite bouée qui mouille dans le port de plaisance. C'est romantique. Ils seront mûrs et feront des galipettes tout habillés.

– Tu peux économiser les métaphores filées et les euphémismes, Thomas, j'ai eu des cours de SVT bien plus explicites.

– Oh, mais j'en doute pas ! Aujourd'hui, on vous sert tout ça sur un plateau. À mon époque, fallait être tenace pour apercevoir un téton ou un poil de pubis. Je t'assure ! C'était la quête du Graal, et on y mettait toute notre énergie et notre savoir-faire, plus que pour toute autre activité. On était cons comme des oies, mais pour ça, on devenait de petits génies. Ça a marché quelques fois, et le dessous de bras ou le creux poplité d'une petite blonde pouvait nous faire un bon mois de fantasme. Alors une mamelle, je te dis pas. Puis ça s'est libéré, et maintenant, on peut pas faire un mètre sans voir de la chair fraîche. Moi, je dis que ça vous insensibilise. Et au moment d'en voir de vrais, vous bandez mou. Ceci dit, ça vaut sans doute mieux que l'éjaculation avant d'avoir ouvert la braguette.

– Finalement, je préférais les métaphores.

– Fais pas ta mijaurée, je t'ai vu reluquer la Manon. Ça te travaille, et comme ton père est une tombe sur ces sujets, faut bien que je m'y colle.

– Je n'ai pas vraiment eu le choix, elle était à poil sur ton canapé.

– D'ailleurs, elle m'a dit que vous vous étiez croisés près des berges. Je savais pas que t'étais un garçon si proche de la nature. »

Il me regardait du coin de l'œil, dans son rétroviseur, guettant, je le sentais, le moindre trouble sur mon visage. Je restai de marbre, du moins le pensais-je, mais les joues me piquaient, et je n'osais pas croiser mon reflet pour y voir le feu qui s'allumait. Je cherchai une réponse, une pirouette, puis après une bonne minute de silence, je supposai qu'une réaction tardive me trahirait, et je me contentai d'enfoncer une cassette dans l'autoradio.

Des arpèges de piano en sortirent, circulaires, hypnotiques, un courant continu d'une détermination à la fois mélancolique et éblouissante. On ne pouvait que se laisser saisir par ces cadences, plaqué dans le siège par un ostinato qui vous apprivoisait, petit à petit, avec le secret espoir que cela ne s'arrêterait jamais. Mon oncle monta le son, et les basses profondes firent vibrer le tableau de bord. « Ce mec a vraiment capté la fréquence, la vibration du monde », me dit-il. Puis, soudain étonné par son propos sérieux, comme s'il s'était rendu compte qu'il avait nagé un peu trop loin du bord, il ajouta : « Figure-toi que Philip Glass a été déménageur. » Et il laissa éclater son rire tonitruant auquel j'étais habitué, qui remontait en rafales de sa large cage thoracique et dévastait tout sur son passage, même l'opiniâtreté de l'inframonde d'un Philip Glass, qui était pourtant passé du psaume pianistique intime à une ritournelle tapageuse de cuivres entrelacés gonflée à bloc.

On resta dans nos pensées un long moment, les yeux dans le vague, fixant droit devant nous la frontière ondulante entre bitume et azur, et le soleil qui glissait imperceptiblement vers l'ouest. Je fis ensuite l'inventaire des cadavres de toutes sortes qui envahissaient – et certains depuis longtemps, comme l'attestaient les couches de poussière et de saleté – le tableau de bord, les sièges, la plage arrière. Un exemplaire de poche corné du *Loup des steppes* de Hermann Hesse, une boîte de pizza vide, un large panel d'emballages plastiques, des pailles mâchonnées et des gobelets éventrés de chez McDonald's, des tubes de peinture cabossés, des brosses et des pinceaux scalpés, une médaille de saint Christophe vert-de-gris, un sac de couchage, une basket Reebok orpheline, et enfin une ribambelle d'affaires qui, malgré mes efforts, restèrent non identifiées.

La musique contemplative s'arrêta brusquement alors que nous entrions dans les premiers villages de la presqu'île. Le climax psychédélique, avec réverbération survitaminée et aigus assassins, du morceau *Dark Star* de Grateful Dead – précédente strate d'un enregistrement de la cassette que mon oncle avait dû sauvagement recouvrir – prit le relais. Il coupa la radio. «Voilà la Jag. On approche du lieu du forfait. » On passa tous feux éteints devant une grande maison blanche en bois sur deux niveaux, dont le style colonial, avec son balcon en arcades soutenu par des colonnes en fer forgé et sa rambarde en dentelure, n'était pas sans rappeler les immeubles qui bordaient la rue Bourbon à la Nouvelle-Orléans. Thomas stoppa la voiture deux villas plus loin. « OK. Les clichetons devant son cabinet, c'est pas mal, mais un petit bisou, cocktail en main, près de la piscine dans la maison secondaire, ça serait plié.

– Il y a peu de chance que le zoom porte si loin.

– Eh bien, c'est pour ça que tu vas t'approcher. T'es jeune et souple. Tu ne feras qu'une bouchée de ce portail.

– Ça ne me paraît pas très catholique comme manœuvre.

– Allons, allons, si tu les compares aux manigances des papes Alexandre VI ou Sixte IV, les nôtres sont nimbées d'une pure aura de sainteté, mon enfant. » Mon oncle joignit ses mains en prière pour appuyer son évangile, devant un saint Christophe circonspect avec son Jésus comme une excroissance monstrueuse sur le dos. « Thomas, je ne vais pas m'introduire par effraction.

– Qui te parle d'effraction ? Tu ne touches à rien, un saut de haies et trois roulades tout au plus. C'est rien pour un athlète dans ton genre. Il paraît que tu pratiques le foot contact, entre Jean-Claude Van Damme et Jean-Pierre Papin.

– Très drôle. Je le sens pas.

– Je double tes émoluments. »

Je me laissai convaincre par l'argent. Un peu. Parce que je ne pouvais rien refuser à ce grizzly sentimental lorsqu'il y mettait les formes. Beaucoup. Mais surtout à cause de mon tempérament aventureux dopé par les films et séries américaines, entre *MacGyver* et *Indiana Jones*, toujours persuadé que j'avais quelque chose à prouver et que le monde attendait mes exploits en retenant son souffle. C'était comme ça que j'avais roulé dans un fossé rempli d'orties, que je m'étais transpercé le pouce jusqu'à l'ongle avec la lame d'un Opinel, ouvert la lèvre en patinant en chaussettes au bord des escaliers et fait mordre par un ragondin que j'avais voulu caresser, accroché au coffre de la voiture de mon père alors qu'il manœuvrait dans l'allée. Pour cette dernière cascade, je m'en étais sorti indemne, mais la gifle magistrale de mon père qui avait suivie, de ses mains démesurées malgré son petit gabarit, m'avait cuit pendant plusieurs jours. J'osais à peine imaginer l'accueil qui me serait réservé si je me faisais pincer. Sans doute devrais-je quitter le pays, voire, connaissant la pugnacité de mon père, la galaxie.

Et pourtant, c'était bien moi qui escaladais, appareil photo et adrénaline en bandoulière, le portail vertigineux d'un dentiste adultère, sous les encouragements nourris d'un adulte majeur et vacciné, au lieu de potasser à l'abri de ma chambre, à mon bureau, tête dans les mains, moral en berne, mon devoir sur les probabilités prévu avec sa cruauté coutumière par monsieur Berbérian de bon matin le lendemain. Cela étant dit, avec un mélange de lucidité et de mauvaise foi, et si je m'en référais à mes précédentes expériences, il me semblait que j'étais bel et bien en train de mettre en pratique ma leçon – *On appelle probabilité conditionnelle la probabilité qu'un événement B se produise sachant qu'un événement A s'est déjà produit* –, si l'on considérait les chances que tout ça finisse très mal.

Jusque-là, tout allait bien, et à un bout de peau près, je me retrouvai de l'autre côté, dans un jardin irréprochable, si on le comparait au champ de mines qu'était celui de mon oncle. Je me disais que j'escaladais beaucoup de choses ces derniers temps, et qu'il était un peu étrange de me retrouver une seconde fois à plat ventre pour espionner quelqu'un en l'espace d'une semaine. À tel point que je me demandais si Manon – qui, je m'en rendais compte maintenant, m'avait repéré depuis le début – n'avait pas craché le morceau à mon oncle à propos de notre « rencontre fortuite » au bord du fleuve, et qu'il se payait à présent ma tête en m'envoyant en première ligne. Il était encore plus étrange de comprendre pourquoi elle ne m'avait rien dit et s'était simplement volatilisée comme une naïade effarouchée. En tout cas, ça en disait long sur mes qualités d'espion et sur ce qui m'attendait. Se rappela alors à mon bon souvenir, pendant que je roulais maladroitement vers un petit étang de carpes Koï, la douleur consécutive à la correction paternelle, dont je sentais de nouveau la brûlure irradier jusqu'à la racine de mon nez. La mémoire des corps, la rancune des nerfs, me disais-je, et je portai mes doigts rendus râpeux par les cordes de guitare à ma joue.

Je me servais du Nikon comme de jumelles pour observer les alentours. Pas un brin ne dépassait, mais le style, qui hésitait entre Versailles et empire du Milieu, était plutôt déconcertant. L'ensemble, avec arbustes tirés à quatre épingles, compositions florales anthropomorphes, statues à la fois pseudo-grecques et pseudo-zen – bouddhas adipeux contre éphèbes athlétiques –, jurait un peu au milieu des pins parasols. Je ne savais pas si j'aurais confié ma bouche à un dentiste qui avait tant fait preuve d'indécision quant à l'allure de son jardin.

La maison était calme, mais j'entendais un peu de chahut à l'arrière, clapotis mats et minauderies étouffées, où devait se trouver l'inévitable coin piscine. En m'approchant, je les trouvai bien là, dans le tableau convenu du kitsch de la comédie humaine bourgeoise et aquatique. Le bain à remous, le maillot trop petit de l'homme, celui trop échancré de la femme, les verres de Dry Martini avec olives qui se cognent, le chapeau à larges bords, les lunettes de soleil, les rires de crocodile.

J'avais mes modèles dans l'objectif, et ils jouaient bien le jeu. Ça se bécotait, se tripotait, et il me suffisait de déclencher l'appareil pour avoir le cadre et la photo du siècle. Mais en plus d'être un curieux indécrottable, j'avais aussi le sens du détail, et je pris le temps de chipoter sur le léger contre-jour qui aurait pu générer un flou artistique. Je quittai donc un point de vue en or, à l'abri derrière un bar en bois exotique, pour ramper le long d'une rangée de transats, jusqu'à une terrasse sous une pergola qui surplombait en partie le jacuzzi. J'étais caché par le stère de bois pour l'hiver, la relative pénombre, et je me disais que le bruit de la pompe à piscine couvrirait le déclic de l'obturateur.

Notre dentiste effectua un mauvais plongeon, la secrétaire s'assit sur le rebord et lui tendit ses jambes luisantes de crème solaire, qu'il rejoignit dans une nage haletante de berger allemand. La contre-plongée m'offrait la saynète libidineuse parfaite, entre David Hockney et Fragonard, et nous étions largement au-delà de ce que je pouvais supporter. J'appuyai sur le déclencheur et le flash crépita, contre toute attente, suivi aussitôt de son soupir sibilant de soulagement. Les deux paires d'yeux se tournèrent vers moi, apeurées, et au lieu de prendre mes jambes à mon cou, comme n'importe qui l'aurait fait, je restai figé pour réfléchir à d'éventuelles explications justifiant mon intrusion, toutes aussi vaudevillesques les unes que les autres – *Je viens faire l'entretien de la piscine. Je suis strip-teaseur, où est la musique ? Je suis l'amant de votre maîtresse. Qui êtes-vous ? Vous êtes chez moi ! Que pourriez-vous faire pour ma gingivite ?* Puis je réagis enfin, lorsque je me rendis compte que le dentiste était plutôt véloce pour sa corpulence, et que la secrétaire me lançait avec une précision redoutable des chaises de jardin. Je piquai mon sprint dans l'Éden sino-grec, au milieu des arroseurs, et atteignis rapidement le portail qui, en fait, n'était pas fermé à clef. Je courus jusqu'à la Cherokee et sautai à l'intérieur, jambes les premières, comme si je m'embarquais dans le cockpit lunaire, par la fenêtre ouverte côté passager. « Démarre ! J'ai l'arracheur de dents sur les talons ! » Mon oncle sursauta en lâchant son paquet de cacahuètes qui explosa en pluie sur le tableau de bord, et démarra en trombe. Au passage, devant la maison, je pris une photo au vol des deux amants en pleine danse déchaînée qui nous jetaient des poignées de gravier blanc et quelques fruits blets – figues, me semblait-il –, qui explosèrent sur le pare-brise. Je me retournai pour regarder leurs silhouettes rapetisser dans la lucarne arrière, et le chapeau de la harpie s'envoler dans le ciel ocré par un vent de sable échappé des dunes à proximité.

« Ce dentiste était hargneux, non ? Il aurait pas fait tache dans *Marathon Man*. Woooou ! Ça, c'était un rodéo ! » Thomas lança les essuie-glaces pour balayer la chair rouge des fruits et redonna la parole à Jerry Garcia. « Tu as une photo ? Dis-moi que tu as une photo ! » me cria-t-il en tapotant de ses gros doigts la chambre noire de mon arme de poing. Il attendait ma réponse le menton tremblant, rentré dans la poitrine comme s'il allait s'enrouler sur lui-même, et je m'attendais presque à voir des piques transpercer sa chemise.

« Tu vois les flous tremblés, surexposés qui se vendent pour des millions dans les galeries ? dis-je en formant un cadre de mes pouces et index. Ça doit bien valoir quelque chose artistiquement, non ?

– Pute borgne ! »

Mon oncle se mordit les dents pendant une bonne partie du trajet, avant de se détendre un peu et de picorer des cacahuètes rescapées, coincées dans les grilles des ventilateurs et la boîte de vitesse. Moi, je pensais à Manon, en entortillant sur mes doigts la longue mèche de cheveux que j'avais gardée dans le fond de ma poche. « Elle me rappelle ta mère. » Je sortis précipitamment la main de mon pantalon. Je savais très bien de qui il parlait, mais je lâchai un « Qui ça ? » penaud, qui résonnait dans ma bouche comme une nouvelle langue. Il ne prit pas la peine de me répondre et se reconcentra sur la route.

Il me déposa devant chez moi à la nuit tombée. « Allez, te bile pas, on a ce qu'il faut, je pense. T'as bien gagné ta journée. » Et il me tendit quatre billets chiffonnés avant de démarrer.

Lorsque j'entrai, mon père était enfoncé dans son fauteuil, en robe de chambre et chaussons, en grande conversation avec la télévision. « Mais quel faux jeton, le Tonton. J'en veux pas de ton Europe et de ta monnaie unique. Tu veux nous diluer dans ta soupe ! Maastricht à tes souhaits ! » Je l'avais toujours connu *habillé*, hiver comme été, dans ce qui était pour moi l'uniforme paternel, immuable, comme une seconde peau cousue sur la première. Jean usé jusqu'à la corde, pull à col roulé en laine pelucheuse, caoutchoucs bleu marine et ciré à portée de main. Le voir tout à coup dans cet accoutrement domestique, négligé, une barbe naissante lui pigmentant les joues et le menton, son casque de cheveux noirs flapi et désordonné, me surprit.

Je claquai la porte derrière moi et j'existai enfin. « Tiens ! Mais où t'étais fourré encore ? Je croyais que vous travailliez à devenir des rockstars avec le Finlandais. » Il ne prit pas la peine de me regarder et continua à fixer la lucarne devant lui. Avec son bout de cigarette rougeoyant, il battait machinalement la mesure d'une musique que lui seul pouvait entendre, mais qui avait sans doute à voir avec les orchestrations complexes qui l'imprégnaient tout le temps et le faisait paraître souvent absent, même sur la terre ferme. Celles des mouettes, du vent, du ressac et des grondements des cordages qui descendaient les filets vers les fonds. « Plutôt Suédois. J'étais avec Thomas pour l'aider dans sa peinture. Il te passe le bonjour », dis-je en choisissant avec prudence un demi-mensonge. Il fronça les sourcils : « Mouais. Sa *peinture.* » Puis, se tournant enfin vers moi sans vraiment me voir : « Responsabilité historique, mon cul ! Il nous promet la fin des temps si on refuse son traité ! Quel tribun à langue fourchue ! Ça empêchera pas les Yougos de se mettre sur la tronche. Ouvrez encore plus les frontières, allez-y, j'ai de l'amour à revendre ! Les Rosbifs sont méfiants comme d'hab, et ils ont bien raison. » Je m'assis à ses côtés, sur l'accoudoir. « Papa, tu ne devais pas repartir aujourd'hui ?

– Non. Je prends des sortes de vacances. Les poissons aussi.

– Je ne t'ai jamais vu prendre de vacances. Je ne suis même pas bien sûr que tu saches comment on fait.

– Ben quoi ? Je les ai bien méritées alors. Et si, je sais parfaitement comment on fait. J'ai un bon exemple à la maison ! Ne rien faire en attendant que ça tombe ! C'est bien ça ? J'ai l'impression que tu as de moins en moins lycée, ces temps-ci.

– Eh bien, j'ai un contrôle de l'autre sadique demain, si tu veux savoir. Les probabilités conditionnelles.

– Ha, ha, ha ! Les probabilités conditionnelles, tu dis ? J'en connais un dans le poste qui aurait mieux fait de bosser là-dessus. Regarde-le-moi ce bonimenteur ! C'est pas lui qui nous vendait le socialisme, il y a dix piges ? On en a pas vu la queue ! » Mon père se contorsionna pour attraper l'un de ses chaussons et le jeta vers la télé, qu'il manqua d'un bon mètre.

« Bonsoir, papa.

– Les aristocrates à la lanterne ! »

Je laissai mon père rager contre l'écran et montai dans ma chambre pour tenter de réduire, si c'était encore possible, les probabilités de me planter en beauté le lendemain.

Lorsqu'il m'arrivait de m'aventurer dans l'enceinte de la caserne de gendarmerie, c'est-à-dire assez peu souvent – Alcibiade n'étant pas tellement à l'aise avec le fait que je vienne tailler le bout de gras avec ses parents, qui ne manquaient jamais de me passer à la question sur les habitudes de leur progéniture –, je croisais toujours le même planton esseulé dans sa petite guérite à l'entrée. Un type sans âge au képi trop grand, avec strabisme divergent et moustache en guidon de vélo qui cachait mal une absence de lèvres. Il semblait tout droit sorti du petit théâtre de Guignol, et je l'imaginais bien gigoter de droite à gauche, s'époumoner dans un sifflet, et mouliner dans les airs sa matraque à la poursuite de ses congénères de bois et de chiffon. Je me demandais si on ne l'avait pas tout bonnement oublié à son poste alors que l'âge de la retraite avait depuis longtemps sonné pour lui.

Je toquais à la fenêtre, et il me lançait alors invariablement sa meilleure vanne – du moins, le croyait-il – en se léchant le pouce pour tourner les pages récalcitrantes du calepin relié de cuir devant lui. « Encore toi ? J'étais pourtant sûr de t'avoir mis définitivement sous les verrous. » Il pointait ensuite son index aussi étique qu'accusateur vers moi : « Tu sais, il n'y a pas si longtemps, la guillotine chauffait encore. » Bien sûr, je donnais le change au petit gendarme, qui n'était réputé ni pour son second degré ni pour sa finesse – le bruit courait qu'il n'avait pas hésité une seconde à aligner sa propre femme qui avait grillé un feu bien mûr sous ses yeux –, avec l'aplomb d'un acteur de boulevard anémié : « Allons, monsieur Battista, vous savez bien que je suis un garçon qui a la tête sur les épaules ! » Il éructait alors de son rire aride, en me laissant apercevoir le balancier de sa luette entre ses plombages oxydés, et me tendait son Bic quatre couleurs pour que je signe son registre. Je le quittais au moment où il commençait à partir en roue libre sur des thèmes divers et variés – en s'adressant surtout à lui-même –, à commencer par le Général de Gaulle et le coup d'État manqué, selon lui, de Baden-Baden, pour mettre au pas les anarchistes et les cocos. « Bonne soirée, monsieur Battista ! »

La caserne, d'un moderne déjà éculé, avait l'allure d'un jeu de construction qui avait mal tourné. Le bureau principal, hérissé de ses antennes et paraboles disgracieuses, était à la proue d'une suite de cubes superposés au crépi orange fané, là où se trouvaient les appartements de fonction. Le tout était englué dans un conglomérat de béton et de goudron, où toute verdure, hormis une rangée de thuyas déplumés et cramoisis, avait été éradiquée. Je comprenais Al et son désir de s'évader autant qu'il le pouvait de cette verrue minérale et atone qui avait poussé un beau jour dans notre belle cambrousse-dortoir, le long d'une nationale très fréquentée.

Je pénétrai dans une sorte de dédale sombre et inutilement équipé de paliers recouverts de préaux comme des miradors d'opérette, avant d'accéder à la volée de marches qui conduisait aux appartements. Je grimpai jusqu'au numéro 8 et appuyai sur la sonnette juste au-dessus de la plaque dorée gravée d'un *Adjuc B. Hallström*, dont certaines lettres semblaient avoir été grattées avec un canif.

Apparut alors la mère d'Alcibiade, qui tenait la porte d'une main, et de l'autre tentait d'empêcher que ne se renverse le contenu de son verre. Elle le porta rapidement à sa bouche et y trempa les lèvres pour retrouver l'équilibre. Quelques gouttes s'échappèrent et elle tamponna ses commissures du bout de son majeur à l'ongle peint d'un grenat vif. « Ah ! *Il bel ragazzo* Barone ! Entre. » Je n'avais jamais vu Elena Hallström autrement vêtue que de robes de soirée, longues et racées, et ce à n'importe quelle heure de la journée. Elle les portait toujours avec une touche de négligé étudié – pieds nus, bretelles en berne, cheveux auburn ardent aux quatre vents – d'une femme sûre de sa beauté. Et elle était sublime, Rita Hayworth dans *Gilda* me répétait à l'envi mon père, qui, lui aussi, comme la plupart des hommes du village, était tombé en pâmoison devant ses atouts méditerranéens. De ses yeux pétillants aux longs cils recourbés, qui ne vous fixaient jamais vraiment et qui papillotaient sans cesse, elle paraissait chercher quelque chose dans le décor autour de vous. Peut-être l'ombre de la chance qu'elle avait laissée passer, celle de ne pas finir prise au piège dans la cage d'une gendarmerie de province. Al m'avait raconté qu'elle avait abandonné une carrière de comédienne bien lancée pour suivre son père, qui avait, d'après lui, joué la carte du prestige de l'uniforme pour la séduire. Une fois l'exaltation retombée, et après la naissance d'Alcibiade, il était déjà trop tard pour reprendre le fil de sa destinée, et elle s'était contentée d'être en représentation entre quatre murs, où quelques fois un visiteur inattendu, comme je l'étais de temps à autre, pouvait profiter de son talent gâché.

Je la suivis au salon, émerveillé par sa démarche chaloupée. Elena avait clairement conservé un port altier et félin, qui s'était mâtiné au fil des années d'une langueur d'ange déchu d'Hollywood. « Vous ne nous avez pas habitués à partir *en soirée* tous les deux. Je croyais que c'était juste pour les ringards du lycée ? » dit-elle en remplissant son verre d'un liquide translucide qui, d'après les effluves d'anis et d'épices que j'avais sentis dans son sillage accompagnant celles capiteuses de son parfum, était sans doute du Marie Brizart. Elle remonta sa bretelle, qui retomba aussitôt, et s'assit, fesses sur le rebord d'un petit fauteuil voltaire, seul meuble aristocratique au milieu d'une débauche prosaïque de contreplaqué et de formica. Elle croisa les jambes dans un feulement sensuel sous sa robe. « Reste pas planté là ! » Elle tapota du plat de la main le sofa en face d'elle et vida une nouvelle fois son verre. Je m'assis et étudiai un instant, fébrile, l'émouvant centimètre et demi qui séparait nos genoux. « Al ne m'a pas dit où vous alliez.

– Chez Jessica Navarro. Nous avons décidé de nous sociabiliser. Pour l'hygiène, en quelque sorte.

– Ah. Jolie fille. Un peu maigrichonne. Il faut se méfier des petits seins. Des garces. » Je faisais de mon mieux pour ne pas regarder les siens et trouvai un certain réconfort dans un portrait d'Alcibiade qui, à l'âge de sept ou huit ans, déguisé en Zorro, nous montrait fièrement les deux trous de ses incisives manquantes. « C'est donc pour ça la douche hebdomadaire sans que j'aie eu à jouer la carte du chantage. Il y est depuis une bonne demi-heure. Tu veux une anisette le temps qu'il fasse reluire ce qu'il y a à faire reluire ? » Elle flirtait un peu avec moi, et je me laissais malmener en serrant les dents. Elle était sans filtre et avait le don de tout rendre équivoque. Notamment la façon dont elle suivait de son index les contours de sa coupe, ou celle de pianoter le lobe de son oreille agrémenté d'une grosse perle noire, dans laquelle je voyais par intermittence mon reflet se ratatiner à l'image de ma contenance. « Non merci, madame Hallström.

– Madame Hallström ? Quelle horreur ! Allons, monsieur Barone, je sais que je ne suis plus de première jeunesse, mais tout de même ! Elena, si tu veux bien. Je ne l'entends pas si souvent que ça, entre les *môman* et les *mon chou* analgésiques du quotidien. Il revient parfois dans la bouche de Bernard, mais c'est rarement un bon présage. » Elle fit sonner son verre d'une pichenette comme pour marquer la fin d'un round et prit une cigarette qui fumait déjà, le filtre teinté de rouge à lèvres, dans le cendrier à ses pieds. Je glissai inexorablement vers le fond du sofa et m'aperçus que des gouttes de sueur commençaient à ruisseler dans le bas de mon dos. « E-le-na.

– Voilà, c'est bien mieux. Oh, et puis tu sais, une maman sent l'haleine de son fils à des kilomètres à la ronde, et je sais quand Al revient d'une de vos escapades arrosées à la bière.

Alors ne joue pas trop les timorés avec moi. J'imagine que ce soir, ça ne sera pas grenadine, fraises Tagada et parties de Monopoly. Alcibiade est toujours puceau ? En tout cas, on ne peut pas dire qu'il lésine sur la théorie à ce sujet. » Elle écrasa sa cigarette et mon dernier bastion de résistance. « Eh bien… », commençai-je en essayant de piocher des lettres, puis des mots, voire quelques onomatopées au hasard dans un panel qui était tout à coup réduit à une langue primitive, pour retarder la connerie qui ne manquerait pas de sortir de ma bouche. Elena caressa ma rotule, qui n'était a priori pas la zone la plus érogène chez moi, et je faillis passer aux aveux.

Le père d'Al fit son entrée alors que j'envisageais de me ruer sans attendre vers le hublot ouvert à la gauche du meuble apéritif – et donc de m'empaler sur la forêt d'antennes qui se trouvait, d'après mes calculs, juste en dessous. « Ah, bonsoir, David. Alors, il paraît que tu as refait le portrait du petit Chapelet ? » Le physique de Bernard Hallström ne contredisait en rien la légende et les lieux communs scandinaves. Il était naturellement blond, grand – sa coupe en brosse frôlait dangereusement les pales du ventilateur qui tournaient poussivement au-dessus de lui – et charpenté comme un Viking, mais auquel on aurait coupé les cornes, la farouche crinière, et fait refouler à grands coups de polissage et de vernis sociaux tous les bas-instincts – guerriers ou autres. Pas un cheveu ne dépassait et il affichait ce masque un peu flippant – sourcils obliques, yeux plissés, menton réticent – à la fois inquiet et accusateur, qui était si difficilement soutenable qu'on finissait par se demander si l'on avait bien effacé nos traces sur l'arme du crime. À l'instar de sa femme, qui la jouait façon Mata Hari, il avait une méthode d'interrogatoire plus classique, mais qui n'en était pas moins efficace pour vous faire cracher le morceau.

En plus d'être un Viking dilué, Bernard Hallström était donc militaire. Raide comme un piquet, sévère, tatillon, protocolaire. En bref, lui aussi était en éternelle représentation, ne sortait que très rarement de son rôle – il me semblait l'avoir surpris une fois en flagrant délit de décontraction devant le passage des chars Leclerc sur les Champs-Élysées, lors du défilé du 14 Juillet retransmis à la télévision – et était né avec sa panoplie complète de gendarme, petit doigt sur la couture du pantalon. Comme me le disait souvent Alcibiade : « Ma grand-mère a dû en baver pour faire passer le képi. »

Je bondis de ma place et étais presque sur le point de me mettre au garde-à-vous. « Bonsoir, monsieur Hallström. Mon coude m'élance toujours, mais je ne souhaite pas porter plainte contre Lilian. » Pratiquer l'humour en sa présence, ne serait-ce que piétiner les frontières du premier degré dans lequel il vivait, revenait à dégainer une arme blanche, et j'avais vu un certain nombre de fois Al se faire remettre à sa place lorsqu'un trait lui échappait. Moi qui connaissais bien mon ami pour ses sorties de piste facétieuses, j'étais toujours surpris de le voir silencieux et éteint en présence de son père.

Je vis sa narine friser et me préparais à accueillir le ton docte et moralisateur qu'il employait pour sermonner son entourage, mais après quelques secondes à me toiser, il se contenta d'épousseter son képi et s'avança pour retirer des mains de sa femme la énième cigarette qu'elle allumait ainsi que son verre. « Elena, je crois que le salon ressemble déjà suffisamment à un mélange de hammam cancérigène et de distillerie. » Elena. Le ton était donné. Elle sortit de scène sans un mot, et on entendit l'instant d'après une porte claquer. Je suivis le père d'Al jusqu'à la cuisine, où il passa le mégot sous le jet d'eau du robinet et nettoya avec acharnement le verre de sa femme. Sûr que je ne pouvais qu'être derrière lui, il reprit sans me regarder : « Je devrais sans doute assigner Alcibiade à résidence en prévision de son résultat au devoir de mathématiques, qui sera, j'imagine, à l'avenant de son dernier bulletin. Mais on va appliquer la présomption d'innocence, et puis pour une fois que vous frayez avec des gens civilisés, je ne vais pas vous en empêcher. La famille Navarro est très bien. Je connais le père, qui est avocat, et la mère est au conseil municipal. » L'information selon laquelle la fête était plutôt clandestine – les parents de Jessica étant partis pour revivre leur voyage de noces à Marrakech, en autorisant éventuellement une soirée pyjama intimiste à leur fille chérie –, n'avait pas fuité, même dans les sphères de la gendarmerie. Il posa enfin le verre, qui n'avait pas disparu comme je le pensais sous les assauts effrénés de l'éponge, mais brillait comme un diamant sur l'égouttoir. Il se tourna vers moi en glissant sur ses talons : « Pas de bêtise, et maîtrisez vos coudes, David.

– À vos ordres, monsieur Hallström ! »

Dans le couloir, je passai devant la porte de la chambre des parents d'Alcibiade, dans laquelle Elena s'était retranchée, et d'où émanait des envolées de musique opératique qui recouvraient à peine les sanglots étouffés. Je ne m'attardai pas et continuai jusqu'au bout, après la salle de bains, au passage de laquelle je me pris en plein visage une touffeur tropicale à base de savon, de déodorant et d'after-shave – Al n'avait pourtant que trois poils sur le menton –, et arrivai à sa chambre, qui accueillait les intrus avec un panneau sens interdit, sur lequel il avait dessiné sommairement au feutre des yeux, une moustache et un sourire. J'imaginai le gendarme respecter scrupuleusement, dans un réflexe pavlovien, ce signe notoire du code de la route, et peut-être passer par la fenêtre. Je toquai à la porte.

« 'trez ! Seulement si vous êtes Jessica Rabbit ! »

La chambre d'Al était visiblement une zone de non-droit, où la rectitude de son père n'opérait plus. Au milieu d'un amoncellement de vêtements et de chaussures surnageaient des magazines déchirés et des cartouches de console. Les murs étaient tapissés de plusieurs couches de posters, extirpés sauvagement des magazines, aux thèmes à première vue hétérogènes, mais qui, dans l'univers mental d'un adolescent dans les derniers soubresauts de la puberté, faisaient sens : voitures de course incontrôlables, pin-up de calendriers étrennant leurs instruments à vent flambant neufs dans des bars interlopes, films aux acteurs armés jusqu'aux dents peu sûrs de leur virilité, les signes habituels de rébellion et d'anarchisme velléitaires. De quoi marquer son territoire de manière peu subtile mais efficace dans le décor aseptisé du reste de l'appartement. Le bouquet d'odeurs de la salle de bains était bien présent, mais rehaussé d'une pointe de chaussettes sales et de transpiration.

Al était allongé en slip sur la moquette, à côté de son lit. Mains derrière la tête, il pliait et dépliait péniblement son grand corps hâve qui contrastait avec son visage congestionné par l'effort. Il fixait la télé allumée en face de lui, qui diffusait un cours d'aérobic, autant que je pouvais en juger parmi les excès de zoom avant sur des bodys fluorescents et échancrés jusqu'aux aisselles. « Davidox ! Cette Jane Fonda doit dormir dans un cercueil, elle a pas bougé depuis *Barbarella* ! Regarde-moi ce cul en béton ! Zara Whites peut aller se rhabiller !

– Tu t'y prends mal, si tu veux muscler ton fessier. Tu ne suis absolument pas ses mouvements.

– Oh non, c'est juste de la motivation visuelle, et si ma mère entre, le lycra, c'est la chasteté même, tu vois. Il y a bien quelques entrecuisses moulés, mais c'est soft. » Al redoubla d'ardeur. Son vendre se creusa alors à tel point que je me demandai s'il n'avait pas retiré ses organes internes pour être plus à l'aise. Sa cage thoracique entière apparaissait à chaque mouvement et cognait sous sa peau tendue comme pour se frayer un chemin vers la sortie. « Je me prépare pour ce soir.

– Tu sais qu'on ne peut pas gagner des tablettes de chocolat en quinze minutes.

– Si, si ! C'est dans la tête, mon vieux. Dans la tête. Je sens qu'il se passe un truc.

– Ton hernie inguinale qui approche, non ?

– Je me fais beau pour la plantureuse Caroline. Je me suis branlé deux fois sous la douche – ça fait triple dose de sport –, et j'espère que t'en as fait autant, sinon ça va être la crue centennale dans ton futal au moment de conclure. On peut se mettre une cassette de ma réserve personnelle si Jane te suffit pas. J'ai du ricain si tu veux, les meufs ont l'air de faire des œdèmes de Quincke à répétition et devraient carburer à l'antihistaminique, mais c'est pas dégueu. Puis tous les genres : en costume d'époque, SF, polar et même des films d'auteur qui soliloquent sur l'influence des corps caverneux entre la révolution industrielle et le post-modernisme, avant de finir comme les autres par une éjac faciale.

– T'occupe pas de mes fluides, Al. Mais je suis passé par le chantier de la salle de bains. Elle était noyée dans des brumes douteuses. Tu cocottes, mon pote. » Al afficha un grand sourire et, à mi-chemin de sa contorsion, il renifla un grand coup en tirant sur l'élastique de son slip. Puis il le fit claquer bruyamment en retombant dans sa position de gisant. « *Smells like teen spirit* ! Puis faut faire gaffe, les nanas ont un sens de l'odorat très développé. C'est pas comme nous, tu vois, elles sont plus proches du dalmatien ou du setter irlandais.

– Et elles voient moins bien les couleurs, je suppose… », dis-je en désignant du bout du menton une large salopette au velours jaune étalée sur son lit, à côté d'une paire de Dr. Martens montantes rouges. « Me dis pas que tu vas porter ça ? » Il se redressa sur ses deux grandes tiges dans un râle et s'approcha de moi en enfonçant ses doigts osseux dans les pourtours de son nombril – sans doute à la recherche d'un abdominal qui serait sorti revigoré de ses minutes intenses de flexion. Son visage retrouva instantanément sa carnation originelle, plus en accord avec la pâleur marmoréenne du reste de son corps. Il attrapa le vêtement, et après une courte valse qui me permit d'apprécier son slip kangourou sous toutes les coutures, il le colla sur lui pour prendre la pose devant son miroir bardé d'autocollants. « Sexy, non ? Genre *working man* couillu, mais qui n'a pas peur de son côté féminin. » Al s'immobilisa soudain et allongea son long cou ligneux vers moi en plissant des yeux. « Mais ça sert à que tchi, parce que notre Barone national n'a fait aucun putain d'effort. Tu vas nous casser le coup. J'te rappelle qu'on est chez les Navarro, qui bouffent avec une chiée de couverts à table – couteau à poisson, cuillère à pêche Melba, scie à crustacés – et les rince-doigts sur la finition. C'est bien le jean qui tient debout tout seul que tu portes depuis six mois que je vois là ? Je te préviens, ce soir, c'est la baise ou la mort ! Tu tiens vraiment à mourir puceau ?

– Je te rappelle qu'on n'est pas vraiment invités, va falloir la jouer discrétos. Et pour ce qui est de casser le coup, je me demande ce que vont dire les autres quand je vais me radiner à la porte avec le clown de Stephen King au bras.

– Ouais, pas con. Je vais tempérer avec un bandana noir, et je me suis fait les ongles ; depuis quelque temps, je me grattais le cervelet en me curant le nez. Je mets le grunge de côté pour ce soir. Si on n'a pas de guitare, comment on fait la différence avec un clodo ? Mais je te promets, je me brosserai pas les cheveux.

– Un bandana noir. Parfait ! Rien de mieux pour atténuer ton côté tueur en série manucuré et daltonien. »

Alcibiade recommença à singer Jane Fonda, à quatre pattes, fesses en l'air, imitant un chien qui pisse sur un réverbère, lorsqu'on gratta à la porte. « Deux minutes ! » Alcibiade attrapa simplement ses chaussures, sauta dedans et, laissant à l'air libre le reste de son anatomie, il prit une pose de Monsieur Univers pour bander une idée de muscle. Malgré l'effort, il fallut se contenter de quelques nerfs et tendons sous une zébrure de veines bleu ecchymose qui affleurèrent comme une constellation sur sa peau. « Entrez ! » Elena apparut, le visage défait, les yeux rougis et comme frangés de coulures de mascara qui descendaient jusqu'à ses lèvres, où elles avaient été maladroitement essuyées. Devant nos têtes de merlans frits, elle illumina son visage d'un large sourire éclatant de starlette. « Alors, les mecs, c'est le *grand soir* ?

– Maman !

– Tu sais que ce slip, c'est pas du tout glamour, mon chéri. On dirait ton père. Il existe des trucs plus sympa maintenant, sans cette poche flasque et disgracieuse. Une séance shopping mère-fils est à envisager.

– Ouais. Carrément. Rien de mieux que d'aller acheter des sous-vêtements avec ma mère pour caresser ma virilité dans le sens du poil. Merci-mais-non-merci. Plutôt mourir d'un décollement de la plèvre. Si ça tenait qu'à moi, je me baladerais sans rien, je suis plutôt pour l'émancipation du zguègue, mais j'ai peur d'effrayer au moment fatidique…

– Mmm, à vue d'œil, on doit être sur du M, voire du S.

– Génial. Et sinon, tu veux quoi, à part malmener mon Œdipe ? »

Elena s'avança vers nous, tendit son bras – sa bretelle balottant de nouveau dans une zone dangereuse qui m'offrit un interstice émouvant sur un dessous de bras velouté et la promesse d'un sein plein – et ouvrit tout doucement la main, comme si elle tenait un oiseau blessé. « Cadeaux ! » On approcha nos deux museaux au-dessus des deux carrés dentelés. « T'es sérieuse ? C'est bien ce que je crois ? » Elena s'approcha encore plus près, glissa le premier préservatif dans la poche kangourou du slip d'Al et me tendit le second en jetant un œil à l'écran par-dessus mon épaule.

« Jane Fonda. Une sacrée femme. » Puis, après un long soupir devant le miroir, où elle tenta par petites touches de la pulpe de son index de remettre un peu d'ordre à son visage et de retrouver sa superbe, elle s'adressa à nos deux reflets circonspects : « Les capotes, j'en ai pas vu beaucoup dans les chefs-d'œuvre que tu mates à longueur de temps, donc je suis pas vraiment sûre que tu saches ce que c'est. Indice : ce ne sont ni des ballons de baudruche ni des paquets de chewing-gums.

– M'man ! Merde, on sait ce que c'est ! Ils nous en ont fait mettre sur des espèces de gros concombres en troisième ! Tu veux pas aussi nous parler de la cigogne, du chou et des roses tant que t'y es ?

– Eh bien, puisque tu en parles, mon cadeau t'évitera – en plus d'une ribambelle de maladies – de devenir père à dix-sept ans, alors que tu tiens encore ta fourchette à pleine main comme un petit garçon. » Sur cette dernière réplique, qu'elle savait piquante, Elena sortit en riant et trottina jusqu'à la sortie pour esquiver la pluie de divers objets qu'Alcibiade lui balançait. « Tu connais ton Code de la route ! Interdit ! Interdit ! Je vais y foutre un verrou à cette porte, des douves, un pont-levis, une herse ! »

Al ne voulait pas croiser son père, et il décida, comme moi plus tôt, qu'il valait mieux se rompre le cou en descendant en rappel le long d'une gouttière depuis son balcon que de l'affronter.

À vue de nez, il devait y avoir un peu plus de quatre mètres de hauteur. De quoi s'estropier un bon coup, mais sans doute insuffisant pour casser sa pipe, à moins d'y mettre vraiment du sien. Je n'étais pas friand des hauteurs, mais je passai en premier avec le sac à dos rempli de bières et me ramassai à la réception dans un grand bruit de carillons de Noël. « Bravo l'homme qui tombe à pic, me dit Al, qui, ses deux mains en porte-voix, réussissait le tour de force de hurler en chuchotant. Te bile pas, le collègue de mon père du dessous est nazi tendance stalino-polpotienne, mais il doit déjà ronquer, on est tranquilles.

– J'espère qu'il a le sommeil lourd, parce qu'avec tes feulements de jaguar, c'est pas gagné. En plus, avec la lune sur tes fringues, tu rutiles comme un faisan. Une belle cible.

– Tu crois pas si bien dire, le type a enlevé une oreille à son clebs croyant que c'était un croupion de palombe. »

Alcibiade entama à son tour la descente, mais alors que j'avais dû suer et m'esquinter sur des prises scabreuses, l'énergumène, aidé de son mètre quatre-vingt-dix et de ses deux humérus de compétition pendus au balcon, n'avait eu qu'à effectuer un petit saut gracieux pour combler la maigre distance qui le séparait de la terre ferme. Il passa son pouce sur ses lèvres qui, sous l'effet, comme deux vers titillés, se tordirent en un sourire narquois dont il avait le secret. « Je sais ce que tu te dis, Barone. "C'est moi le beau gosse, mais c'est Al qui survivra à la prochaine apocalypse nucléaire." »

J'ouvris le sac et tentai, dans le noir, de constater l'étendue des dégâts causés par ma cascade.

« Pas trop de casse. On a perdu une bière, je crois, qui a commencé à couler jusque dans mes pompes. Toi qui flippais pour mon odeur, tu crois que les filles apprécieront la fragrance houblon ?

– Merde, c'est con. Mais rien ne se perd, comme dit machin. Je suis prêt à me sacrifier pour sauver la binouze en léchant ton beau galbe, même si je dois bouffer un peu de poils italiens.

– Notre amitié ne s'en remettrait pas.

– Qui sait, mon pote ? On gagnerait peut-être du temps, au contraire !

– Ça séchera en chemin. En tout cas, les capotes de ta mère sont baptisées. »

On se dirigea vers le gymnase, deux cents mètres plus loin au fond de la caserne, avançant courbés dans l'ombre comme deux monte-en-l'air de cinéma muet aux aguets, où Alcibiade avait l'habitude de cacher sa meule. « On se demande à quoi il sert ce bâtiment. J'ai pas vu un seul type se bouger là-dedans, encore moins mon père, à part peut-être pour lever le coude lors de leur bal annuel à la con. » L'adjudant-chef Hallström n'était évidemment pas au courant pour l'engin, qu'Al avait acheté sous le manteau à deux gitans ferrailleurs qui tenaient une casse plus ou moins légale près de la bretelle d'autoroute – en fait, une décharge à ciel ouvert, remplie de carcasses de voitures servant de repaire à des centaines de mouettes, qui devaient trouver leur compte au milieu des immondices. Al avait donc un beau matin cassé sa tirelire, encore débordante des émoluments liturgiques d'une première communion, et était reparti, après d'âpres négociations où il avait dû refuser un moteur de tondeuse, quatre enjoliveurs Mercedes et une gazinière fossilisée dans la graisse, au guidon de son 103.

On poussa la bécane dans un relatif silence, exceptés le cliquetis métronomique de la chaîne et le chuintement d'une roue légèrement voilée, jusqu'à la porte de garage des grosses cylindrées des motards. Une fois à bonne distance de la caserne, Al mit son coup de patte habituel, et elle démarra au quart de tour. « Je sais que je t'ai toujours refusé la faveur, mais tu vas enfin conduire Dada. T'es un homme, maintenant. Et puis j'ai cette putain de salopette qui me rentre dans le fion jusqu'à l'intestin grêle ! Je pensais pas me faire mettre par ici ce soir ! »

On décida de longer la voie ferrée pour éviter d'attirer l'attention dans le centre du village avec le rugissement de notre moteur à deux temps qui, en rebondissant sur les parois, faisait plus de vacarme qu'un cheptel de Formule 1. Le terrain n'était pas un cadeau pour mon baptême de l'air, entre gravillons, nids-de-poule, touffes d'herbe hostiles, et j'évitai *in extremis* de coucher la meule à plusieurs reprises lors de dérapages incontrôlés. J'étais comme paralysé, mais résolu, tandis que le décor nocturne basculait sous mes yeux, à accepter mon sort et les six mois de rééducation qui se profilaient. Al, qui avait un peu de métier sur ce genre d'engin, et quelques chutes à son actif, rétablit avec maestria mes embardées de débutant grâce à son jeu de jambes. « Tu vois, finalement c'est pas plus dur que le vélo. Faut juste réfléchir plus vite. Allez, c'est pas mal, on a juste failli mourir six ou sept fois, c'est la moyenne nationale. » Il me tapota sur l'épaule et me désigna un endroit pour m'arrêter en bordure de la voie ferrée, à côté d'un passage à niveau. Il descendit de la mobylette et entama une danse qui aurait fait pâlir Jane Fonda et ses copines, au cours de laquelle il s'accroupit à plusieurs reprises en tirant avec hargne sur son fond de culotte. « Je reprends les commandes, mon pote ; ça change rien pour moi à l'arrière, et je préfère perdre mon anus que mes dents. » L'alarme du passage retentit et, dans le vacarme qui s'ensuivit, Alcibiade, comme si de rien n'était, se mit à me hurler dans les oreilles, alors que le TGV lui frôlait les miches : « Désolé pour le cirque de ma mater, tu la connais, hein ?! Une fois pompette, c'est Greta Garbo. Puis j'imagine que t'as eu droit à la litanie du Maréchal ? » Je l'attirai vers moi en le tirant par les bretelles et me mis à hurler à mon tour dans ses énormes pavillons cartilagineux. « T'inquiète pas ! Ça me change de mon père qui vit depuis quatre jours en pyjama et n'adresse plus la parole qu'à son téléviseur. Je ne sais pas ce qui lui arrive, mais il ne met plus les pieds sur son bateau ! » Nos deux regards furent alors attirés par les feux du train qui, dans la légère brume qui s'installait, semblaient s'embraser comme une queue de comète. Puis l'alarme se tut, et les bruits du roulement finirent par se perdre au loin, dans un dernier écho. Al se tourna vers moi et continua à gueuler : « On échange ? »

Jessica Navarro habitait dans les beaux quartiers du village, où se trouvaient de grandes maisons aux toitures de tuiles ocre vertigineuses et bardées de rangées de baies vitrées qui les faisaient ressembler à des vivariums pour nantis. Elles surplombaient d'immenses jardins dans lesquels des médecins, des avocats et quelques hobereaux des vignobles du cru se lançaient des salutations empruntées dans leurs bermudas, chaussures bateaux et polos Lacoste, au cours des barbecues dominicaux. « Bé merde alors, le rêve américain Dada, *Beverly Hills 90210*. Version franchouillarde, OK, mais quand même. Leurs gogues doivent faire la taille de l'appart de mes parents. Je te jure, Jessica est née avec un P.Q. en argent entre ses jolies petites fesses.

– Ouais, et comment on entre sans se recevoir des jets de pierres précieuses ?

– Avec des cartes de crédit Gold entre les dents. Après, il y a peut-être un mot de passe sibyllin comme font les riches, tu sais ?

– Non, Al, je ne sais pas comment font les riches. Un mot de passe sibyllin ?

– Ouais, le nom d'un opéra de quatre heures que ma mère écoute entre deux sermons de mon père. Ou tiens ! Le nom d'un tissu précieux ! *Orrrrgandiii* ! Non ! Un truc bien glauque : ils te font une prise de sang !

– Et s'il est bleu, on peut entrer ?

– C'est foutu, j'ai pissé du nez ce matin et il est bien rouge populo.

– La soirée est avancée, on devrait tomber sur un invité alcoolisé pour nous ouvrir. »

La fête battait effectivement son plein, et l'on pouvait apercevoir par les fenêtres les corps lourds aux gestes vagues qui couraient derrière le boum-boum binaire des enceintes sans jamais le saisir. Les nez rouges, les cheveux collés, les pommettes luisantes de sueur, le bourdonnement continu des conversations approximatives sur des sujets non maîtrisés, les épiphanies éthyliques habituelles entre deux toasts inaudibles noyés de voyelles pâteuses, les échanges de fluides consentis ou non. « Je crois que même si on arrivait à dos de girafe, à poil, avec des plumes d'autruche dans chaque orifice en chantant *L'Internationale*, on passerait inaperçus.

– C'est ça que j'aime avec l'alcool, Barone. On est tous égaux. Faudrait l'inscrire aux frontons des mairies, dans la Constitution. Liberté, égalité, fraternité, ébriété. Et bim ! Fini le conflit israélo-palestinien, la paix dans le monde et on se tiendrait tous par la main dans une grande farandole pour pas se casser la gueule. »

Al attrapa le sac à dos et aligna une à une les bouteilles de bière sur un muret devant lui. Puis il sortit son paquet de tabac, ses feuilles, une tête d'herbe, et s'accroupit pour préparer un joint sur sa cuisse. « Faut se mettre dans l'ambiance, David. Les gonzes ont quelques trains d'avance, me dit-il entre deux coups de langue sur son collage. On a trop l'air en bonne santé là, tu vois ? On dirait qu'on va entrer au séminaire. » Il effrita l'herbe dans le creux de sa main, la saupoudra sur le lit de tabac, puis roula entre pouce et index un petit bout de carton qu'il déposa délicatement à une extrémité. « Je m'en crame un ou deux, je te souffle la fumée dans la tronche pour la conjonctivite de soirée qui faut, on s'enchaîne quelques mousses et on sera raccords avec la tribu de zombies à l'intérieur. *Capisce ?*

– M'en faudra un peu plus pour danser sur cette musique de *stronzi*.

– *Peace and love!* On est tous égaux j'te dis. La techno, c'est comme du Aerosmith avec des synthés dégoulinants, un black – ou un blanc qui se prend pour un black – qui rappe dans un anglais approximatif, et une stripteaseuse en maillot de bain huit pièces qui vocalise.

– À quel moment t'es devenu le dalaï-lama ? J'ai raté ta conversion.

– Non, mais c'est juste pour cette nuit. Demain, je redeviens le connard intolérant que j'ai toujours été ! »

Il observa son cône sous toutes les coutures et le tassa en le tapotant sur mon front. « C'est mon chef-d'œuvre ! Mate l'aérodynamisme, on pourrait l'envoyer sur la lune ou se le carrer en suppositoire ! » Il attrapa son briquet, l'alluma, et passa la flamme rapidement le long du joint, avant de s'attarder sur le bout tirebouchonné, en le faisant tourner comme un rôti sur sa broche. Une belle flamme apparue, qui fut aussitôt étouffée par les trois grandes bouffées d'Al. Les membranes de ses joues se creusèrent et, sous les éclairages chiches du jardin, les deux losanges sombres qui se dessinaient sous ses yeux exorbités lui donnaient l'apparence d'un masque tribal. Il recracha la fumée épaisse et me gratifia d'un large sourire qui fripa le reste de son visage ; j'eus, pendant un instant, dans le halo enfumé qui blanchissait un peu plus sa chevelure fine, un aperçu de la tronche qu'il aurait s'il atteignait les quatre-vingt-dix balais – ou s'il était découvert dans sa chambre quatre siècles plus tard momifié sur son autel de cassettes pornos, par d'intrépides explorateurs. Il me tendit le joint à la manière du porteur de la flamme olympique, pointé vers les étoiles. « Non ? Toujours pas ? OK, OK, je serai débile pour deux.

– Comme d'habitude. »

Je bus deux bières pendant qu'Alcibiade en descendait cinq, terminait en catimini dans un rapide balancement de tête les dépôts de mousse que j'avais eu l'outrecuidance de gâcher, et fumait son deuxième joint au fuselage moins esthétique. « C'est bon, je suis mûr ! On peut affronter la foule en délire ! »

Au moment où Alcibiade, qui chancelait déjà et se laissait gagner par les infrabasses binaires, allait pousser la porte d'entrée, elle s'ouvrit brusquement, et quelqu'un nous bouscula pour aller se jeter en trombe aux pieds d'une rangée de rhododendrons. « T'as vu qui c'était ? » dis-je en claquant des doigts pour attirer l'attention de Al, qui fixait avec un peu trop d'intensité un papillon de nuit se cogner sans relâche sur le bocal de la lumière au-dessus de lui. « Euh… non… » Puis il me laissa planter là et entra dans la maison, attiré par les lueurs prometteuses à l'intérieur, comme son pote lépidoptère qui avait fini par se brûler définitivement les ailes.

Après quelques secondes, j'entendis le borborygme familier de celui qui vient de soulager son estomac. Nicolas Rostand, le fils du maire du village, émergea des ténèbres, torse nu et épongeant avec sa chemise les éclaboussures de vomi sur ses avant-bras. Grimpant péniblement les quelques marches de la terrasse, il leva la tête vers moi et se mit à sangloter. « Barone, c'est toi ? C'est bien toi ? Je t'aime pas, mais t'es un mec sympa, tu sais. Faut que tu m'aides, putain de merde ! Je suis sûr que j'ai le sida ! J'ai bu dans le verre de cette salope, celle avec la bouche de quatre mètres et les nibards de… Tu sais bien… Je crois que j'ai craché un organe, je sais pas lequel, un rein, un… » Il regarda ses chaussures, et soudain, sa bouche minuscule se tordit d'effroi. « Mes mocassins ! J'ai niqué mes mocassins ! » Des filaments de salive étaient tendus sur le léger duvet de sa moustache et formaient comme une toile d'araignée luisante de rosée jusqu'à ses narines. Il attendait le plus sérieusement du monde mon diagnostic, tandis que je fixais avec dégoût les petites bulles d'une écume verdâtre qui glissaient sur sa gorge pulsatile. Il s'en rendit compte et les étala d'un geste maladroit du revers de la main sur sa poitrine.

« Nicolas, aux dernières nouvelles, on n'attrape pas le sida en buvant dans un verre. Au pire, une gastro. Et pour le drame de tes chaussures, un bon coup de cirage par ton majordome.

– T'en sais quoi putain, Einstein ? T'as toujours l'air d'en savoir plus que les autres ! C'est ça que j'aime pas… Mais si tu dis vrai, aujourd'hui, je t'aime comme un frère… La salope et son gin-tonic m'ont… » Il posa son regard sur les bouteilles de bière vides alignées derrière moi, et je vis monter sur son visage, à l'allure paresseuse des méninges sous influence, l'illumination de celui qui pense avoir eu la meilleure idée du monde. Il chercha autour de lui, en faisant pivoter uniquement le haut de son corps. Ses bras ballants et dévitalisés suivaient le mouvement avec un léger retard et claquaient sur ses flancs. Il se plia en deux, jambes fléchies et pieds rentrés comme le skieur en chasse-neige, et s'écartela pour attraper une poignée de petits cailloux dans une jardinière suspendue au muret. Voyant qu'il lui manquait un bon mètre pour atteindre son bonheur, il concéda de mauvaise grâce un pas de côté. Il rétablit avec difficulté son équilibre, me fit signe de m'écarter et, le museau pincé, se mit dans l'idée de décaniller les bouteilles une à une. Après cinq lancers infructueux – les jets de cailloux dessinant des arcs mous dans le ciel d'encre pour atteindre au mieux le mur, et le plus souvent mes chaussures, qui n'étaient pourtant pas dans la trajectoire –, il balança de rage le reste de sa poignée, qui manqua aussi sûrement sa cible. Devant sa mine déconfite, je rétrogradai sur notre conversation l'air de rien. « Je sais qu'Einstein aurait relativisé ton problème. Mais je veux bien t'aider. Pour le sida, tu prends une aspirine et tu fais le poirier une bonne heure en regardant vers l'est. Mais attention, pas une seconde de moins, sinon, il pourrait y avoir une rechute.

– T'es un pote, David… Un enfoiré de première, mais un p… » Son visage se déforma et il eut le réflexe aussi universel qu'inefficace de placer sa main devant sa bouche. Il descendit de nouveau les marches quatre à quatre et, pendant qu'il arrosait les plantes, j'en profitai pour m'échapper et gagner la maison.

Dès mes premiers pas dans le large vestibule d'entrée, je fus saisi par l'atmosphère quasi tropicale qui y régnait. C'était comme pénétrer dans un aquarium bruyant et malsain, et je mis un certain temps à m'y habituer. Al et moi n'étions jamais invités à ces soirées, et même si les us et coutumes allaient de soi – je n'étais pas non plus un ermite –, l'effort à fournir pour me joindre à ce bouillon de culture me paraissait immense. Nous avions savamment consolidé et cultivé l'attitude de rebelles qui nous avait valu notre statut d'indésirables.

Les murs du vestibule étaient remplis de photos des riches heures de la famille Navarro, dominées par l'hyperactivité – et, semblait-il, l'ubiquité – de Jessica : danse classique, saut d'obstacles, hockey sur gazon, volley-ball, natation, tir à l'arc, tennis, le tout complété par une trentaine d'autres clichés où elle ne pratiquait que sa prétention à être elle-même (princesse) dans des poses peu naturelles et des environnements divers. Le père et la mère apparaissaient çà et là, avec un peu plus de parcimonie, dans leur rôle à la ville. Lui en toge noire, le Code pénal serré contre son cœur et l'index en érection, et elle, tranchant d'une main sûre les rubans tricolores de la République aux quatre coins du village, dans le même tailleur suffocant. La présence d'une tête de sanglier à l'air étrangement effaré et le portrait peint d'un Cavalier King Charles pourvu d'un strabisme parachevaient le bestiaire.

Dans la pièce suivante, dont l'utilité m'échappait – un second vestibule, une anti-antichambre ? –, je trébuchai sur une personne allongée, recouverte d'une dizaine de manteaux, qui me gratifia d'un assourdi « Enfoiré ! » et se pelotonna un peu plus dans sa cachette. Puis j'atteignis enfin le cœur du volcan, le salon, dans lequel les meubles avaient été poussés aux frontières et recouverts de draps qui n'étaient pas restés longtemps immaculés. Sur cette piste de danse improvisée, Alcibiade, plus à l'aise que moi, déroulait une parade amoureuse autour d'une Caroline Tomaszewski, moins à l'aise que moi, sur une chanson de Bob Marley. Il avait déboutonné ses bretelles qui pendouillaient derrière lui et tentait de les faire tournoyer d'un mouvement rotatif du bassin pour impressionner la belle. Je cessai de regarder au moment où elles se coincèrent dans les cheveux de Cynthia Mouchès, une fille à la tignasse noire et dense dressée sur sa tête démesurée, qui lui avait valu le surnom d'Eraserhead.

Jessica apparut devant moi, dans sa tenue de Steffi Graf. Robe plissée, col en V, tennis et visière, au-dessus de laquelle oscillait une couette en palmier élaborée pour saper le sang-froid et le moral d'un éventuel adversaire. « David ? Je-ne-crois-pas-me-souvenir-de-t'avoir-invité ? » Je vis aux battements de ses paupières, qui n'étaient pas d'accord sur la cadence à adopter, et à sa diction épaisse qu'elle était déjà loin. Je tentai ma chance. « Si, tu m'as invité et tu m'as prévenu que tu dirais exactement ça, à la différence près que tu devais porter ton tutu et tes ballerines. » Elle mordilla le bord de son verre, où flottait un mégot de cigarette, me laissant admirer ses deux incisives qui se chevauchaient légèrement derrière la ferraille de son appareil dentaire. Je n'avais pas vu de photos d'elle chez le dentiste. « Mouais. Possible. Mais ton pote le singe libidineux, ça m'étonnerait. » Elle désigna Al, que Caroline maintenait à distance avec une pince de cheminée. La platine CD sauta et Bob Marley se mit à bégayer : « *Could you be... Could you be...* » « Il a fait l'effort de prendre une douche et de porter une salopette jaune. Je crois que rien que pour ça, il mérite une chance, peut-être même une médaille. » Elle ne m'écoutait plus et entortilla sur son doigt une mèche de mes cheveux en fixant un point au niveau de mon menton. Quelqu'un mit un coup de pied dans la chaîne hi-fi pour remettre le reggae sur les rails. « Nina et Lilian sont là, ça promet d'être amusant », me souffla

Jessica dans le creux de l'oreille. Elle commença à ouvrir la bouche pour rire, mais aucun son n'en sortit. Elle repartit à reculons, avec une grimace qu'elle voulait malicieuse, avant de buter sur un couple en train de se tripoter sur un canapé. Pour ne pas perdre contenance, elle vida d'une traite et sans sourciller son verre douteux.

Nina de Banville et Lilian Chapelet. Mon ex bêcheuse et mon ennemi juré au nez boursouflé, unis pour me nuire. Ça faisait effectivement beaucoup pour une seule soirée. Un peu comme si Batman se colletait le Joker et Poison Ivy dans le même chapitre. Et je ne pouvais clairement pas compter sur mon Robin, qui était hors course, pour me sortir d'affaire.

Je n'avais pas pensé à l'éventualité que Nina puisse se trouver dans les parages. Je savais pourtant qu'elle et Jessica étaient inséparables. C'était d'ailleurs cette dernière qui avait été envoyée en mission pour m'annoncer la fin de notre amourette en pointillés. Elle y avait pris un malin plaisir, et je la soupçonnais d'en avoir rajouté avec sa touche personnelle de cruauté, mais de manière tout à fait naturelle. Elle ignorait comment faire autrement. En gros, j'avais été une erreur, un passe-temps pour rendre jaloux je ne savais plus qui, y avais-je vraiment cru ? Je devrais m'estimer heureux, je devrais faire quelque chose avec mon look de clochard, je n'étais peut-être pas si horrible... Bref, une lapidation dans les règles devant les regards amusés d'une foule de lycéens assoiffés de sang.

Je misai sur les quatorze pièces que comptait la villa des Navarro pour échapper à la confrontation. En dépit des visibles recommandations – de larges bandeaux de scotch barrant les accès aux pièces adjacentes comme sur une scène de crime –, la fête semblait s'être répandue dans toute la maison. Je ne les avais pas croisés dans le salon ni sur la piste de danse, de toute façon accaparée par Al et Caroline qui, à ma grande surprise, s'était laissée convaincre de danser sur le slow de Bryan Adams que les radios déversaient à longueur de journée depuis le triomphe de Costner en collant. Al me fit un clin d'œil et bâilla plus qu'il n'articula un « c'est dans la poche » sur le solo mielleux de la chanson. D'où j'étais, la scène s'apparentait plus à un art martial qu'à une danse, et j'en eus la confirmation lorsque la main de Caroline atterrit avec fracas dans la tronche d'Al, qui affichait la mine froncée d'un type découvrant une couche de liqueur dans un chocolat. Caroline fondit sur moi, et je crus bien qu'elle m'avait réservé sa seconde salve : « Ton pote est un porc ! » me cria-t-elle avant d'aller pleurer dans les jupons de Jessica, dont la tenue avait perdu de sa superbe. Je jetai un œil à Al, qui, loin d'être abattu, était en train de frotter ses fesses contre une colonne dorique du salon.

Je tentai un repli stratégique vers la cuisine pour éviter les représailles et tombai sur les jumeaux Brisbart en pleine action. En smokings identiques, ils étaient en train de déraciner un énorme palmier de son pot en terre cuite pour le replanter, avec plus ou moins de réussite, dans l'évier à côté d'eux. « Tiens, Barone, rends-toi utile. On va battre le record du plus grand saladier de punch. C'est la gloire éternelle », me dit celui que j'identifiai comme étant Jérôme, qui avait pour unique signe distinctif une petite cicatrice près de l'œil faite par son frère lors d'une partie de fléchettes qui avait mal tourné. Quelqu'un que je ne connaissais pas, lunettes noires et tête emmaillotée dans sa capuche de sweat, versa ensuite le contenu de deux bouteilles de rhum blanc dans le pot où surnageait encore un reste de terreau. Sébastien, le jumeau au visage relativement intact, s'avança et éventra au couteau un pack de jus d'orange au-dessus du pot, comme un prêtre sacrificiel : « Ça va croustiller un peu sous la dent, mais si c'est bon pour la plante, c'est bon pour nous, non ? » L'encapuchonné et Jérôme crièrent « Oui ! » en chœur. Sébastien plongea un verre dans la mixture couleur de rouille et me le tendit : « Le dernier verre du condamné, David. Quand Lilian va savoir que t'es là, je donne pas cher de ta peau. Tu vas bientôt devenir notre Jean Moulin. Ceci dit, ça va illuminer cette soirée somme toute assez ennuyeuse, à part peut-être quand Jeff s'est brûlé les poils du pubis avec le Babyliss de la mère Navarro. » Je pris une bonne gorgée devant leurs trois têtes d'apôtres attendant le prochain miracle. « C'est comme boire la tasse après une cuite sur les berges de Garonne », dis-je en recrachant le reste dans mon verre. Le fameux Jeff retira ses lunettes et nous dévoila son œil gauche recouvert d'un pansement. Peut-être avait-il lui aussi joué aux fléchettes avec la famille Brisbart. « Nom de Dieu ! On pourrait breveter le machin et se faire de la thune, les mecs. Un nouveau cocktail en vogue.

– Bien vu, le cyclope ! Et on l'écoulerait dans les Jardiland et les Le Lann.

– Nous faut un nom.

– Marécage ?

– Tu boirais un truc qui s'appelle marécage ?

– La meuf qui a cette odeur-là, je la bouffe sans problème.

– Quelle meuf ? Tu te fais autre chose que les chèvres de ton père ? »

On m'enfonça un doigt dans les côtes. Jessica, sa visière maintenant pendue comme une langue autour de son cou. Elle avait ce même regard que j'avais vu sur les photos de sa mère, méprisant et inquisiteur. Le genre qui permettait sûrement d'emporter le morceau sur les jours de ramassage des poubelles, ou la couleur de la nouvelle peinture de la salle des fêtes lors de conseils municipaux houleux. « Tu fais quoi, Barone ? Tu te caches ? Ton connard de pote pervers a demandé à Caroline de lui faire une pipe. C'est quoi son putain de problème, en plus de danser comme un tétraplégique ? » Caroline était derrière elle, en pleurs, les yeux bouffis et la truffe humide qu'elle essuyait machinalement sur l'épaule de Jessica. « D'abord, les tétraplégiques dansent assez peu. Ensuite, il a trop bu, trop fumé, sa salopette relève de la torture chinoise, et il visionne un peu trop de VHS. C'est beaucoup pour un Gréco-Suédois. » Je savais pertinemment que j'avais gagné haut la main une paire de gifles ou un coup de pied bien senti dans les parties mais, par chance, l'attention vacillante de Jessica fut aussitôt attirée par la plante laissée à l'agonie dans l'évier par les trois mousquetaires du cocktail. « Bordel de merde ! Le *Pachira andrea* de ma mère ! Vous l'avez tué ! Je suis foutue foutue foutue ! »

Jérôme caressa tendrement les feuilles du bout de son petit doigt. Jessica se pencha et ramassa les quelques poignées de terre qui jonchaient le sol de la cuisine en tentant désespérément de les tasser au pied de l'arbuste, comme si elle lui prodiguait les premiers secours. « Espèce d'erreur de la nature, de clone dégénéré ! C'est la prunelle de ses yeux ! Il est plus vieux que moi, c'est le fils qu'elle n'a pas eu !

– *Pachiraaaaa !* C'est pas la maîtresse des tigres en peau de bête dans Fort Boyard ?

– T'es trop con, Brisbart ! Et dire que ta mère t'a eu en double exemplaire, dit Jeff en lapant le punch à même le pot.

– Et encore, je suis moins con que mon frère, qui est né deux minutes plus tard. Il est dyslexique et beaucoup plus long à la détente ! Ah !

– Ta gueule ! »

Je m'éclipsai pour retourner au salon et trouvai Alcibiade dans son superbe slip à poche, perché sur une table basse, prenant des poses de mannequin sous-alimenté. « Al, faut qu'on plie les gaules ! Jessica est en train de piquer une crise et ça va chauffer pour ton matricule.

– Ferme ta bouche, Barone ! Caroline est sur le point de succomber.

– Caroline est sur le point d'appeler la police.

– T'y connais rien, elle dit non, mais elle dit oui, mate ça, c'est imbattable. » Il baissa son slip et prit sa bite à pleine main. « Regarde, j'ai du mal à en faire le tour. C'est pas une légende, Al Braquemart, c'est mon nom de scène !

– Tu te fous la honte et tu vas regretter demain.

– Jean-Michel Droiture, le chevalier blanc, lâche-moi la grappe ! Il boit pas, il fume pas, il baise pas. T'es un putain de cadavre ! Mesdames et messieurs David Barone, le mort-vivant le plus chiant de l'histoire ! » Du bout de ses orteils recroquevillés, Al tenta de m'envoyer son slibard qui, dans sa trajectoire lâche, rencontra le lustre à pampilles du plafond et y resta accroché. « Merde ! C'est le seul que j'ai ! C'est ta faute, enfoiré de rital orphelin de mes deux ! » Il fondit en larmes. La musique s'arrêta, et tout le monde dans le salon était pendu au dénouement de notre scène du balcon un peu particulière. Je le fis descendre de son perchoir et asseoir sur le canapé. Puis je lui passai sa salopette comme à un petit garçon revêche, une jambe après l'autre, tandis qu'il s'appuyait de tout son poids sur moi et me labourait le dos de coups de poing. « Je peux plus respirer, David ! Y a plus d'air ! Pourquoi il y a plus d'air ? Tous ces connards me pompent mon air !

– Calme-toi. Personne ne touche à ton air, et je pense que personne n'a très envie de s'approcher d'un type qui joue avec ses parties génitales. Inspire et expire lentement. »

Je traînai Al à l'extérieur en le portant sur mes épaules et fis une pause du côté de la piscine, dans laquelle quelqu'un avait eu l'idée de génie de couler une table de ping-pong. Nicolas, plus blanc que jamais, y barbotait, accroché à une bouée en forme de Cadillac rose. Il battait des pieds et des bras de toutes ses forces mais faisait du surplace en plein milieu, retenu par la nasse formée à la surface de l'eau par le filet de la table. Je me délestai d'Al sur un transat, qui somnolait et grognait de temps en temps des insultes de son cru, et m'approchai du bord de la piscine. « Ta possible noyade ne m'empêchera pas de dormir, Rostand, mais dans ton état, tu devrais sortir de là.

– J'ai fait ce que tu m'as dit, Barone. Résultat des courses : je me suis gerbé dans les narines. T'es un enfoiré. J'en étais sûr… Tu as le mal en toi.

– Si j'avais le mal en moi, je t'attacherais au fond avec la table – et c'est pas l'envie qui m'en manque –, mais visiblement, ce soir, je prends très à cœur mon rôle de saint-bernard. Sors de là.

– Va te faire foutre, Mitch Buchannon ! Je veux la fille aux gros nibards ! » Nicolas lâcha la bouée et se mit à faire la planche. Lorsqu'il arriva à ma portée, je l'attrapai par les cheveux, puis sous les bras, et le tirai hors de l'eau. Il resta allongé dans sa flaque tout en continuant à frétiller des extrémités. « Et si j'avais envie de me noyer ! Ça ferait les gros titres : “Le fils du maire meurt pendant une partie de ping-pong sous-marin.” Sa cote de popularité remonterait.

– Ne t'emballe pas. Ça ne ferait pas plus de deux lignes dans la rubrique faits divers, juste en dessous du type écrasé par son propre tracteur.

– En tout cas, le cadavre de clown que tu portais tout à l'heure se tire sans toi. » Je me retournai et vis Al courir comme un dératé et s'entraver cinq ou six fois dans sa salopette descendue à ses chevilles. Il la retira en hurlant à la lune et la balança dans les rhododendrons, qui, ce soir, avaient eu la vie dure après les assauts gastriques de Nicolas. Al se releva et partit dans un nouveau sprint, nous offrant une vision traumatisante de son cul plat et du ballottement cadencé de ses testicules. Il enfourcha sa mobylette et disparut dans la nuit. « Ton pote veut faire les gros titres aussi, on dirait. » J'observais Nicolas qui s'était de nouveau laissé glisser dans l'eau, luisant comme une otarie, où il effectuait une série de brasses bancales qui le faisaient tourner en rond. Quelques minutes de ce manège pathétique me convainquirent qu'il n'allait pas mourir ce soir.

Je ne devais pas avoir plus de trois ou quatre kilomètres à parcourir pour rejoindre mon bidonville à l'autre bout du village, mais je m'attardai dans les allées larges du quartier, sous une bruine tiède battue par le vent qui s'était levé. Un éclair illumina le ciel, et je comptai à voix basse les secondes avant la réponse du tonnerre. Neuf. L'orage était déjà chez moi.

En passant devant la maison du maire, mon œil fut attiré par des ombres étranges qui se dessinaient sous la lumière ambrée des lampadaires. Elles ondulaient et semblaient enserrer la façade dans d'immenses tentacules noirs. Je m'approchai discrètement, le bruit de mes pas couvert par les ondées qui se faisaient à présent percussives et par l'approche du tonnerre. Je vis un corps à demi plongé dans un bac poubelle. Une jupe en trapèze, d'où se déployaient de longues jambes nues terminées par de petits pieds pointus en lévitation, en était la partie visible. J'avais trouvé l'origine de mon animal marin. Je toquai un peu bêtement sur le couvercle, et l'autre moitié apparue enfin, les bras chargés d'objets que je n'identifiai pas tout de suite. « Tiens ! David Copperfield ! Tu devrais être couché à cette heure-ci, non ? Il n'y a pas école demain ? » Manon versa son butin dans son sac Hokusai et replongea dans une poubelle. Elle fouilla quelques secondes et en sortit une paire d'escarpins bleus dont l'un des talons était fendu. Elle les laissa tomber à côté d'elle, puis releva la tête vers moi. « Tu m'aides ou tu te rinces l'œil ?

– On cherche quoi ?

– Tout et n'importe quoi. Si tu savais ce que l'aristocratie balance. J'ai déjà trouvé une gondole vénitienne réveille-matin en parfait état de marche. Ça m'a payé mes courses quelques jours. » La pluie se mit à redoubler, ce qui n'eut pas l'air de perturber le moins du monde Manon, qui continuait à s'affairer dans les bacs. Sa voix me parvenait étouffée et caverneuse, et je tentai, sans y parvenir, de détourner mon regard de la course des gouttelettes qui glissaient dans les plis de ses genoux, où elles stagnaient un instant avant d'emprunter la pente douce de ses mollets pour enfin embrasser la terre. « Et si tu trouves de la nourriture qui n'a pas trop une sale gueule, je prends aussi. » J'enfonçai mes mains avec répugnance dans la poubelle à côté de moi et rencontrai un large choix de textures, de consistances, de formes, tout en fermant mes narines à ce qui en remontait. « Il faut s'activer, les éboueurs attaquent dans une heure. Et je t'assure qu'ils se servent aussi.

– Oui, ça serait dommage qu'ils raflent ces trésors inestimables.

– Mais n'est-ce pas un sarcasme que je sens poindre dans ce corps de jeune homme ?

– Quel âge as-tu ? » Elle ne répondit pas et me lança une sorte de salade à moitié rognée en plein visage. « Un peu de verdure, c'est bon pour ce que tu as. » Piqué au vif, je plongeai violemment mes mains dans les ordures et ressentis tout à coup une douleur aiguë. En me reculant, je vis mon avant-bras droit décoré d'une balafre nette et translucide qui remontait jusqu'au coude. Je pensai que j'avais déjà vu pire, puis de petites bulles rouges commencèrent à perler pour éclater, mélangées à l'eau de pluie, en coulures denses et huileuses. Je serrai les mâchoires, mais je sentis peu à peu une nuée cotonneuse m'envahir le crâne et le décor tourner au sépia autour de moi. Mes jambes me lâchèrent, et je tombai lourdement sur les fesses. Manon s'accroupit à côté de moi. Elle avait retiré son chemisier et tamponnait ma blessure avec. « C'est plus impressionnant que méchant. Je me suis déjà transpercé le doigt avec une aiguille à tricoter. Tu survivras. » Je regardai le tissu se teinter de fines corolles roses contre ma peau électrisée par chaque pression. Puis celui de son haut de maillot vert fluo, qui s'assombrissait sous le ruissellement de la pluie s'écoulant depuis sa chevelure plaquée sur sa poitrine. Un flash, suivi rapidement d'une détonation roulante, nous fit sursauter. L'orage était au-dessus de nous. Manon me concocta un bandage de fortune avec son chemisier, qu'elle avait déchiré en longues lanières entre ses dents. « Je vais te raccompagner chez toi sur mon vélo, même si on irait plus vite en bateau.

– C'est bon, je vais me débrouiller.

– Tu tombes dans les choux à la première goutte de sang versé. Et puis, je veux m'assurer qu'on ne retrouve pas ton cadavre si tu as la mauvaise idée de mourir en chemin. » Elle sépara ses cheveux en deux longues mèches et, après les avoir chacune patiemment essorées dans ses poings fermés, fit un gros nœud qu'elle coinça sous la bretelle de son maillot. « Allez, lève-toi. » Elle me tira, avec une force étonnante, par mon bras valide pour me relever. De nouveau debout, il y eut une note tenue, une vibration lancinante entre mes deux oreilles. Ma tête se vida, le sang descendant abruptement d'un étage jusqu'à ma gorge où je le sentis pulser et gronder. Manon me sondait de ses grands yeux en amande de chat abyssin, et je dus m'agripper à ses hanches pour ne pas repartir en arrière. « Et il veut danser, maintenant ! » Je retirai mes mains aussitôt et les enfonçai dans mes poches comme si ce geste pouvait annuler un sortilège, mais je sentais encore le grain de sa chair frémissante et les arêtes fines de son bassin. Manon ramassa son sac et la paire de chaussures, dont elle noua les lanières à sa ceinture, et passa une veste trop grande pour elle – sans doute glanée au cours de la soirée – aux manches mitées. « Suis-moi, mon vélo ne devrait pas encore s'être changé en citrouille. »

La pluie cessa, et des ondes de chaleur émanant du bitume nous réchauffèrent un peu. Je levai les yeux vers les nuages où avait percé un bout de ciel, à travers lequel je devinai les pointes scintillantes de Cassiopée, que mon père m'avait appris à repérer dans l'immensité de la voûte étoilée. Il était important pour lui que je connaisse chaque recoin de ciel, tout comme chaque espèce minérale ou organique qui nous entourait, et qui, selon lui, influençait nos vies aussi sûrement que nous influencions les leurs. Un homme qui ignore son environnement ne mérite pas d'y vivre, avait-il l'habitude d'asséner en m'édifiant sur le destin cosmique d'un ver de terre ou d'un chêne pédonculé. Et j'avais écouté religieusement toutes ses leçons animistes comme un papoose buvant les palabres d'un ancien de la tribu. Je n'avais rien oublié, mais je me disais, en suivant le petit animal qui marchait à pas chaloupés devant moi et me jetait de temps à autre des regards insondables, que je ne savais pas grand-chose.

La balade dura une bonne demi-heure, et je compris, après une rapide analyse spatiotemporelle, que Manon avait pris des chemins de traverse pour me mener à sa bicyclette. Un vélo Peugeot aux pneus arides et à la peinture décatie. Elle arborait à l'avant et à l'arrière des feux aux chromes mouchetés de la taille de phares de vieille voiture. « Je te présente Bertille.

– Pardon ?

– C'est le nom de mon vélo.

– Elle ne supportera pas nos deux poids.

– C'est une survivante. Elle a essuyé quelques piqués de la Luftwaffe, donc je crois qu'elle nous conduira sans problème chez toi.

– Elle m'a plutôt l'air de dater des années cinquante.

– Je savais que t'étais un rabat-joie. Pas une once de poésie. J'ai un peu moins envie de te sauver. Mais regarde ça. » Elle me désigna du doigt la farandole de petits lions de métal qui avaient été sculptés sur le pédalier. « Le roi des animaux s'en sortira sur des routes de campagne. Crois-moi. » Elle remonta sa jupe à mi-cuisse et enfourcha le vélo. Je grimpai à mon tour sur le porte-bagages, où je me sentis à ma place, abonné aux trajets en troisième classe.

Au moment où Manon nous propulsait dans le vacarme métallique de la chaîne détendue – qui fouettait mes chaussures à chaque coup de pédale –, et où j'étais à peu près convaincu que j'allais égaliser la balafre sur mon autre bras dans la manœuvre, une voiture s'arrêta à notre hauteur tous feux éteints. La fenêtre teintée côté conducteur s'ouvrit avec une lenteur extrême, et je vis apparaître, depuis le haut de sa tête aux cheveux roussâtres implantés très bas jusqu'à son menton large et fendu comme un pied-de-biche, un visage familier. « Alors, Barone, on s'est entiché de la clocharde du village? Vous êtes carrément assortis! » Quelque chose avait changé dans l'architecture grossière du visage de Lilian. Un je-ne-sais-quoi qui le rendait, si c'était possible, encore plus crétin. Il s'était débarrassé de son protège-nez, mais sa cloison déviée de quelques centimètres sur la droite et ses yeux rétrécis lui donnaient l'air d'un type qui avait un peu trop longtemps fixé le soleil. Il était accompagné d'Origami, un garçon taciturne d'origine japonaise, plus large que long, qui portait son éternel survêtement Adidas. Personne ne semblait connaître son véritable prénom. Il avait la réputation douteuse d'avoir plié un nombre incalculable de scooters, dans le même virage en épingle à côté de chez lui, qu'il s'obstinait à prendre à fond les ballons, devant des voisins qui avaient fini par s'habituer à ses cascades monotones comme aux passages du facteur. Il ne se blessait jamais, ne mourait pas plus, et se ramenait toujours la semaine suivante, contre toute attente, avec un nouvel engin flambant neuf. « On vous a suivis avec Orig, ha, ha, ha! C'était pas beau à voir ces deux gros rats qui fouillent les poubelles! Mon padre me répète tout le temps que la folie, c'est de famille chez les Barone. T'es aussi chtarbé que ta *môman*! » Ils descendirent tous les deux de la voiture pour se poster devant nous. « Me tardait de te recroiser, le chevreuil. J'ai deux trois trucs qui me démangent.

– Je te conseille un vermifuge, un antifongique, ou même, pourquoi pas, de la pénicilline.

– *Aaaah*, la fameuse ironie de David Barone. Ça va pas te sauver, ce soir.

– Au fait, je n'ai pas eu l'occasion de te le dire, mais j'aime beaucoup ton nouveau look tendance portrait cubiste. » Lilian serra ses deux poings, même si j'étais à peu près sûr qu'il n'avait pas saisi la référence. « Eh bien, puisque t'en parles, je m'étais dit que j'allais te renvoyer la politesse. Tiens, en parlant de politesse, ton ex, c'est une sacrée petite chaudasse, mais il paraît que t'as pas eu celle de la baiser… T'auras peut-être plus de chance avec la clodo de service.

– Ce qu'il y a de bien avec toi, Chapelet, c'est que l'habit fait le moine. Tu transpires la bêtise et tu es un connard sur les bords et au milieu. La vraie tête de l'emploi. »

C'était parti. Il y avait suffisamment d'adrénaline, de haine et de tension pour irriguer chaque nerf, chaque muscle, et la légère torsion du bassin, le gonflement des épaules, du torse, les bras qui s'élevaient dans les airs convergeaient tous vers le point de fuite : moi. Je fermai les yeux et attendis sans bouger le choc qui devait, après des semaines de déséquilibre, réaligner l'étrange monde parallèle dans lequel j'avais pété le nez de la brute épaisse du lycée. Tout allait rentrer dans l'ordre. Mais rien ne vint, à part une nouvelle petite averse qui me picota le visage. Lorsque je rouvris les yeux, Lilian était au sol, en position fœtale, en train de se tenir l'entrejambe, pendant qu'Origami, accroupi à son chevet, tentait de le calmer en lui soufflant des onomatopées apaisantes dans le creux de l'oreille. Les râles de douleur de Lilian, comme les coups de tonnerre plus tôt, se manifestèrent à contretemps et déchirèrent un instant la mélodie liquide. Je vis enfin Manon qui surplombait la scène et tirait délicatement sur les pans de sa jupe pour la réajuster. « Putain, mais sérieux, c'est quoi ce gros paysan avec son Sancho Panza ! Avec ce genre de types, on vise les couilles et on discute après, David Copperfield. » Je perçus pour la première fois, au milieu du timbre grave de sa voix, un léger accent, de petits trilles musicaux soutenant les consonnes d'une langue slave qu'elle s'empressa d'atténuer sur la fin de sa phrase. Elle se pencha ensuite à l'intérieur de la voiture et en ressortit les clefs qu'elle balança, avec un petit pas théâtral, à travers la grille du caniveau, où l'on entendit le tintement métallique se mélanger au gargouillis des eaux qui s'y déversaient.

Manon me fit signe de rembarquer sur la bicyclette, et on abandonna la *Pietà* de trottoir – Origami en *mater dolorosa* qui soutenait de ses bras courts et boudinés un Chapelet à la bouche plus déformée que jamais par la souffrance et le lot d'injures syncopées qui en sortait.

Bertille tint le coup. J'avais dormi tout le trajet le front collé au dos de Manon, et la blessure de mon bras, qui s'était mise à piquer, m'avait réveillé alors que nous atterrissions en roue libre devant mon portail. « Comment as-tu trouvé le chemin de ma maison ? » lui demandai-je alors que le décor se remit à tourner autour de moi après mon effort pour descendre du vélo. « J'ai déliré dans mon sommeil ? » Je sentais que j'étais fiévreux. « Tu as ronflé sur ma colonne vertébrale. » Elle détacha ses longs cheveux d'un coup d'index. « Je sais un paquet de choses ; ton oncle est intarissable sur les exploits de son neveu chéri.

– Je pourrais te revoir ? » Je l'entendais sourire plus que je ne la voyais. « Hé ! Qui sait ? Je pourrais t'apprendre quelques techniques de chat de gouttière pour te défendre ! Tu sais où j'habite toi aussi, je crois. » Puis elle relâcha les freins, et je la suivis du regard prendre doucement de la vitesse et se laisser engloutir par les écharpes d'ombre. Au loin, sur les cimes des coteaux, les ocres de l'aurore grignotaient déjà la nuit.

« LA CHOSE QU'ON NE DIT JAMAIS ASSEZ sur Arthur Rimbaud, c'est que c'est le roi du suspense ! » Madame Guimard était assise sur son bureau, jambes croisées sous sa longue robe, dont elle agitait les froufrous à chaque tirade exaltée. « Enfin, les enfants ! "Le Dormeur du val" ? Un plan large sur la nature qui se resserre lentement sur une sorte de tache incongrue, caresse chaque élément, avant de nous emporter inexorablement vers ce dénouement abrupt, froid et violent ! »

Les froufrous s'immobilisèrent, et madame Guimard reprit pied sur le plancher de la classe. « Enfin, un trou de verdure, une rivière, les rayons… Tous ces sublimes détails, Arthur plante le décor. » Elle louvoya sur la pointe de ses ballerines entre les pupitres, caressa quelques trousses du bout de ses doigts aux ongles peints d'un rouge vif. « La nue pâle. C'est une scène parfaitement champêtre, bucolique, charmante. On est bien. On est en harmonie avec le monde qui nous entoure. Puis, premier petit inconfort, il a froid, ses narines ne frissonnent pas… détail minime, et pourtant… » Elle agrippa les épaules de Julien qui, surpris, sursauta et brisa le crayon à papier qu'il mâchonnait entre ses dents. « Bam ! Il a deux trous rouges au côté droit. Nous faisons automatiquement le chemin inverse, on repense à tout, au trou de verdure qui renvoie aux trous rouges… Et on est saisi. Moi, je suis saisie. J'en tremble. Le garçon était mort, et nous avons été, tous autant que nous sommes, des voyeurs !

– Moi, je savais qu'il était mort. » Julien crachait, avec la régularité d'un arroseur automatique, les petits morceaux de bois et de graphite qui voletaient autour de lui. « Ah oui, Julien ? Et comment l'as-tu su ? » Les sourcils finement dessinés de madame Guimard s'agitaient dans l'attente d'une réponse qui allait ébranler encore un peu plus la foi qu'elle avait en son magnifique sacerdoce : l'enseignement. Elle dégrafa le premier bouton de son chemisier pour contrecarrer la crise d'apoplexie, et peut-être l'envie de meurtre, qui enflait en elle. « Oh, ben c'est simple, dans les films, je connais toujours le meurtrier trois plombes avant les autres. » Madame Guimard ne répondit pas et se mit à effacer patiemment le tableau noir et ce énième moment embarrassant. Elle prit une grande inspiration et se retourna, revigorée, neuve, le sourcil relâché, la robe docile, le bouton reboutonné. « Bien ! À la semaine prochaine, les enfants ! Nous verrons que Mel Gibson en Hamlet, ce n'est pas si saugrenu. En tout cas, pas plus que Glenn Close, qui n'a pas dix ans de plus que lui, en Gertrude ! »

Ce matin, je n'avais pas trouvé Alcibiade à notre rendez-vous habituel devant la caserne. J'avais été décontenancé de ne pas apercevoir sa silhouette de brindille ondulant dans le paysage, et ce fut comme si la rue m'était tout à coup devenue étrangère.

J'avais poireauté une bonne dizaine de minutes avec l'espoir d'entendre l'espèce de yodel de reconnaissance qu'on utilisait, au grand désarroi des autres élèves dans la cour du lycée. Mais ne voyant pas la queue d'un Al, je m'étais résolu à faire la route seul, non sans piquer une pointe sur les cinq cents derniers mètres pour parvenir de justesse à tambouriner sur les portes du bus déjà en mouvement.

Je ne crois pas qu'une seule fois, depuis nos sept ans, l'un de nous avait failli à ce rituel bien rodé, durant lequel nous cheminions vers l'école, puis plus tard l'arrêt de bus, en refaisant ou défaisant le monde. Il y avait bien eu un cas de force majeure, le jour où Al avait été transporté en urgence pour une crise d'appendicite. « Tu le croiras pas Davidou, un type avec une tête d'œuf m'a fourré son doigt dans le fion, j'ai fait deux trois vocalises, et cinq minutes après, je partais pour l'hosto ! C'était un peu *De l'autre côté du miroir* version hardcore, m'avait-il raconté au téléphone, à peine sorti des pommes de l'anesthésie, après l'opération. Par contre, une infirmière canon m'a un peu touché le zizi avec ses gants avant que je parte pour le grand voyage. C'était *hot*, Barone ! *Hot, hot, hot !* »

À la sortie de classe, madame Guimard me fit signe de la rejoindre. « Alcibiade est souffrant ? » Elle était clairement tout aussi perdue que moi et me dévisageait tête inclinée, comme si j'étais une créature incomplète, soudain amputée de son frère siamois. Elle était d'autant plus perdue que le cours de français était de coutume animé par les envolées lyriques, les digressions inspirées et les gesticulations de tribun ébouriffé d'Al, qui s'investissait comme jamais et déployait une énergie folle pour entrer dans les bonnes grâces du professeur. Madame Guimard n'était pas insensible à tout ce cirque, et elle y avait peut-être trouvé le moyen de panser ses plaies pédagogiques, même si tout ça ne faisait guère avancer le débat sur la licence poétique. « Je n'ai pas de nouvelles, mais je sais qu'il n'aurait raté votre cours pour rien au monde. À part peut-être la repousse inattendue de son appendice.

– Le brave garçon. Ses remarques pertinentes ont manqué aujourd'hui. »

Les remarques *pertinentes* d'Alcibiade me manquaient aussi. Je ne l'avais pas revu depuis son striptease à la soirée de Jessica Navarro et je commençais à m'inquiéter. Un petit peu. Je connaissais bien l'énergumène et je le savais capable de débouler comme un beau diable, l'air de rien, pour me parler de la première fellation réalisée en apesanteur ou de la levrette compliquée chez les contorsionnistes. Mais dimanche inclus, on dépassait la période sans nouvelle de l'appendicectomie, et je décidai d'appeler chez lui depuis la cabine téléphonique du lycée.

Dans la cage d'escalier, je tombai sur Nina assise par terre, genoux remontés contre la poitrine, tête dans les bras, visiblement en train de sangloter. Je m'arrêtai à son niveau un instant, pendant lequel elle me jeta un furtif coup d'œil mouillé sous le triangle d'un coude relevé. J'étais prêt à continuer mon chemin, j'avais presque esquissé un premier pas vers l'indifférence. Après tout, elle m'avait traité de la manière la plus violente qui soit, et je voyais dans cette scène un petit goût de revanche. Alcibiade aurait ajouté que si la vengeance était un plat qui se mangeait froid, là, on était carrément à se péter les ratiches sur du surgelé.

Puis il y eut, comme d'habitude, toute cette tripotée de films que j'avais vus, qui, en dehors de m'apprendre que les machines pouvaient prendre le pouvoir et qu'il était possible d'exécuter un grand-écart facial entre deux tonneaux sans se fendre en deux, m'avaient également appris que, consoler les filles, ce n'était pas si mal. David Barone, biberonné à l'esprit chevaleresque.

Le cadre n'était pas vraiment raccord. La mosaïque de graffiti sur les murs décatis nous enjoignaient pour la plupart, dans une sorte de chorus enchevêtré, d'aller nous faire foutre ou enculer, entre deux citations approximatives de Jim Morrison. Outre les éternels cœurs et la lettre capitale anarchiste qui pleuvait comme une marque déposée, on croisait parfois les dessins de professeurs dans des positions coupables qui venaient casser la monotonie de cette crise de graphomanie. Le besoin de dire quelque chose, n'importe quoi, qui ne soit pas fait sous la contrainte des autorités ventriloques du lycée, qui nous tenaient par le bout du stylo et nous faisaient noircir durant des heures des pensées toutes faites.

Je repérai ma contribution, assez sobre avec ses deux initiales presque enfantines, puis, plus proche des cimes – l'avais-je hissé sur mes épaules ? – celle d'Al, qui s'était portraituré avec une bite gigantesque entre les mains, laquelle semblait vouloir, telle une lance à incendie, arroser ce mur de lamentations adolescentes. Petit à petit, le membre difforme s'était fait recouvrir par les tatouages compulsifs des nouveaux soupirants et s'apparentait désormais à un phylactère de bande dessinée. Al aurait sûrement apprécié de voir sa bite monologuer ainsi.

Sous le nom du proviseur, monsieur Bellochio, agrémenté d'une croix gammée, Nina se remit à pleurer. Je tentai une entrée en matière inoffensive – du moins, le croyais-je –, avec main empesée sur l'épaule et commisération harmonique dans la voix : « Nina ? » Mais comme si je venais de la dégoupiller, elle se redressa d'un coup, me poussa et me balança son chouchou qui, doublement entortillé autour de son poignet, lui avait servi de mouchoir. Le projectile alourdi de larmes m'arriva dans l'œil. « Vous êtes tous des salauds ! » Je voulais bien prendre pour deux ou trois exactions masculines, une brochette de crimes contre l'humanité, un soupçon de déclaration de guerre, le franchissement du Rubicon, pourquoi pas, mais je concentrais toute mon énergie pour parvenir à comprendre ce qui me valait d'être jeté dans le même panier qu'un Lilian Chapelet. « Nina ? » je répétai. Les mêmes lettres, les mêmes syllabes, un autre langage. Mon œil gauche coulait. C'était à mon tour d'être consolé, mais la posture de Nina, grandie sur ses pointes, silhouette effilée dans le contre-jour de ma vision embuée, tendait plutôt vers l'estocade. Je reculai d'un pas. Elle lâcha un long soupir, et ramassa son élastique à mes pieds, avant de s'en servir, en trois mouvements coulants, pour apprivoiser sa crinière avec un chignon qui avait connu des jours plus fastes. « Normalement, c'est à ce moment-là que tu me prêtes ton mouchoir. » Elle esquissa un vague sourire. Je repris place dans mes empreintes de consolateur et lui tendit un bout de mon tee-shirt. « Il faut toujours te dire quoi faire David, mais je reconnais que tu as toujours su me faire rire.

– Tu m'as plaqué parce que je n'avais pas de mouchoir brodé ?

– Je ne sais pas pourquoi je t'ai plaqué.

– Jessica m'a fait un petit compte-rendu circonstancié pourtant.

– Jessica est mon amie, mais c'est aussi une peste… Je ne lui avais rien demandé. Enfin, pas vraiment. Mais je ne l'en ai pas empêchée. C'était plus… simple.

– Bien sûr, le supplice du pal par personne interposée est toujours le plus simple.

– David…

– Ça fait trois mois, tu as l'occasion de finir le boulot. Vas-y. Un conseil : vise au cœur. » Nina leva les bras pour resserrer sa coiffure, puis se laissa de nouveau glisser contre le mur, son jean déchiré laissant apparaître sous les franges tiraillées son genou couvert d'un fin duvet blond. Elle attrapa une petite boîte ronde dans son sac et l'ouvrit. C'était un miroir, et après une rapide évaluation des dégâts à coups de hochements de tête stratégiques, elle commença à recourber ses cils empâtés du plat de l'index, à tamponner ses paupières gonflées et sa bouche tuméfiée, qu'elle n'avait cessé de mordiller et qui avait viré au bleu amertume. Elle sortit ensuite un Labello et redessina avec application ses lèvres. Elle les pinça en levant enfin les yeux vers moi, et le *pop* humide qu'elle lâcha sonna la reprise : « Peut-être parce que tu me regardais comme tu le fais maintenant. Avec ce mélange de sidération et d'adoration.

– Mon regard ? Je te vois à peine depuis que tu as essayé de m'éborgner avec ton chouchouriken de ninja.

– Désolée… »

Elle avait retrouvé le masque que je lui connaissais, cette beauté froide et mordante pour laquelle j'aurais fait un plat du haut d'un pont. Pourtant, une minauderie nouvelle fardait son expression. Elle me prit la main, et je la trouvai laide pour la première fois. Je ne savais pas pourquoi.

« Tu sais, Lilian m'a jetée hier soir, après m'avoir suppliée pendant des semaines de lui faire ce qu'il voulait.

– Laver sa 205 ?

– Ce que vous voulez tous. Et maintenant, je suis la salope du lycée, devant Ludivine Carpentier, qui fait toucher son 95C et qui vend ses culottes sales au plus offrant ! » Ses doigts remontèrent inexorablement vers mon coude, sa bouche se mit à palpiter et à croiser dangereusement dans les parages de la mienne, rabougrie comme un ver. « J'aurais dû te garder. Il faudrait avoir la lucidité de miser sur le gentil garçon. » Il y avait là de quoi retomber dans le panneau, et il était impensable pour elle – Miss Lycée 1991 – d'être rejetée une seconde fois en moins de vingt-quatre heures. Surtout par un moins que rien comme moi – Mister Faire-Valoir 1991. D'où la stupeur de Gorgone qui s'installa lentement sous sa couche de maquillage lorsque je retirai sa main et la repoussai contre le mur de graffiti. J'étais autant surpris qu'elle par mon geste, et il y eut une bonne dizaine de secondes pendant lesquelles nous ressemblions tous deux à des hiéroglyphes contrariés en lévitation, avant que quelqu'un ne se décide à appuyer sur le bouton lecture. « Tu te fiches de moi, Barone ? » Est-ce que je me fichais d'elle ? Je sentais bien que personne n'avait jamais refusé un tour de manège à Nina ni quoi que ce soit d'autre tout au long de ses dix-sept petites années d'existence. Mais non, je ne me foutais pas d'elle, et malgré le picotement du bas-ventre et des extrémités qui aurait dû me faire plonger, mon cerveau avait pris le relais et injecté le rush d'adrénaline suffisant pour que j'effectue cette parade de judo surprenante et tienne le danger à distance.

« Écoute, Nina, je ne suis pas un grand amateur de ragots à la sauce lycéenne et je me contenterai d'effacer cette information superflue d'un clignement de paupière, comme je le fais habituellement avec ce genre de conneries. Quant à ta romance avec Chapelet, je te conseille une version bon marché de *Thelma et Louise*. Tu zigouilles l'autre naze en lui faisant avaler l'un de tes parfums. Puis plein cadre. » Je formai un rectangle de mes doigts avec application devant son nez et les déplaçai vers la dernière volée de marches des escaliers en sifflant entre mes dents. « Jessica au volant, vous vous tenez la main, la GTI qui vrombit du côté de la dune du Pyla – pour la couleur locale. Et boum ! Clap de fin et le monde peut reprendre son souffle. » Oui, j'avais choisi la vengeance surgelée. L'incrédulité gagna encore quelques degrés pour se muer en une vague électrostatique qui paraissait nimber son être tout entier, faisant craindre l'imminence d'une combustion spontanée. Je grimpai par précaution une marche ou deux, pour me prémunir des possibles radiations. Je me disais que ça faisait beaucoup de monde qui voulait ma peau.

Je dus mon salut au troupeau d'éléphants qui déboula par les deux portes battantes, et dans lequel je pus me fondre alors que Nina était elle ballotée dans le sens inverse. Tout en me laissant emporter, je voyais son poing menaçant dressé au-dessus d'une mer de coupes de cheveux à la mode et saisissais à la volée dans le brouhaha les mots « branleur », « enflure » et « homo refoulé » tandis que j'atteignais la sortie sain et sauf.

Julien – le génie qui savait avant tout le monde que le dormeur du val n'était pas là pour un pique-nique et que le requin était le méchant de l'histoire dès le générique des *Dents de la mer* – m'alpagua sur le chemin. « Hé, Barone, t'étais passé où ? T'as séché le cours de bio ? » Le garçon n'avait pas grand-chose pour lui, à commencer par une peau du visage grasse et burinée – une rangée de boutons mûrs lui dessinait un epsilon rosacé sur la pommette gauche –, et je n'étais pas le seul à lui répondre avec une moue de dégoût, de peur qu'un simple clignement d'yeux n'enclenche des éruptions en chaîne. En outre, il portait une paire de lunettes épaisses qui lui donnait un regard facetté de mouche et traînait avec lui une odeur de lait caillé difficilement supportable. Loin de moi l'idée de faire ici acte de discrimination, de faire subir à un autre le sort que l'on me réservait pour mon look alternatif, mais force était de constater que mes atomes crochus avaient leurs humeurs. « T'en fais pas pour moi, mec, je viens d'avoir une révélation biologique qui vaut bien tous les cours de l'année.

– Ah ouais ? T'étais avec de Banville ? À toi aussi, elle a taillé une pipe ? Tu crois que j'ai mes chances ?

– Ta seule chance de te faire sucer est de trimer un peu plus en gymnastique. Si tu crois en tes rêves, d'ici trois ou quatre ans, tu pourras toi-même te titiller le nœud avec le bout de ta grosse langue violacée.

– Pauvre connard ! »

Je laissai la mouche vrombir dans mon dos et fonçai vers la cabine téléphonique. Elle formait une sorte d'excroissance au fond de la cour, accolée au bâtiment D' (déprime) qui portait bien son nom. Les profs de sciences semblaient y errer comme des âmes en peine au milieu du camaïeu de béton des murs, à la recherche d'un élève qui ne se contenterait pas de recracher nonchalamment son CO_2 devant le tableau des éléments périodiques de Mendeleïev. La population lycéenne s'était aussi exprimée sur le combiné, quoique de manière plus laconique – la cabine étant en terrain découvert –, à coups de chewing-gums collés et de tags expéditifs, et seuls les plus téméraires avaient osé laisser leur empreinte.

Je pêchai deux pièces de cinquante centimes dans le fond de mes poches et composai le numéro des Hallström. On décrocha à la première sonnerie. « On a été coupé, mon chéri. J'étais en train de baisser ma culotte, elle est sur mes chevilles… *oooh*, je suis toute mouillée… Quel doigt veux-tu ?

– Madame Hallström ? » J'entendis pendant quelques secondes une averse de notes sourdes comme des échos sous-marins entrecoupés de bruits divers, puis un grand boum. On remonta à la surface à l'autre bout du fil. « Oui, bonjour… Qui est à l'appareil ?

– C'est David… Je voulais prendre des nouvelles d'Alcibiade. Il n'était pas au lycée aujourd'hui.

– Ah, mon beau David, il est… Enfin…

– Il va bien ?

– Oui, oui. Enfin, non. Il est un peu souffrant. Une sorte de migraine. Un rhume, oui, un bon rhume carabiné. » Elle n'avait pas son timbre habituel, enjoué jusqu'à l'impudeur, et n'avait pas bronché sur mon crime de lèse-majesté. À savoir mon cérémonieux *Madame Hallström*. Ce ton-là jurait d'autant plus avec l'accueil qu'elle m'avait réservé au moment de décrocher – accueil que je préférais passer sous silence. Mais il y avait clairement un truc qui ne tournait pas rond. « Je peux lui parler ?

– Il se repose.

– Al est plutôt du genre à se reposer le trente-six du mois, et on a une répétition cette après-midi…

– Ah non non, la répétition, ça risque d'être compliqué. Je vais devoir te laisser, j'entends Bernard qui arrive… Je t'embrasse, David.

– Mais… » Un nouvel épisode de friture sur la ligne, puis la voix de basse de monsieur Hallström roula dans le combiné. « Espèce de fils de pute ! Si tu rappelles encore ici, je te colle deux balles dans le buffet ! » Un bip me signala que j'arrivais au bout de mon temps d'appel. Je secouai mes poches de jean et sortis une nouvelle pièce que je frottai machinalement contre la cabine – pour qu'elle ne soit pas recrachée à l'autre bout dans le bac à monnaie, et aussi peut-être un peu pour conjurer le mauvais sort – avant de l'introduire dans la fente. Le répit me fut accordé.

« C'est David à l'appareil, monsieur Hallström… Je voulais…

– David… Ah… Oui. » La voix tentait de recouvrer un peu de sérénité et sa sobriété toute militaire, mais je sentais sourdre une eau vive de ressentiments. « Il faut laisser Alcibiade tranquille, te fréquenter n'est pas une bonne chose pour lui. Il va rentrer dans le droit chemin maintenant. Je te demande de ne plus l'appeler et de ne plus passer à la gendarmerie.

– Je ne comprends pas…

– Il est temps qu'il se décide à prendre la vie au sérieux. Sais-tu qu'il a été arrêté en petite tenue sur sa mobylette par des collègues ? Heureusement, des collègues bienveillants qui m'ont alerté immédiatement. Il était gris et m'a à peine reconnu. Il me semble qu'on a touché le fond, David. Tu devrais te reprendre aussi. Cheveux longs, idées courtes, on disait à mon époque.

– Autant en profiter, si j'en juge par la génétique, notre crinière opulente est comptée.

– Il ne s'agit pas que de cheveux.

– Oui, les idées courtes aussi… Pourtant, je jurerais qu'Alcibiade a les idées les plus longues que j'aie jamais connues.

– Ce n'est pas ce que disent ses professeurs. » On resta tous les deux silencieux après cette dernière réplique sentencieuse. Je grattai nerveusement du bout de l'ongle un autocollant de Bart Simpson qui nous montrait sa lune. De l'autre côté, c'était de nouveau les abysses entrecoupés, me semblait-il, de quelques tintements de cristal – que j'interprétai comme la capitulation d'Elena Hallström vers le minibar.

« Il va être assez compliqué de ne plus nous fréquenter au sein de la même classe, vous ne croyez pas ?

– Si. Et c'est pour cette raison que je l'envoie se refaire une santé quelque part où je sais que la discipline sera de mise. Pour une durée… indéterminée.

– Vous plaisantez ?

– Non. C'est pour son bien.

– Est-ce que j'ai droit aux derniers mots du condamné ?

– Il t'écrira. Peut-être. Au revoir, David. »

La tonalité se mit à chanter ses pointillés à mes oreilles, et mes pièces sonnèrent et trébuchèrent dans le dédale métallique pour rejoindre leurs semblables. J'étais abasourdi. Où voulait-il donc l'envoyer ? Je le savais assez vicieux pour le parachuter dans un endroit à l'opposé du tempérament de Al. Un lieu où il ne pourrait pas exercer ses dons pour la parlote. La banquise ? Il aurait été bien capable d'apprivoiser un ours polaire. Il m'avait bien apprivoisé moi, après tout.

L'incommunicabilité père/fils était une constante dans les relations humaines, mais il était vrai que celle de la famille Hallström naviguait vers des contrées particulièrement inhospitalières.

Le lycée avait perdu soudain tout intérêt, et je me décidai pour une après-midi buissonnière. Je passai par la sortie principale, devant l'immense bâtiment administratif – une ancienne chartreuse avec une double volée de marches qui rendait les convocations chez le proviseur très solennelles –, en faisant profil bas. Ou plutôt essayai-je de singer au mieux une mine d'élève rassasié par un apprentissage roboratif qui rentrait naturellement chez lui digérer le tout, à l'horaire convenu dans son emploi du temps.

Je me débrouillai à coups de bus et d'une session de stop avec un conducteur qui eut la politesse de ne pas me demander pourquoi j'errais seul sur les routes au moment où d'autres entamaient le grignotage d'un énième bouchon de Bic. Ce fut lui, au contraire, qui vida son sac aussitôt la voiture démarrée, et je me contentai d'écouter silencieusement à la place du mort, en me disant que côté emmerdements et frustrations, nous étions égaux en ce bas monde.

Arrivé dans mon village, après la thérapie automobile, je pensai à mon propre sort et à mon père, auquel je paraissais enfoncer un nouveau clou de cercueil à chacune de mes décisions. Mais, dans l'ensemble, je m'estimais plutôt chanceux. Le dépit était dompté – parfois à grand renfort de Gauloises –, et il me laissait en partie mener ma barque comme cela me chantait. Je n'avais pas été un adolescent très revêche, si l'on exceptait une rébellion de pure convention autour de mes douze ans, avec l'unique soufflé que mon père m'ait un jour donné, mollement, pour avoir refusé, contre tout bon sens, de porter mon blouson en plein mois de décembre. C'était à peu près tout. Pas de délits mineurs ni de disputes frontales de génération. Une incompréhension tranquille.

Sur le chemin, ma première pensée avait été de débarquer à la gendarmerie pour faire mon petit numéro de sauveur de la veuve et de l'orphelin. Puis je me ravisai à quelques mètres du portail, sachant que le père Hallström était tout à fait capable de m'envoyer la cavalerie, voire de me coffrer quelques heures dans une charmante cellule pour mon édification personnelle.

Alcibiade se protégeait à sa façon, avec sa morgue cinglante et son sourire de défi, prenant à revers son père, ce qui, loin de désamorcer la situation, avait pour effet de faire sortir le gendarme de ses galons. Dans ces cas-là, Elena jouait le Casque bleu légèrement pompette dans des conflits qui, sinon, auraient pu largement s'envenimer. La dispute finissait toujours par se délayer, et les deux retournaient dans leur camp – et Elena Hallström à ses liqueurs –, pour ruminer jusqu'au retour à la normale des crispations journalières.

Lorsque j'arrivai chez moi, la Renault 5 n'était plus garée dans l'allée. La maison était vide, la robe de chambre ratatinée sur un dossier du canapé. Je supposai que mon père avait enfin émergé de sa torpeur et décidé de reprendre le travail. Je l'avais vu ces dernières semaines se traîner de sa chambre à la télévision et, malgré des phases d'interrogatoire incisif, je n'avais jamais récolté que des « Je prends des vacances » asthéniques, télécommande dégainée, comme réponse sur les raisons de ce comportement étrange. Du moins, pour un homme qui s'était jusqu'alors levé chaque jour et avec opiniâtreté avant le soleil pour gagner sa vie. Mais comme pour Alcibiade, j'avais laissé courir. D'autres choses me travaillaient, et j'avais depuis peu la capacité – acquise sans doute à l'approche de l'âge adulte – de reléguer ces problèmes dans un recoin de mon cerveau, que je m'imaginais vierge et étanche.

J'allai dans ma chambre et fouillai un peu partout, mon sac à dos à la main, pour me constituer une sorte de kit de survie.

J'y fourrai un couteau de l'armée suisse, une lampe torche, une gourde, une boîte d'allumettes, un k-way, deux trois barres de céréales et, pour le cas où j'aurais un moment d'accalmie dans ma mission commando, le premier bouquin dont la tranche épaisse dépassait sur mon étagère – *Au Bonheur des dames* de Zola, qui était au programme et s'était avéré un puissant soporifique lors de mes multiples tentatives pour m'y plonger.

Sous mon lit, je tâtonnai pour récupérer le portrait de ma mère, que j'étais à peu près sûr d'avoir coincé entre une paire de skis Rossignol et les vestiges d'un vieux jeu de société (*Cluedo* ou *Les Mystères de Pékin*, en tout cas un truc de meurtrier avec des armes du crime miniatures), mais ne réussis pas à mettre la main dessus. Je cherchai un petit moment et le découvris tête en bas, bizarrement glissé derrière mon bureau. Je savais que mon père avait des tendances paranoïaques et se faisait assez régulièrement des expéditions au sein de mon antre pour y trouver l'un des fléaux manifestes de la jeunesse (revues pornos, drogues, armes, brouillons de lettre de suicide). Par chance, il n'était pas doué, et il était assez facile de remarquer – moi qui avais écumé un temps les plateaux d'enquêteurs en herbe – un indice de son inspection, même au milieu des décombres organisés de ma chambre. Troublé par cette peinture de sa femme en odalisque alanguie, ou peut-être surpris par mon arrivée soudaine, il avait oublié la cache initiale de sa prise et l'avait replacée à la va-vite. Je l'attrapai, la dépoussiérai un peu et délogeai Jésus-Christ de son clou pour y accrocher le cadre, juste au-dessus de mon lit. La ressemblance avec Manon me sauta encore plus au visage, et je restai scotché devant, me perdant dans les infimes variations des coups de pinceau, tour à tour vifs puis onctueux, qui avaient pu créer cette illusion de vie, d'incarnation jusque dans les pigments éclatés des iris où elle surgissait par distillation fine des noirs, des blancs et des bruns. Je repris mes esprits sur un endroit de la toile auquel je n'avais pas fait attention à ma première contemplation, en bas à gauche. On y avait, semblait-il, gratté la peinture, presque creusé, et la trame avait commencé à s'effilocher. Je ne voyais pas mon père, qui était un râleur d'opérette, s'acharner dans un coup de sang sur sa découverte. Cet accroc devait avoir été fait par mon oncle. Je rangeai également ce mystère dans mon compartiment mental – qui devait maintenant ressembler à peu près à ma chambre – et bouclai mon paquetage en y ajoutant, dans un sursaut de coquetterie, ma brosse à dents et un tube de dentifrice.

Je descendis à la cuisine, chopai un bout de pain passablement rassis entre mes dents, et m'assis à table devant le carnet à spirales sur lequel mon père et moi laissions la plupart du temps des messages. La teneur en était assez variée. De la liste de courses en passant par les injonctions ménagères, les blagues vaseuses, jusqu'au simple témoignage de vie, lorsqu'il nous arrivait de ne pas nous croiser plusieurs jours d'affilée. Mon père n'avait rien laissé, et je m'aperçus que le carnet était muet depuis un bout de temps – dernière entrée en date : *Ton vélo est en plein milieu de l'allée, la R5 pourrait se montrer impitoyable*. Le « impitoyable » souligné trois fois.

Je réfléchis à bien calculer mon coup afin que mon escapade en pleine semaine passe inaperçue. Mon père était visiblement parti aujourd'hui – bonnet, ciré manquant au portemanteau – et il s'absentait en général trois bonnes journées, ce qui, me disais-je, me laissait peinard et m'évitait d'inventer un gros mensonge pour justifier ma désertion. Mais le principal risque était qu'après ces quelques semaines de comportement erratique, il se décide à rentrer plus tôt pour renfiler sa robe de chambre, et mon esprit passa tout de même en revue, par précaution, les excuses que j'aurais pu coucher sur le papier. Les seules qui retinrent mon attention, après avoir chassé le voyage scolaire et la catastrophe nucléaire, furent les plus plausibles : un séjour inopiné chez les Hallström ou chez mon oncle. Rien qui ne puisse dépareiller dans les mœurs plutôt bien réglées de la succincte famille Barone. Je commençai à gratter les premiers mots, puis me coupai dans mon élan. Un mensonge écrit me parut tout à coup trop officiel, dramatique, pendable, comparé à un mensonge de vive voix aussitôt dispersé dans le vent. Je me contentai donc d'un « Tout va bien » puis, à la ligne, sous le dessin d'une sardine à l'air préoccupé : « Les vacances des poissons sont terminées ? » Il serait bien temps de mentir à mon retour.

Ayant le privilège depuis peu de remplir moi-même mes bulletins d'absences ou de retards dans mon carnet de liaison, j'appelai ensuite le lycée pour me faire porter pâle – appel qui me permit de constater que le mensonge téléphonique ne pesait effectivement pas trop lourd sur la conscience. J'étais cloué au lit, fièvre, grippe, gastro, etc. J'en avais pour quelques jours. La secrétaire, mademoiselle Badinter, une femme sans âge brûlée au fond de teint, qui avait la manie de se curer les oreilles avec la bille de ses stylos quatre couleurs, se contenta de couiner un « oui », et me raccrocha au nez avant que je puisse fignoler mon rôle de malade imaginaire. Les lycéens de plus de seize ans n'intéressaient plus personne. Les jeux étaient faits, nous deviendrions bandits de grand chemin, terroristes ou hommes d'affaires, le monde des adultes s'en lavait dorénavant les mains.

Au garage, je vérifiai avec un pincement sûr le gonflage de mes pneus de vélo et rajoutai ma guitare sèche – qui prenait la poussière depuis ma découverte de la fée électricité – saucissonnée avec deux tendeurs sur le porte-bagages. Puis je me lançai dans l'air chargé d'humidité qui émanait des champs au bout de la route, et dont on pouvait apercevoir la procession cotonneuse monter vers les habitations. Je le sentais me picorer les joues à chaque coup de pédale, et une légère buée venait brouiller ma vision, faisant luire sous mes roues le bitume comme une peau de couleuvre. Je me dressai et tendis le cou vers le fleuve qui, en contrebas, sous la couverture des nuages, encrait le paysage de ses ramures sombres. Il n'y avait rien d'autre à faire que de se laisser glisser comme lui sur sa pente naturelle.

Au milieu des vignes, j'enfonçai la tête dans mon guidon à chaque détonation des chasseurs, qui s'en donnaient à cœur joie à l'abri de leurs palombières – après un régime sans plomb de plusieurs mois –, comme si ce simple geste pouvait me prémunir d'une volée perdue. Les oiseaux n'étaient pas mieux lotis et, effrayés, leurs nuées explosaient soudain dans le ciel et tentaient de se couler dans des vents contraires pour tromper l'ennemi. Ils ne réussissaient qu'à lui faciliter la tâche en lui offrant une cible de choix, même aux heures arrosées.

J'arrivai devant la maison de Manon sain et sauf, malgré un dos en compote et une roue arrière raplapla après sa rencontre fortuite avec un unique clou rouillé qui avait attendu des lunes pour accomplir sa destinée. Je le retirai non sans effort et vis qu'il avait également transpercé de part en part ma jante en aluminium. Je pensai aux rustines qui devaient se fendre la poire, bien au chaud au fond d'un tiroir de l'établi du garage. Malgré toute la bonne volonté du monde, il y a toujours un clou qui vous attend quelque part.

Je posai mon vélo à l'entrée contre le poteau d'une boîte aux lettres sans nom, pris mon sac et ma guitare, et avançai à pas prudents sur le sol spongieux jusqu'à la cabane. Les arbres qui l'entouraient avaient roussi, et leurs feuilles mortes avaient parsemé le terrain vert mousseux de taches pourpres qui se confondaient avec ce que j'identifiai comme des morceaux de tuiles cassées. Je levai les yeux vers le toit et vis la partie scalpée sur le devant, ainsi que la cheminée écroulée sur elle-même, d'où une fumée blanchâtre peinait à s'échapper des quelques évents laissés par les éboulis. Je grimpai les marches qui menaient à l'appentis et risquai un regard à travers les carreaux embués. L'intérieur était enfumé et plongé dans l'obscurité. Je ne discernais pas grand-chose, à part l'incandescence qui émanait de l'âtre et dont la lueur étirait par intermittence les ombres portées d'un pare-feu en fer forgé. « Alors, David Copperfield, on serait pas un peu voyeur sur les bords ? » Je me retournai avec lenteur, en essayant de réprimer toute manifestation d'étonnement. Manon était à quelques mètres de moi, assise sur le tronc fourchu d'un arbre fruitier déplumé – pommier ou poirier –, ses pieds nus couverts de terre se balançant doucement dans le vide. Elle était vêtue d'une longue robe bleu délavé, effilée aux manches, agrémentée d'un châle en laine aux mailles grossières qui tombait nonchalamment sur ses épaules. « Je vérifiais que tu n'agonisais pas sur le plancher de ton salon.

– J'imagine que tu aurais volé à mon secours ?

– Peut-être. »

Je m'approchai d'elle et me rendis compte qu'elle tenait, bras croisés contre sa poitrine comme si elle berçait un nouveau-né, une sorte de carabine de foire, le canon pointé vers le ciel. Je marquai une pause dans la distance qui nous séparait et désignai l'engin du manche de ma guitare : « Tu comptes te rendre à une chasse à l'éléphant prochainement ? » Elle sourit, et d'une légère impulsion des fesses, se laissa descendre vers le sol. « Oh, je sais qu'elle n'arriverait pas à trouer le cuir épais d'un garçon comme toi, mais elle dissuade tout de même les pies voleuses du coin. » Manon déposa sa carabine contre l'arbre et avança à son tour vers moi, en relevant les pans de sa robe à mi-mollet. Elle s'arrêta un instant devant une flaque d'eau qu'elle sonda d'abord du bout de ses orteils avant d'y baigner ses deux pieds, puis me rejoignit en deux enjambées rapides. Elle tourna autour de moi, en mordillant ses lèvres de ses deux incisives qui me parurent d'une blancheur diabolique, et détailla ce que je transportais avec des petits coups de menton pointus. « Tu as le mal de mer ? » J'entendis de nouveau cette pointe d'accent russe, les consonnes à ressort et cette doucereuse agonie des *r* sur les fins de phrases qui était aussitôt domptée par un claquement de langue.

« Non, mentis-je, pourquoi ?

– Disons que dans mon monde, il faut gagner son repas.

– Mon oncle ne te nourrit pas ? » Pour la première fois dans l'histoire brève de nos petites joutes verbales, avec mes propres armes, primitives, dérisoires, infantiles – carabine à bouchon, flèches à ventouses –, je venais de faire mouche. L'expression de son visage, dans lequel je n'avais jamais lu autre chose qu'un mélange de morgue et de froideur d'oiseau moqueur, même lors de sa leçon de self-défense face à Chapelet, se mua en quelque chose de tout nouveau. Les ondulations de ses fins sourcils noirs, les frémissements de ses pommettes sous la peau tendue, la dépression soudaine dans l'éclat brun de son regard témoignaient bien de ma petite percée. J'éprouvai, une poignée de secondes, de la fierté, aussitôt convertie en crainte lorsque je pensai aux représailles dont elle était capable, qui seraient sans doute aussi efficaces que disproportionnées. Après tout, n'était-ce pas ce que j'étais venu chercher ? Le bâton pour me faire battre ? Je protégeai machinalement mon entrejambe du bouclier de mon sac et reculai d'un pas. Manon passa une mèche de cheveux derrière son oreille et effleura du bout des ongles les cordes de ma guitare, qui lâchèrent un feulement dissonant. Elle me tourna le dos et alla récupérer sa carabine qu'elle tint cette fois-ci sur son épaule à la manière d'un fantassin aguerri. « Suis-moi. » Elle avait prononcé ça sans se retourner et n'attendit pas de voir si je m'exécutais. Bien entendu, après ce que je pensais être mon haut fait d'impertinence, je serrai les bretelles de mon barda et décidai de me caler docilement dans ses foulées rapides et chaloupées.

Nous n'allions pas à la chasse à l'éléphant, mais c'était tout comme. Les odeurs de pluie encapsulées dans le sous-bois et tiédies par les faisceaux obliques du soleil qui se frayaient un chemin parmi les lierres grimpants me donnaient l'impression de pénétrer dans une forêt tropicale. Manon, malgré ses pieds nus, prenait un malin plaisir à tenter de me perdre en coupant à travers les parterres mouvants de feuilles en décomposition et de terre de bruyère dans lesquelles mes chaussures s'engluaient. Mais j'avais passé mon enfance à arpenter ces parages avec mon père, et je lui collais aux basques sans perdre des yeux les pans azurés de sa robe qui dénotaient dans le treillis des feuillages. Je la rattrapai enfin alors qu'elle était accroupie devant un figuier, et je ne compris ce qu'elle faisait que lorsqu'elle se redressa pour remonter sa culotte, qui passa comme un éclair blanc sur ses longues jambes dénudées. Devant mon air ahuri, elle lissa sa robe d'un faux air aristocratique : « Me dis pas que t'as jamais vu une fille pisser dans la nature ?

– Les filles ont d'habitude la pudeur de s'isoler pour faire leurs besoins.

– Ha, ha ! Tu t'entends ? Et tu as connu beaucoup de filles, j'imagine. » Elle brandit tout à coup sa carabine et me mit en joue : « Alors ? Répondez, David Copperfield ! Combien de filles de *graaande* vertu sont passées sous vos doigts experts ? Je vais toutes les venger ! » Contre toute attente, je ne me jetai pas au sol ni ne piquai un sprint dans les buissons, mais me pétrifiai, tandis que des gouttes salées de sueurs s'agglutinaient à mes commissures et sur le bout de mon menton. Elle se déplaça lentement autour de moi, sur ses pointes, puis colla le canon contre ma tempe dont les membranes tambourinaient comme jamais. « C'est votre dernière chance d'avouer tous vos crimes. » Il était évident qu'elle me testait une nouvelle fois. Je tentai de me ressaisir, et mon cœur, qui avait subi quelques ratés et était monté d'un étage comprimer mes globes oculaires lorsque j'avais senti le baiser froid du métal contre ma peau, était retourné bondir sereinement dans sa boîte. Encore une plaisanterie à mes dépens, me disais-je. Pour un instant. Car je ne pus m'empêcher de penser au clou sournois dans ma chambre à air, puis à l'assurance avec laquelle elle avait effectué son rituel de sniper – l'œil gauche clos, la bouche pincée et la petite rotation de la tête au moment d'ajuster –, qui m'indiquait que le geste n'était pas nouveau pour elle. Elle allait donc appuyer sur la gâchette dans un souffle, et j'allais finir au milieu des chairs sanguinolentes des figues écrasées sous mes pieds. Juste retour des choses. Je fermai les paupières et fus assailli dans mon ciel mental par des explosions de couleurs iridescentes, telles des aurores boréales, sur la bande-son du bourdonnement de mon sang qui affluait à mes oreilles. Je n'avais pas avalé grand-chose ces dernières vingt-quatre heures, et je me dis que j'allais m'évanouir avant le clic fatidique. Puis une brise se leva et vint caresser mon visage, en même temps que les gloussements limpides de Manon : « Bravo ! T'as pas bronché devant la mort. Je peux te faire confiance. » Je rouvris les yeux. Elle faisait reluire sa carabine avec application contre l'étoffe de sa robe, qui fut rapidement striée de taches sombres graisseuses.

« Tu es complètement folle.

– Peut-être. Je dirais plutôt que j'ai une féminité virile, voilà tout. C'est pas comme ça que vous faites, les garçons ? On dégaine son arme et sa queue. Les guerres, tout ça, c'est bien le concours de qui a la plus longue, non ?

– Le coup aurait pu partir tout seul.

– Mais non, ça, c'est dans les films. Ça n'arrive jamais dans la vraie vie. Puis, je t'ai déjà dit que tu étais un dur à cuire. Il faut plus qu'une carabine pour ballons de baudruche pour éclater cette jolie tête bien pleine. Tu ne te sens pas soudain plus heureux de vivre qu'il y a dix minutes ? Moi, si.

– Je me sentais suffisamment bien. Merci.

– Menteur ! »

Un coup de feu éclata, aussitôt suivi d'un froissement à quelques mètres derrière nous dans les arbres, perçant à travers l'écho de la détonation qui n'en finissait pas de rebondir contre les parois du berceau du fleuve à marée basse. Le chasseur était proche. Un oiseau atterrit en catastrophe et commença à effectuer une ronde vacillante autour de nous, une aile à demi ouverte, tandis que l'autre balançait piteusement contre son flanc moucheté. Il tenta une série de décollages, qui tous échouèrent dans un tourbillon de poussière. L'oiseau s'immobilisa enfin et se mit à picorer frénétiquement ses plumes hérissées. « C'est une grive, dis-je.

– Eh bien, on connaît le nom de notre repas. »

Je n'eus pas le temps de répliquer que de nouveaux soubresauts attirèrent notre attention du côté d'un massif de prêles des marais – de longues herbes touffues que je comparais à des queues de renard dans mon enfance –, cette fois-ci accompagnés d'un martèlement mat sur le sol. Un chien au pelage roux déboula ventre à terre, avec billes révulsées et langue battant ses babines retroussées, pour récupérer sa proie, comme lui avait appris son maître qui devait le suivre à quelques pas. J'accourus devant la grive blessée et levai les bras au ciel comme un montreur d'ours pour l'obliger à rebrousser chemin. Le setter ruait, faisait deux tours rapides sur lui-même et revenait chaque fois à la charge. J'espérais que l'oiseau avait eu la bonne idée de se cacher pendant ma diversion, mais lorsque je me tournai vers lui, je le vis faire le mort, et seuls ses yeux, deux paillettes d'un noir laqué, clignotaient vivement devant ce qui ressemblait de plus en plus à un numéro de cirque peu au point. « Reste pas là, bordel ! » J'avais clairement perdu la partie, mais au moment où le chien, au summum de sa rage carnassière, allait croquer dans le jabot tendre de l'oiseau, il fit un bond gigantesque dans un long jappement strident et disparut à toutes pattes dans les fourrés en couinant. Manon me bouscula d'un coup d'épaule, plia le canon de sa carabine pour y insérer un nouveau plomb, et ramassa avec précaution la grive pour la caler dans le creux de son bras. « Faut se tirer fissa, le défenseur des animaux, parce que contre de la chevrotine de douze, on fera pas le poids.

– Tu viens de tirer sur ce chien ?

– Et alors ? Il en mourra pas. À cette distance, c'est comme une morsure de puce dans l'arrière-train, tout au plus. Tu devrais être content, j'ai sauvé ton petit oiseau. » Les aboiements se rapprochèrent. Manon caressa la tête de l'oiseau, qui s'était mis à frissonner. « À toi de voir : tu me suis ou tu veux finir avec une pomme dans la bouche et du persil dans les narines, ou ailleurs ? Titi et moi, on file. » De sa main libre, elle retroussa de nouveau sa robe jusqu'à la taille, coinça un pan dans l'élastique de sa culotte et se mit à courir. Derrière moi, j'entendais déjà le murmure du chasseur spolié, et la perspective d'une confrontation avec le spécimen du coin – le plus souvent aviné, chafouin et doté d'une conception de l'amour de la nature toute personnelle – me fit détaler à mon tour aussi sec.

Je courus longtemps, jusqu'à ne plus entendre dans mon dos que le babil de la forêt et les clapots montant du fleuve qui avait enflé et dont je percevais à présent les crêtes boueuses. Je me pliai en deux sur le tronc couché et poreux d'un orme qui cracha son eau sous mon poids, alors que je respirais à grandes goulées les exhalaisons boisées pour retrouver mon souffle. Dix ans à courir après un ballon ne préparait en rien à une course de fond dans la jungle. J'arrosai de salive et de bile une colonie de coulemelles, puis m'allongeai sur le sol dont la fraîcheur contre mon tee-shirt imbibé de transpiration tiède me fit tressaillir. « Elle n'a pas survécu. » Mon cerveau semblait baigner dans son jus, et lorsque je tordis mon cou vers Manon qui était apparue au-dessus de moi, je ne vis qu'une masse nimbée du contre-jour comme un soleil noir. Au prix d'un gros effort qui me fit grésiller les paupières, je fis enfin le point sur la tête de l'oiseau. Elle reposait sur son avant-bras, le bec ouvert sur une minuscule langue grise dont la pointe se prolongeait en un liseré de sang lumineux sur la peau. J'avais les larmes aux yeux, mais espérais qu'elle ne les discernerait pas dans la pâte de mon visage défait recouvert d'une fine pellicule de saleté. Elle déposa le petit corps sur un monceau de feuilles mortes qui avaient été prises au piège dans le hamac d'une toile d'araignée épaisse, tendue entre deux genévriers. Elle murmura une chose que je n'entendis pas et s'allongea à mes côtés en maintenant sa chevelure déployée pour la disposer délicatement en de multiples affluents sur le coussin de mousse au-dessous d'elle. « Un nuage est un nuage. Tu ne crois pas ? Je déteste les gens qui essaient de leur trouver des formes, qui cherchent un sens dans le ciel. » Je m'efforçai de ne pas trouver une forme à sa poitrine dont je surplombais la houle saccadée, ni un sens à son parfum, un savant mélange d'herbe coupée et de transpiration iodée. Je détournai le regard et fixai un nuage qui ressemblait à un nuage. « Qu'as-tu dit à l'oiseau ? » Le son qui était sorti de ma gorge, pourtant serrée, avait eu la solennité et l'éclat d'une tirade d'enfant devant le rebondissement merveilleux d'un conte de Perrault. Elle s'assit, prit une pleine poignée de terre et la laissa s'écouler en pluie fine sur son genou relevé. « Oh, rien. Un poème que j'aime bien, sur un oiseau qui meurt et qui renaît de ses cendres. » Elle se redressa et me balança le reste de sa terre sur le torse. « Amen. Allez, on n'a pas le temps pour la veillée funèbre. Faut trouver à manger avant la tombée de la nuit. » Le soleil était bas, déjà grignoté par la canopée d'une pinède sur l'autre rive. Je me relevai en titubant un peu sur le sol meuble, puis retrouvai mon équilibre, le sang reprenant le chemin vers mes extrémités pour irriguer ma carcasse endolorie.

J'avais une forte envie de lui parler du monde moderne, simple et rangé des supermarchés, de la beauté d'une pyramide de boîtes de conserve, du chamarré d'un étal de fruits et légumes et de la poésie d'un slogan pour détergents, mais je restai muet dans les pas de l'enfant sauvage qui m'entraînait dans sa quête de nourriture au milieu des bois. On arriva après une heure de marche poisseuse à une courte jetée de planches de bois vermoulu qui avançait sur le fleuve, et au bout duquel tanguait, retenue par une simple corde, une barque à moteur au jaune défraîchi. « On pourrait se contenter des figues de tout à l'heure et de deux trois châtaignes grillées. L'eau me semble agitée.

– *Tss, tss, tss*… Je suis plutôt carnivore. Me faut ma livre de chair. Et comme tu ne veux pas manger ce qui vole, nous reste ce qui nage. Et si on a rien avant la nuit, je serai dans l'obligation de te bouffer.

– On peut pêcher depuis la rive.

– Non, non, pour mériter le poiscaille, il faut aller dans son élément. Ton père est pêcheur, non ? Tu dois savoir y faire. »

Je me disais que vomir encore devant elle ne ferait pas mon affaire. Mais refuser son invitation à aller sombrer corps et biens non plus. Je n'avais de toute façon plus rien à rendre – même en cet instant, la salive me faisait défaut –, et ne pouvais, à la prochaine alerte, que me retourner comme un gant de toilette pour évacuer de l'air ou mes propres organes.

Manon prit place à bord de la barque et démarra le moteur en quelques coups rageurs avant de retrouver sa plénitude ironique, barre fermement tenue. Elle agita son index, comme si elle gratouillait le menton d'un animal domestique, pour me faire signe d'embarquer. J'enjambai le plat-bord en apnée, puis singeai le pied marin dans la bouillie d'eau stagnante et de feuilles en décomposition qui remplissait le fond du bateau, jusqu'au banc central sur lequel je m'assis face à elle. « Tu comptes détacher l'amarre, moussaillon, ou tu vas nous laisser faire du surplace en me regardant avec tes yeux de merlan frit ? Et je te préviens, il y a une voie d'eau par tribord, faudra écoper. » Je repérai effectivement une balafre claire dans le bois et passai mon petit doigt au travers. « Il suffirait de calfater ça. J'ai ce qu'il faut chez moi.

– Et moi, j'ai un yacht sur la Côte d'Azur, mais on n'a pas le temps. J'ai calculé, si tu balances par-dessus bord le contenu de cette boîte de notre très cher ami Ricoré derrière toi, disons, toutes les cinq minutes, on devrait éviter de boire la tasse. Au pire, puisque c'est le seul truc que t'as embarqué, et que visiblement tu n'as pas l'intention de me jouer la sérénade, on pourra compter sur ta guitare pour nous rapatrier jusqu'à la rive ! »

On remonta le courant, vent de face, en rebondissant sur les bourrelets d'eau qui nous tamponnaient avec une belle régularité. Chaque vaguelette faisait bégayer le moteur qui avait du mal à reprendre le cours de sa pensée ronflante. Mais dans l'accalmie d'un creux, il finissait toujours par repartir dans une pétarade et un nuage de fumée noire, avec les tours de poignet stratégiques et les encouragements salés de Manon.

Au bout de cinq minutes à ce régime, j'étais déjà trempé jusqu'aux os, et j'écartais en vain les longues mèches de cheveux qui se collaient à mon visage et me brouillaient la vue. Cette saucée ininterrompue expliquait sans doute pourquoi mon estomac, en dépit d'infimes embardées, avait plutôt bien réagi au mal de fleuve. En outre, j'étais également très occupé à plonger machinalement – et sans grande efficacité – ma boîte de conserve dans le bateau, alors que j'étais moi-même devenu une voie d'eau et que l'essorage de mes vêtements à lui seul risquait de couler notre esquif. Puis Manon bifurqua brusquement vers un bras du fleuve, dont l'entrée était cachée par une chicane de vase sablonneuse. Elle coupa le moteur, et tout sembla retomber d'un coup, derrière la cascade blonde d'un saule pleureur, comme si nous étions soudain assaillis par un été tardif qui ne savait rien de la sape automnale qui s'opérait à quelques mètres à peine. La barque glissait doucement sur ce courant apaisé, et je commençai à recouvrer tous mes sens. Lorsque je me retournai vers Manon, je la vis en sous-vêtements, en train d'étaler sa robe trempée devant elle. « Tu devrais te désaper, Copperfield, ou tu vas attraper la mort.

– Je pense que je vais les laisser sécher sur moi.

– Ah oui, j'oubliais *la pudeur* de monsieur ! Tu nous caches quoi de si précieux là-dessous ? Un troisième téton ? » Elle attrapa une longue gaffe cachée sous le banc où je me trouvais et la plongea dans l'eau peu profonde à cet endroit. La manœuvre eut pour effet immédiat de stopper la course de la barque, qui tangua alors et tourna sur elle-même. Puis, en équilibre sur la pointe des pieds, elle attacha l'amarre à la branche imposante d'un chêne qui se déployait depuis la rive et surplombait le cours. « Là ! C'est parfait. » En essayant d'essorer mes affaires d'une main distraite, j'appréciais mentalement le parfait désordre de notre relation. En quelques semaines, j'avais d'abord vu cette fille nue alanguie dans l'atelier de mon oncle, puis courtement vêtue en apnée dans des bacs à poubelles sous un orage estival, et enfin à peine cachée par quelques centimètres de tissu élimé lors d'une partie de pêche improbable. Pour moi qui avais passé toute mon adolescence à l'affût d'un bout de chair féminine, j'étais servi. Et pourtant, devant le fait accompli, ému autant par ce qu'elle cachait que par ce qu'elle montrait – une paire de coudes, de genoux et d'omoplates –, je savais à peine comment réagir à ce condensé d'érotisme. « Quel âge as-tu ? » Oui, parler, faire des phrases, décocher les mots pour brouiller les capteurs en effervescence. « Encore cette histoire d'âge ? T'es complètement obsédé par ça. Quelle différence ça ferait si tu savais que j'avais trente-deux ans et une peau de bébé ? Tu te sentirais mieux ?

– Je ne sais pas. Tu ne devrais pas être au lycée ?

– Ha, ha, ha ! Le lycée ? Tu m'as bien regardée ? Je n'ai jamais été à l'école, enfin très peu. J'ai toujours refusé qu'on m'enfonce de force des choses dans la caboche. Je me débrouille toute seule et je choisis ce que je veux apprendre.

– Nom de Dieu, mais d'où tu sors ?

– L'interrogatoire continue…

– Seize ans ? Dix-sept ans ?

– *Tss, tss, tss*. Laisse tomber, tu vas te blesser à vouloir si fort. Rends-toi utile, plutôt. » Elle me tendit la gaffe et quelques mètres de fil de pêche terminé par un petit hameçon – en fait, un simple bout de fer tordu et aiguisé grossièrement. « Attache ça au bout, je vais chercher l'appât. » Manon sauta dans l'eau qui lui arrivait à mi-cuisse, et en de grandes enjambées accompagnées d'un mouliné de bras régulier, atteignit la rive qu'elle grimpa facilement avant de disparaître derrière un écran d'arbousiers barbelés de ronces. J'entendis des éclats de voix par-dessus les borborygmes aquatiques de la barque, puis elle réapparut à une cinquantaine de mètres de l'endroit où je l'avais vue s'engouffrer, le corps moucheté de boue, la chevelure ébouriffée et un sourire ravageur de déesse païenne comblée par un sacrifice. Elle tenait entre pouce et index une libellule d'un bleu nacré dont les ailes vibraient encore. « Les black-bass en raffolent, et moi, je raffole des black-bass. Rien qu'un petit coup de pouce à la chaîne alimentaire. » Elle me prit l'hameçon des mains et embrocha l'insecte sans ciller. Elle glissa ensuite dans l'eau pour effectuer un dos crawlé gracieux, puis plongea complètement sous la surface. Je suivis un moment les frémissements de ses mouvements, avant de la voir ressortir sur la rive où elle sautilla sur place et frictionna du plat de la main ses bras, ses jambes, ses fesses, son ventre. Enfin, elle passa ses doigts dans son soutien-gorge et sa culotte, puis funambulisa sur la grosse branche pour rejoindre notre embarcation au sec. Elle colla le bout de sa langue contre sa lèvre supérieure, me jeta un regard en coin, et fouetta l'air de sa canne à pêche sommaire pour envoyer sa ligne au loin. « Que voulait dire ce gros crétin l'autre soir en parlant de ta mère ? » Elle me refila la canne et passa sa robe où seuls deux cercles sombres d'humidité subsistaient au niveau de sa poitrine. Je sortis mes chaussures pour gagner du temps et vidai l'eau accumulée par-dessus bord. « Tu ne réponds à aucune de mes questions et je devrais m'allonger sur le divan ?

– Hé ! Je t'ai défendu contre ce gros primate. En plus, tu m'as vue en culotte, et puisque tu n'as daigné me montrer que tes mollets exagérément poilus, tu devrais même me réciter ton curriculum vitæ.

– Et tu oublies l'insigne privilège de te voir torturer des animaux. La violence est ta solution pour chaque problème, non ?

– J'exige mon dû !

– Sinon quoi ? Tu vas m'embrocher comme pour un méchoui ? Après avoir failli être tiré comme un lapin puis noyé, je ferais mieux de me carapater tant que je suis encore en un seul morceau.

– Allons, allons, David. Je suis sûre que derrière cette petite moue taciturne, tu t'amuses comme un petit fou ! » C'était la première fois qu'elle m'appelait par mon prénom seul, et il sonna bien à mes oreilles. Elle dut repérer mon léger rictus de satisfaction et m'arracha la canne des mains. Elle releva le bas de sa robe, et après avoir ramené ses jambes sous ses fesses, la cala droite entre ses cuisses serrées. Elle attendit, immobile, dans cette posture de supplication, sans me décocher un mot pendant ce qui me parut une éternité.

Je mis ce temps à profit pour observer ce qui me passait sous les yeux. Je pensais avoir de quoi m'occuper pendant cet interlude boudeur. Punaises d'eau patineuses, colonies de fourmis roussâtres, brasses coulées des ragondins, grandes manœuvres en chevron des oies sauvages, sans compter l'inlassable brossage hypnotique des arbres sur la patine vespérale du ciel. Mais je revins assez rapidement me poser sur le grain de peau de Manon et la progression de sa chair de poule qui, à cet instant-là, valait bien tout ça. Je pris ma guitare, sans trop savoir pourquoi, et me mis à égrener des arpèges aléatoires – un approximatif *Blackbird* des Beatles que je n'arrivais pas vraiment à jouer –, ce qui fit tout de suite changer son port de tête. Je pensais que j'avais son attention, au moins partagée de moitié avec le poisson qui, quelque part, allait mordre comme moi à l'hameçon. « Ma mère est morte peu de temps après ma naissance.

– OK. C'est un début. Pas de quoi me faire rentrer complètement dans le film, mais je suis tout ouïe. » Elle était revêche, comme à son habitude, mais elle détendit ses jambes devant elle et bloqua la canne sous la barre du moteur. « Deux versions circulent. Mon père et ma mère partent tous les deux en mer par gros temps, et mon père la balance de dépit par-dessus bord. Et celle, tenace et qui a la faveur du village, où ma mère se jette de son plein gré parce qu'elle était au bout du rouleau et clairement bonne à foutre à l'asile.

– OK. C'est pas mal.

– Ah oui, et il y a aussi la version de mon père, mais que je suis le seul à croire, qui dit que c'était un simple accident.

– Un vrai fait divers ambulant ! »

Manon inspira profondément le nez pointé en l'air, les paupières closes, et capta le dernier feu d'un rayon de lumière ocre qui s'éteignit doucement sur son front. Ce fut le soir en un battement de cil, puis le crépitement de sons nocturnes qui monta avec l'aura fraîche et enveloppa nos deux corps. Elle replia ses jambes, alors que j'espérais, malgré le claquement de mâchoires incontrôlable, tenir honorablement mon rôle de dur impassible face aux éléments. « Alors, on est quitte ?

– On pourrait être quitte, mon cher David, mais tu as quelque chose que moi je n'ai pas. Quelque chose de précieux. » Dans l'obscurité qui gagnait du terrain, je percevais encore les mouvements de ses lèvres et l'éclat de ses dents, pendant que nos silhouettes rejoignaient les cendres du crépuscule. « Un vélo digne de ce nom ?

– Tu possèdes un petit morceau de moi. Et la coutume voudrait que j'en aie un de toi. Mais ne t'inquiète pas, je ne serai pas trop gourmande. » Manon glissa vers moi en mimant une paire de ciseaux de ses deux doigts, et tandis que je me voyais expliquer à mon père, une fois rentré, que le petit orteil n'avait finalement qu'une utilité toute relative, un infime mouvement de la barque attira son attention ailleurs et mit fin au préambule du supplice. Elle se figea, bras le long du corps, tendit son cou du côté de la ligne qui disparaissait dans les bleus sombres et reprit sa place près du moteur. Elle agrippa alors la gaffe d'une main avec une extrême précaution – enserrant l'anneau de son pouce et le manche de l'index avant de refermer l'éventail de ses autres doigts –, puis elle tira sur le fil d'un coup vif et l'embobina autour de l'autre qui faisait maintenant office de moulinet. Après plusieurs minutes d'efforts acharnés, pendant lesquelles je tenais contre moi le manche de ma guitare comme un naufragé son radeau de fortune, Manon sortit sa prise et la brandit victorieuse au-dessus de ma tête. En levant les yeux vers le poisson long et fuselé, je reçus en pluie fine sur le visage, un bouillon de culture à l'odeur âcre de limon qui me prit à la gorge. C'était une anguille de belle taille, pour ce que je pouvais en juger dans la pénombre, qui se tordait violemment dans tous les sens dans l'espoir de sauver ses arêtes. Mais Manon termina le boulot en lui assénant un puissant coup de gaffe sur la tête, puis la déposa dans le fond du bateau où elle s'enroula sur elle-même dans un dernier soubresaut. « Pour le gueuleton, c'est loupé. On va pas s'étouffer, mais c'est mieux que rien. Dis-moi, tu sais quand même allumer un feu Copperfield ? »

On longea la berge, moteur éteint, à la lueur faiblarde de ma lampe de poche. Manon m'avait intimé, avec son affabilité coutumière, de descendre à l'eau pour pousser. Et je m'étais exécuté, comme d'habitude, pendant qu'elle s'accrochait à tout ce qui dépassait, branches, chiendent, racines, pour maintenir notre cap. Je m'enfonçais jusqu'aux chevilles dans le lit de ce bras d'eau, dont le niveau baissait inexorablement, pour ne plus ressembler qu'à un ruisseau strié de filaments de boue qui sous le faisceau de ma torche prenaient des teintes de rouille. La coque buttant dans un écueil mou et s'embourbant à son tour, Manon décida que nous étions arrivés à bon port et pointa un cul-de-sac qui, d'où je me trouvais, avait plutôt des allures de pelote végétale infranchissable. « On sera à l'abri du vent là-bas. »

Depuis le bateau, Manon me balança sans ménagement ma guitare et mon sac, que je sauvai de justesse de l'engloutissement par les mûriers sauvages, ainsi que le sac de plastique sanguinolent qui contenait notre repas de fortune. Chargé comme un coolie, ma lampe entre les dents, j'éclairai comme je le pouvais les pieds nus de mon guide devant moi. Toujours munie de sa gaffe impitoyable, Manon lançait des estocades à l'aveugle pour nous frayer un passage dans les lierres et les fougères qui avaient pris leurs aises à l'ombre d'une forêt de peupliers noirs et d'aulnes. Nous semblions suivre au loin une tache rosée, dernière braise du jour, bientôt remplacée par les phosphorescences de la lune gibbeuse qui montait au-dessus de nous. La nuit s'éclaira et ma lampe, qui clignota une minute, nous lâcha alors que nous arrivions dans une portion étrangement scalpée de la forêt. Au milieu de cette clairière trônait l'ombre de champignon gigantesque d'un unique chêne centenaire. « N'aie pas peur David, je connais cet endroit comme ma poche.

– Je n'ai plus peur du noir depuis quelques années.

– Oui, bien sûr, les grands garçons disent toujours ça. Puis ils crient "maman !" et se carapatent au premier loup-garou qui pointe sa queue.

– Tu te rappelles que je n'ai plus de mère, ça règle sans doute le problème.

– Ou peut-être en cherches-tu une de substitution et tu ne vas pas tarder à me demander de te tenir la main et de faire tes lacets.

– D'où te vient cette détestation de notre genre ?

– Oh, je ne vous déteste pas. Vous m'amusez plutôt.

– Mon oncle t'amuse ?

– Ton oncle a pris soin de moi.

– Tu as donc ton père de substitution…

– T'es un malin Copperfield, mais j'ai bien eu assez d'un seul père, et ce n'était franchement pas une réussite.

– Prends garde, tu vas pas tarder à me raconter ta vie.

– Pas de risque de ce côté-là, mais si tu m'allumes un feu de joie digne de ce nom, je pourrais bien réévaluer à la hausse tes semblables. Un peu. » Manon me prit par le bras et me traîna jusqu'à une cuvette à quelques mètres du chêne mastodonte. « Ici. Il y a ce qu'il faut en branches mortes pour le démarrer. À toi de jouer l'homo erectus. » Je posai le sac à mes pieds et fouillai pour y trouver mes allumettes. Je rencontrai d'abord le clou providentiel, dont j'effleurais du bout de mes doigts cornés la pointe encore affûtée, le pavé de Zola, et enfin la boîte. « Bien ! Je me demandais si tu allais la jouer *Guerre du feu*, mais tu as été prévoyant. » Je craquai ma première allumette et regardai un instant la flamme vacillante se refléter dans les yeux de Manon qui avaient viré au mauve. « Je me suis dit qu'avec une fille comme toi, il valait mieux parer à toutes éventualités. »

Je ramassai une dizaine de bouts de bois d'une taille à peu près égale et les plaçai en équilibre pour former un tipi miniature, comme je l'avais appris lors de mes nombreux bivouacs sous les étoiles parmi les éclaireurs de France. J'entourai ensuite de pierres glanées çà et là mon petit édifice. « C'est très mignon David. Je te reconnais un certain sens de l'esthétique. Tu vas graver nos deux noms dans un cœur sur ce bel orme ? » Lui répliquer que c'était un chêne pédonculé doublement centenaire me brûlait les lèvres, mais je me contentai de me brûler les doigts sur ma deuxième allumette. Je gardai une attitude impassible, du moins l'espérai-je, et la laissai balancer ses flèches dans mon dos depuis sa position du lotus vénéneux.

Mes yeux accrochèrent mon livre échoué. Il était ouvert et ses pages frissonnaient doucement dans le courant d'air frais qui, malgré les promesses de Manon, se faufilait jusqu'à nous. Je l'attrapai et commençai à le feuilleter. Je sentis alors l'haleine chaude de Manon sur ma nuque, puis j'entendis craquer une nouvelle allumette. Elle posa son menton sur mon épaule. « Tu crois que c'est le moment de bouquiner ? » Je lus à voix haute : « "Agir, créer, se battre contre les faits, les vaincre ou être vaincu par eux, toute la joie et toute la santé humaine sont là." » Manon m'arracha le livre des mains. « C'est moins tarte qu'il n'y paraît ton *Bonheur des dames*. J'ai cru que tu avais embarqué de la littérature cochonne. » Elle s'allongea sur le ventre, battant l'air de ses jambes, et tourna quelques pages de son index préalablement léché. La tête dans le bouquin, ses deux billes écarquillées, elle balança : « Attends. Écoute ça, l'intello, il parle de moi : "Crever pour crever, je préfère crever de passion que de crever d'ennui !" » Je lui repris le livre et, redressé sur mes genoux devant le tipi, me mis consciencieusement à en arracher une à une les pages. « Tu vas pas faire ça ? Assassin ! Tu veux brûler les nourritures de l'âme, comme ça, sans vergogne ? me cria-t-elle en roulant jusqu'à moi.

– Je t'assure qu'après mon effeuillage sauvage, il te restera assez de nourriture dans ce livre pour de multiples nuits blanches. Puis, tu devrais te méfier, ça vient de l'antre des démons que tu ne portes pas dans ton cœur : un lycée. »

Je roulai les feuilles en boulettes grossières, les insérai sous les branchages, puis me penchai pour déposer en douceur mon allumette enflammée sur son nid de papier. Après les débuts fumeux, des langues bleutées sortirent et léchèrent tout le fagot de bois sec qui prit feu instantanément. « *Chudo !* » Je me retournai et la dévisageai dans le brasillement qui vibrait et déployait sa corolle de chaleur tout autour de nous. « Ha, ha ! Ne fais pas cette tête, je ne viens pas de te jeter un sort.

– Du russe.

– Tu ne cesses de m'étonner, Copperfield. Oui, du russe. Tu n'irais tout de même pas jusqu'à me dire ce que ça signifie ?

– Non, je galère déjà bien assez en anglais et en espagnol, mais je peux sûrement en deviner la nature. Une insulte ?

– Allons, je n'ai pas ton extrême délicatesse de langage à base de "zut", de "fichtre" et de "nom de Dieu !", mais je ne suis pas une poissonnière pour autant. En revanche, de la sorcellerie, c'était plus probable. J'ai ce qu'il faut dans mon ascendance. » Je nourris le feu de nouvelles branches plus charnues, puis, d'un bond, m'assis en tailleur devant elle. Elle remonta ses genoux sur sa poitrine et recroquevilla ses orteils dans la terre. « J'ai remarqué ton accent, mais tu essaies de le cacher la plupart du temps. Il se pointe quand tu es agacée, ou émue par quelque chose. Car oui, je crois qu'il t'arrive d'être touchée. Je dirais que tes parents sont russes, et qu'ils ne parlaient que cette langue à la maison. » J'étais content de moi, et je sentais le cartilage au bout de mon nez s'agiter, comme chaque fois que je pensais avoir marqué des points. Manon, elle, resta un instant de marbre face à mes pirouettes, avant de me décocher un coup de poing dans l'épaule qui me fit basculer de tout mon poids en arrière. Mon cerveau n'avait pas encore totalement évalué la situation qu'elle grimpa à califourchon sur moi, me bloquant les bras le long du corps de ses deux cuisses serrées. « Et ma famille a fui les horreurs du communisme sur une roulotte de bois en plein hiver, au son des trémolos de la balaïka ? Blablabla. Kitsch à souhait. » Je tentai de me dégager sous les gloussements de Manon qui durcit sa prise, aussi décidai-je de me laisser faire. J'avais déjà été en plus mauvaise posture, sous des corps moins graciles.

« Les clichés ont souvent un fond de vérité, dis-je la respiration courte, alors que Manon s'appuyait de plus belle sur ma cage thoracique.

– Oui, bien sûr. Tu dois être très fier de ton sens de la déduction. Et tu dois penser que je ne te vois pas venir avec les allusions à ton oncle. J'attends le moment où tu vas me balancer que je me prostitue pour subvenir à mes besoins, comme toutes les femmes russes. C'est bien ça ? On a ça dans le sang.

– Non, je… » Manon approcha son visage du mien et me lécha d'abord la tempe gauche, puis descendit jusqu'à mes lèvres. Mon bas-ventre se réveilla, et je repliai mes jambes contre son dos en invoquant mentalement quelques divisions décimales complexes pour contrecarrer l'effet de ses coups de bassin. Elle se redressa et reprit d'une voix blanche, comme si de rien n'était : « Et tu n'aurais pas tout à fait tort sur ce dernier point. » Elle balança doucement sa crinière de gauche à droite, dont les extrémités titillaient mon nez et mes joues. « Tu peux appeler ça comme tu veux, David, ça ne me dérange pas. Thomas a payé quelques loyers, la robe que je porte, mes croissants du matin, oui. Tu veux savoir ce que j'ai fait en retour, hein ? Tu meurs d'envie de me poser la question depuis le premier jour, je me trompe ? Est-elle une petite pute ou a-t-elle simplement un curieux penchant pour les vieux libidineux à grosses pattes d'ours ? Qu'est-ce que je pourrais bien lui offrir ? Est-ce que je peux me la faire en troquant ma guitare ? Alors, vas-y ! Je veux l'entendre de ta bouche. Tu peux dire le mot *pute* ou ça t'écorche les lèvres ? » Manon fondit de nouveau sur moi et fouilla de son nez les plis de mon cou : « C'est ça que tu veux ? » me chuchota-t-elle à l'oreille avant de la mordre à pleines dents. Je lâchai un hurlement et la fis violemment basculer sur le côté. Je portai la main à la blessure qui me cuisait et sentis un liquide chaud et poisseux au bout de mes doigts. Manon se roulait de rire à côté de moi, applaudissait son nouveau tour. Je lui montrai, atterré, ma main ensanglantée comme une plaie du Christ. « Je pense qu'il faut te faire enfermer. Et le plus tôt sera le mieux.

– Où ça, Copperfield ? Au goulag ? Avec les prisonniers politiques ? Une pute, ça se mérite, tu ne voulais quand même pas que je te facilite la tâche… Ton oncle ne bronche pas quand je lui croque son jabot dodu.

– Le contenu de mon livret A ne te satisferait pas, et je ne veux rien de toi.

– OK, on a compris. T'es un romantique. Et tu m'as suivie jusqu'ici pour quoi ? Pour déclamer du Pouchkine à la lune ? Pour discuter de la perestroïka ?

– Je ne sais pas.

– Il ne sait pas. On ne t'apprend vraiment rien dans ton lycée, alors. » Manon se releva et fit plusieurs rondes autour du feu, dans un sens puis dans un autre, en jouant avec les pans de sa robe qu'elle avait relevée à mi-cuisse comme une danseuse de cancan. Puis elle saisit ma guitare par le manche et la posa debout contre ses hanches en la faisant tourner sur sa base. « Il y a un air de famille, tu ne trouves pas ? » Elle gratta la plus grosse corde et tenta maladroitement de coller son index sur une case. Elle était ravie de sa trouvaille et la répéta à l'envi, le visage barré par son demi-sourire qui, sous ce halo clair-obscur, semblait présager du pire. Je poussais doucement sur mes jambes, sans geste brusque, comme un simple étirement, mais prenais en catimini mes distances. « Je peux t'apprendre un ou deux accords, si tu veux. » Je ne trompais personne. J'étais ce type acculé qui pouvait annoncer n'importe quoi sous la torture, détenir les plans d'une ogive nucléaire, la planque de la Résistance, la recette de la potion magique. Manon se figea, pencha sa tête de quelques degrés, puis, d'une pichenette, envoya ma guitare rejoindre les flammes. Je ne savais pas de quel bois était faite cette guitare, que j'avais dégotée dans un vide grenier, entre un moulin à café manchot et une rangée de poupées aux gueules cassées, mais la combustion fut instantanée. Je me jetai dessus, me cramai la main sur une des clés fondues qui dépassait, hurlai à la lune une nouvelle fois, et décidai de mettre à contribution mon petit talent de tireur pour balancer un coup de pied dans la fournaise. La guitare disloquée était toujours en feu, et le seul réflexe pathétique qui me vint à l'esprit fut de la recouvrir de terre, que je pelletai comme un dératé à côté du cadavre fumant. Je savais qu'à ce moment-là, j'aurais pu sans aucun scrupule faire rendre gorge à Manon. Et je me redressai déjà plein de rage, en pensant que mon geste et les quelques années de prison que cela me vaudrait étaient somme toute dérisoires en comparaison de l'extrême soulagement que j'allais ressentir en débarrassant le monde de cette harpie incontrôlable.

Mais elle avait fichu le camp.

Je scrutai la nuit autour de moi, encore à moitié aveuglé par la danse du feu sur ma rétine, mais ne perçus, dans la pastorale des grouillements nocturnes, que des gloussements de petites filles qui s'évanouissaient dans le lointain. Je me laissai tomber à genoux et ruminai jusqu'à l'aube mes noires pensées.

La longue branche d'un marronnier, dont le feuillage rare avait tourné à l'auburn, venait cogner contre la vitre du bureau du proviseur. Les cliquetis métronomiques qui emplissaient la pièce ne perturbaient en rien monsieur Bellochio, qui continuait à éventrer – lui aussi avec une belle régularité – les enveloppes de son courrier. Après un rapide déchiffrage de leur contenu, il les froissait et les balançait impitoyablement dans une corbeille en forme d'éléphant aux traits orientaux, campé sur ses deux pattes arrière.

« Barone », souffla-t-il les yeux fermés comme une plainte somnambulique. Il répéta ainsi plusieurs fois mon nom de famille pour finir par l'affubler, dans un raclement de gorge appuyé sur le *r*, d'une *jota* à l'espagnol. Puis, sans me jeter un coup d'œil, il retourna à son mutisme papéticide.

J'avais déjà attendu une demi-heure dans l'antichambre du secrétariat, où j'avais suivi les lézardes des stucs au plafond et observé avec un léger dégoût mademoiselle Badinter s'enfoncer ses bouchons de stylo jusqu'aux trompes d'Eustache pour finir par les suçoter avec avidité. Je décidai donc de prendre les devants avant que Bellochio s'attaque à une nouvelle pile de courrier inoffensive : « J'imagine que vous m'avez convoqué pour mes absences ? » Ma désertion de quelques journées n'était finalement pas passée inaperçue. J'avais manqué deux belles évaluations préparées aux petits oignons par les professeurs d'anglais et d'espagnol, qui s'étaient léché les babines d'impatience de leurs langues fourchues de bilingues à la simple idée de nous faire suer sur les *question tags* et les diphtongues. Ce mauvais alignement des planètes avait rendu mon week-end prolongé tout à fait suspect. À tel point que la rumeur, après avoir infusé un temps dans les couloirs, avait fini par atteindre la cour, les salles de classe et le plus haut sommet de la hiérarchie du lycée.

Bellochio leva sur moi ses yeux vitreux d'étonnement, qui semblèrent découvrir ma présence. Il se redressa alors lentement en s'aidant de ses deux bras sur son bureau. Mais lorsqu'il constata avec effroi que ses manches de veste remontaient de manière trop impudique – dévoilant à mon regard des morceaux de chair poilue sur des radius saillants –, il se rassit en vitesse et se mit à ajuster la position d'un tampon buvard en ivoire. « C'est rigoureusement exact, jeune homme. » Avec lui, la moindre chose était « rigoureuse ». Il mettait le mot à toutes les sauces, et il fallait bien reconnaître qu'une fois sur vingt, il lui arrivait de l'utiliser à bon escient.

Notre cher proviseur faisait partie de ces sentinelles de l'Éducation nationale, à la diction rigoureusement hachée et à la posture pétrifiée, qui voyaient encore le monde en noir et blanc, avaient la nostalgie de l'uniforme, du bonnet d'âne et qui regrettaient le carillon des coups de férule sur les phalanges l'après-midi au fond des classes.

La panoplie était bien évidemment à l'avenant : complet-veston prince-de-Galles d'une taille trop petit, bésicles rondes à monture de métal au bout du nez, chaussures au cirage miroitant. Rasé de frais à n'importe quelle heure de la journée, il s'était toutefois autorisé, au faîte de cette statuaire d'austérité, à laisser flotter au vent des sourcils broussailleux qui frangeaient sur ses paupières lourdes. L'évolution des mœurs, qu'il avait observée impuissant, malgré de tièdes victoires comme l'interdiction de l'étalage du nombril (et son corollaire vicieux, la combinaison gagnante du nombril percé apparent) au sein de son établissement, n'était sans doute pas étrangère au sillon qui se creusait un peu plus d'année en année au milieu de son front. « Je présume que vous avez une explication tout à fait satisfaisante à me délivrer concernant ce trou noir dans votre emploi du temps, monsieur Barone. Sans compter que notre concierge vous a vu quitter le lycée en parfaite condition physique.

– Mon père…

– Oui, votre père, je connais la chanson : il vous a bercé trop près du mur, ne vous a jamais pris dans ses bras, a grimacé devant vos cadeaux faits maison, ne s'est pas rendu à votre spectacle de claquettes, et la liste est encore longue, je présume ?

– Je voulais dire que mon père était malade. Et il n'a que moi.

– Mademoiselle Badinter m'a pourtant assuré qu'elle vous avait eu au téléphone avec la voix d'un tuberculeux en phase terminale.

– On s'est mal compris.

– Vous jouez de malchance, Barone. Nous avons aussi eu votre père au téléphone.

– Ah. »

Je m'absorbai un instant dans la contemplation des fissures du plafond, puis revint sur terre sonder les intentions de Bellochio derrière son rideau de poils. J'envisageai d'abord de faire jouer la fibre italienne de monsieur « Bel œil », mais me ravisai et laissai le silence faire son boulot. Il passa le plat de sa main sur ses cheveux à la recherche d'un épi indiscipliné, puis, revenant bredouille, forma un losange de ses pouces et index joints devant lui. Une sorte de bouche béante qui était censée, je le supposais, m'hypnotiser pour m'arracher une confession. « Ce qu'on peut dire, c'est qu'on se serre les coudes dans la famille Barone. Monsieur votre père nous a effectivement assuré que vous étiez au fond de votre lit avec, je cite, "une fièvre de poney".

– Nous nous sommes passé le virus. Vous savez comment c'est.

– Non, je ne sais pas comment c'est. Je ne suis jamais malade. Le virus du mensonge, en revanche, il semble que ce soit une affection très répandue parmi les élèves. » Il ouvrit l'un de ses tiroirs, et je m'attendais à tout – martinet, arme blanche, coupe-cigare guillotine –, sauf à le voir en sortir un plumeau en plumes d'autruche. Il se leva et entama son inspection autour de son bureau, plumeau dans le dos qu'il agitait nerveusement comme un nouvel appendice, passant un doigt sur le cadre d'un tableau ou sur l'un des bibelots qui trônaient sur le manteau d'une cheminée condamnée. Il y avait là une rangée de poupées russes désemboîtées qui louchaient et sur lesquelles il s'acharna particulièrement. Puis il se retourna vers moi dans un sfumato de poussière en suspension, son arme pointée dans ma direction. « Et qu'avez-vous à l'oreille ? » La blessure que m'avait infligée Manon était désormais, comme j'avais pu le constater dans le miroir au matin, une grosse croûte violacée qui pendouillait sur la moitié d'un lobe. J'avais tenté de dissimuler le tout sous ma tignasse hirsute, mais je passais machinalement mes mèches derrière mes oreilles – le tic du chevelu par excellence –, et la douleur qui était toujours lancinante me rappelait celle qui me l'avait prodiguée. « Vous savez, j'ai eu vent de votre rixe avec Chapelet. Vous filez un mauvais coton, si vous voulez mon avis. Absentéisme, bagarre de rue. C'est quoi la prochaine étape ? Le vol à la tire ? Le trafic de drogues ? » Il s'arrêta et fit siffler son plumeau dans l'air comme un Zorro du logis. « Le meurtre ? » Puis il le rangea dans le fond de son tiroir qu'il fit claquer ostensiblement. « Je préconise une mise à pied de quelques jours.

– Pour me punir de mon absentéisme, vous me chassez du lycée ? » Bellochio peigna l'un de ses sourcils, qui revint aussitôt à sa forme initiale d'épi de blé griffu. « En prévention. Pour vous éviter de suivre le chemin de votre acolyte Hallström qui est allé se faire pendre ailleurs, alors que j'avais ici de quoi le mettre au pas. Enfin, les lycées privés ont les coudées plus franches. Ici, on encourage le laxisme et la débauche, et si je ne veillais pas au grain, les élèves viendraient en maillot de bain pour se peloter sur les pelouses. Tout ça, c'est la faute de

Mai 68. » Les envolées rythmiques sur le carreau de la fenêtre reprirent de plus belle, coupant la chique au proviseur. Il se dirigea vers elle, l'ouvrit et brisa d'un coup sec le rameau de branche fautif. Après s'être assuré, en passant la tête à l'extérieur, qu'il n'y avait personne au-dessous, il le laissa tomber avec un rictus de satisfaction aux lèvres. « Ne le prenez pas mal, Barone, c'est une main tendue.

– De mon point de vue, vous avez plutôt la main lourde. » Ma réponse prit Bellochio au dépourvu, qui se frotta les mains un long moment pour étudier mon comportement. Il s'approcha dangereusement près – je pouvais sentir un mélange d'after-shave un chouïa trop mentholé et une haleine de café au lait – et m'observa sous toutes les coutures, à tel point que je crus qu'il allait me pincer un bout de chair pour s'assurer de mon existence. Je me demandai, en grattant de mon ongle la croûte qui me démangeait, si Manon ne m'avait pas inoculé par sa morsure une petite part de sa rage. J'avais appris à rester à ma place et à faire profil bas devant les autorités du lycée pour passer ces années jusqu'à la quille du Bac, ce cap ingrat, de la manière la plus indolore qui soit. Je faisais ce qu'on me demandait avec un minimum d'application, ni plus ni moins, juste de quoi rester sous les radars. Et voilà que je me mettais à penser tout haut. Bellochio n'avait peut-être pas tort, j'étais passé du mauvais côté de la barrière sans m'en rendre compte. Je me remis à saigner.

Le proviseur reprit son garde-à-vous derrière son bureau pour se redonner une contenance. « Vous savez Barone, nous pouvons rajouter l'insolence à vos délits récents et convoquer un conseil de discipline. Votre père serait ravi de vous avoir à ses côtés pour les quelques mois à venir.

– Je vous suis déjà bien assez reconnaissant de m'éviter la chaise électrique.

– Allez, Barone, n'aggravez pas votre cas. Rompez. »

Mademoiselle Badinter avait été belle. Je pouvais m'en rendre compte si je la regardais avec assez d'intensité, et si j'occultais ses tétées compulsives de cérumen. Le fond de teint orange et épais, le barbouillage enfantin de fard, le mascara clownesque sur sa peau distendue laissaient tout de même entrevoir les indices d'une beauté sous-jacente. Au détour du dessin d'une commissure délicate, d'une aile de nez en pente douce, d'un os de pommette encaissé et d'une glabelle poignante. L'enchantement durait une poignée de secondes. Puis elle levait les yeux vers moi pour me tendre ses précieux billets sentencieux et redevenait une dépouille ratatinée tombée sous les feux de la mitraille dactylographique des machines à écrire. Malgré l'ajout à son râtelier d'un ordinateur IBM dernier cri, elle continuait à marteler de ses doigts secs sa bonne vieille Olivetti Lettera 32, qui aurait pourtant mérité de couler des jours heureux dans les combles au-dessus d'elle. « Sept jours », me dit-elle en continuant à grignoter son Bic. Je pris le papier et le glissai sans même le lire dans la poche avant de mon sac, déniché dans un surplus de l'armée, qui arborait fièrement sur son rabat des insignes belliqueux. Je persévérai sur mon insolente lancée : « Pourquoi ne pas simplement me coller ? » Mademoiselle Badinter lécha son pouce et se mit à feuilleter un tas de documents devant elle, comme si elle y cherchait sa réplique. Elle surligna patiemment avec un Stabilo rose fluo une dizaine de lignes, qui lâchèrent chacune leur miaulement caractéristique, puis prit une grande inspiration : « Les retenues, monsieur Bellochio l'a remarqué avec sa perspicacité coutumière, servent de défouloir aux élèves. Murs, portes, fenêtres, bureaux et chaises sauvagement gravés au compas, ou *chewing-gummés*, sans oublier les graffitis décoratifs et orduriers intempestifs. De plus, nous avons décidé de laisser aux bons soins des parents de surveiller leur progéniture, nous évitant des excédents de permanence et d'intendance. Les économies mises bout à bout peuvent être substantielles. Il est également bon d'ajouter que regrouper tous les élèves déviants dans le même panier s'avère fort contre-productif. Ils s'intoxiquent et fomentent de nouveaux forfaits. L'effet boule de neige, voyez ? Je terminerai en vous disant, cher jeune homme, que l'école publique française et républicaine ne peut pas tout, et n'en a surtout plus les moyens. » Elle conclut sa réplique d'un décochement d'index furtif sur une touche de sa machine antique, qui fit revenir avec fracas le chariot à sa place initiale.

« Et est-ce que cette école miséricordieuse m'autoriserait un coup de fil à mon avocat ?

– Plaît-il ?

– À appeler mon père pour qu'il vienne me récupérer. L'argent que je vous fais gagner en rentrant chez moi doit bien valoir un appel local.

– Il y a une cabine en bas.

– Je risque de la vandaliser. » Elle considéra le combiné vert à ses côtés, et je sentis bien à la palpitation de ses maxillaires qu'elle évaluait les pour et les contre de ma requête. Est-ce qu'un élève qui utilise un téléphone ne serait pas un dangereux précédent, prélude à une chienlit sociale ? Et puis quoi ensuite ? Une distribution gratuite de trombones ? L'emprunt de ses précieux Bic ? De ses toilettes personnelles ? Elle fit claquer sa langue et le poussa de deux centimètres d'assentiment vers moi. Elle étira sa longue bouche carminée pour me gratifier d'un sourire qui relevait plutôt de la démonstration de ses capacités faciales à déplacer sa croûte de maquillage. « J'imagine que plus vite vous aurez quitté les lieux, plus vite je me remettrai au travail. Car, aussi bizarre que cela puisse vous paraître, jeune homme, des gens travaillent. Soyez concis.

– Et je ne mange pas à la cantine. Vous aurez donc du rab. » Elle n'écouta pas cette dernière phrase et était déjà retournée à ses estafilades de rose sur la paperasse amoncelée autour d'elle.

Je saisis le téléphone et composai le numéro de chez moi. Ça sonna dans le vide un long moment, mais au lieu de raccrocher, je me mis à faire semblant de parler à mon père à l'autre bout. « Salut, papa, c'est moi. Il faut que tu viennes me chercher. Oui… Oui… Je t'expliquerai. Viens vite, je me poste à l'endroit habituel. OK, à tout à l'heure. *Bye.* » Un père imaginaire compréhensif, affable, qui ne demandait pas la moindre explication à son fils de dix-sept ans, qui appelait inopinément depuis son lycée pour lui demander de cesser, séance tenante, toute activité pour le rejoindre à soixante bornes de son lieu de travail. Un père idéal. Et je poussai l'incarnation jusqu'à lui imaginer une tignasse luxuriante et argentée, retenue par une paire de Ray-Ban Wayfarer noire, au volant d'un coupé décapotable flambant neuf. Après avoir nonchalamment balancé mon sac de cours à l'arrière et pris place en sautant par-dessus la portière avec légèreté, j'aurais eu droit à ma pichenette sur la joue, un froncement de sourcil un peu comique, et direction la station balnéaire la plus proche pour aller parfaire notre hâle.

La tonalité s'emballa dans l'écouteur et me fit revenir sur terre. Je raccrochai assez bruyamment pour étayer la réalité de cet appel. Mademoiselle Badinter remit le téléphone à sa place et lança un coup de menton furtif vers la porte pour me signifier le dénouement de notre saynète bien ficelée.

J'aurais pu appeler mon oncle, qui aurait joué le rôle de sauveur de neveu en détresse avec enthousiasme, mais j'avoue que sa compagnie ne me manquait pas. Ne me manquait plus. Je ne voulais pas me retrouver face à son air de goujat satisfait et libidineux. Je n'y pouvais rien, Thomas me dégoûtait.

Je n'avais d'ailleurs pas répondu à ses quelques sollicitations à venir épier un énième mari volage ou à retrouver un clebs à pedigree. En outre, j'avais peur de tomber sur Manon, ou plutôt sur l'une de ses multiples personnalités. Ma curiosité maladive et mon âme aventureuse avaient finalement rencontré leurs limites.

Manon m'avait bien abandonné dans la pampa en plein milieu de la nuit. Après avoir repris mes esprits, j'avais cheminé à tâtons pour rejoindre l'emplacement du bateau. Mais soit je m'étais complètement paumé et mon sens de l'orientation ne valait pas tripette, soit elle avait largué les amarres sans pitié et sans le moindre tourment quant à ce qu'il adviendrait de mon sort. Cette dernière version était la plus plausible au vu de notre petit pugilat nocturne. Pourtant, pendant de longues minutes à écarquiller les yeux sur les ombres mouvantes du fleuve, j'avais eu l'espoir qu'elle avait mijoté une nouvelle blague douteuse, et j'étais même persuadé qu'elle allait émerger des flots telle une figure de proue en majesté et me tendre une main miséricordieuse pour m'absoudre de tous mes péchés. Puis la dure réalité vint me décocher son plus beau direct au foie pour m'apprendre la vie.

Je décidai de longer le fleuve vers l'aval, bâton poli au couteau en main, à me tailler un passage dans les herbes folles, me disant que je rencontrerais bien les lumières d'un village ou d'un hameau. Une tactique qui n'aurait sans doute pas déplu à Huckleberry Finn, et que son ami fantasque, Tom Sawyer, aurait compliquée en bidouillant un scénario improbable à base de piraterie et de code d'honneur chevaleresque. Mais j'avais plutôt le cœur à m'allonger et à me laisser recouvrir d'humus et de lichen crustacé jusqu'au prochain été.

J'avais choisi de faire au plus simple, mais n'avais rien rencontré sur les berges de mon Mississippi. Pas la moindre trace de civilisation. À part une ou deux cabanes délabrées et une digue, qui avançait sur la moitié de la largeur du fleuve. Nous nous étions enfoncés beaucoup plus loin que mon terrain de jeu habituel, et je ne reconnaissais absolument pas les parages. Je pris mon courage à deux mains et me mis à l'eau tout habillé pour nager et combler la distance qui me séparait de l'autre rive, qui devait représenter un bon six cents mètres à vue d'œil. Pas un exploit en soi, mais l'eau était glacée et parsemée çà et là de tourbillons névralgiques qui m'aspiraient vers le fond, et en dépit de grands coups de palme et d'un crawl rageur, j'eus pendant un moment l'impression de ne pas avancer d'un iota.

J'accostai finalement et crachai mes poumons en me laissant choir dans un bain de vase verdâtre au pied d'un arbre gris au tronc estropié de dentelures, qui avait dû embrasser la foudre il y avait peu. Je tirebouchonnai mes vêtements et mes cheveux pour leur faire rendre l'eau poisseuse qui me pesait, vidai mes chaussures et envoyai mes chaussettes fripées guirlander les buissons les plus proches. Puis je coupai tout droit vers la veine rouge que je voyais poindre au-dessus de la découpe d'une haute futaie de pins sylvestres. Vers le levant, me répétais-je d'une voix de gorge, comme un mantra. Sûrement la première bonne idée de ce périple, qui, aussi futile fut-elle, m'instilla une lichette d'énergie, qui me fit mettre un pas devant l'autre à une bonne cadence jusqu'à un endroit familier. Du moins l'espérais-je encore en progressant à l'aveugle pendant deux heures au milieu de nuées d'insectes de toutes sortes. Je poussai un grand cri, que je ne lâchais habituellement que sous la torture, lorsque je m'aperçus que je ne m'étais pas trompé. Car je venais de déboucher, tel un épouvantail au bout du rouleau, sur les tristement célèbres lacets d'une départementale qui avait connu son comptant de sorties de route et était jonchée sur les bas-côtés de fleurs plus ou moins fraîches à la mémoire des imprudents conducteurs. Je la suivis sur une dizaine de kilomètres, alors que je sentais mes pieds qui, sous les frottements réguliers contre le cuir de mes chaussures mouillées, se constellaient d'ampoules grosses comme des agates, explosant presque aussitôt formées pour aller chercher un bout de chair encore épargné. Le liquide brûlant qui en sortait me faisait serrer les dents à chaque pas sur les aspérités du bitume.

Mon genou droit était également à la ramasse, et j'essayais de me souvenir quelle exaction de Manon avait pu me valoir ce nouveau traumatisme. Ou peut-être me l'étais-je moi-même infligé en tentant de la suivre aveuglément comme un bon petit soldat. Je m'arrêtai plusieurs fois pour le masser sur le bord de la route, sous les encouragements sporadiques des klaxons de voitures matinales qui avaient passé, sans les manquer, les virages funestes.

Puis j'atteignis enfin le panneau de mon village encore endormi, où seul le boulanger recouvert de farine et de suie fumait sa clope à l'extérieur en se grattant l'entrejambe d'un pouce distrait. « T'es un lève-tôt, Barone ! J'ai besoin d'un apprenti, si ça te tente de malaxer des miches aux aurores. » Il entra dans sa boutique et en ressortit avec une chocolatine chaude qu'il me tendit en mordillant son mégot de son sourire plombé. « Merci, monsieur Castagnet. »

Chez moi, c'était toujours le calme plat, et toujours pas de père asthénique, même si j'avais senti, à de menus détails – une tasse de café retournée dans l'évier, un torchon étendu avec précision sur un dossier de chaise de cuisine –, qu'il était repassé en coup de vent. Je me laissai ensuite tomber sur le canapé et dormis dix-huit heures d'affilée. À mon réveil, je comatai entre cuisine et chambre une bonne partie du temps, jusqu'à mon départ en catastrophe pour le lycée où m'attendait le billet de convocation du dirlo. Il m'avait été tendu par notre CPE, qui ressemblait trait pour trait au Phil Collins période *Easy Lover* – c'est-à-dire à un comptable au repos dans un pull sur chemisette blanche et pantalon de costume gris, surmonté d'une coupe de cheveux pour dame peu avantageuse.

« Bonnes vacances ! » me lança madame Badinter pour définitivement me congédier et me sortir de ma torpeur.

Je sortis du bâtiment administratif et avisai ma classe quasiment au complet en train de s'ébattre sur un carré d'herbe de la cour. Ça fumait des clopes, crapotait pour se donner un air rebelle, se bécotait et massacrait des numéros de cirque – jonglage, diabolo et bâtons du diable – dans une ambiance musicale didgeridoo et djembé débridée. En m'apercevant descendre la volée de marches, ils lancèrent leur ban d'honneur, à coup d'applaudissements et de doigts tendus qui se voulaient complices pour accueillir comme il se devait mon expulsion récente – chose qui était toujours considérée comme un haut-fait chez les adolescents de tous bords. Bien sûr, Nina ne se joignit pas aux congratulations et se contenta de faire semblant d'être fascinée par Mathieu Vidalis qui s'échinait à faire sonner les trois pauvres accords que je lui avais appris un soir de faiblesse – plus ou moins *My Lady d'Arbanville*. « Alors, David, ça y est, t'es enfin devenu un homme ! » me cria je ne savais qui dans l'assistance. Je fis un V de la victoire de mes deux doigts, montrai les dents, et me dirigeai vers l'arrêt de bus du ramassage scolaire. Je trouvai cette fois-ci plus sage de l'attendre, pour soulager mes courbatures et mon genou meurtri, et d'éviter l'auto-stop thérapeutique qui me viderait de mes dernières réserves physiologiques.

De retour chez moi, après un voyage en bus dans un semi-coma – qui obligea Miguel à me réveiller en balançant un grand coup de frein et de klaxon pour que je ne manque pas mon arrêt –, je tombai sur mon voisin qui taillait avec rage sa haie de troènes, sous les jappements de son molosse qui devait s'imaginer que les pauvres arbustes dissimulaient une flopée d'intrus. Son maître m'aperçut et s'approcha à grandes enjambées du grillage qui séparait nos deux maisons. « Hé, Barone ! Mais bien sûr qu'il l'a tuée ! C'est clair comme de l'eau de roche cette affaire. »

Octave Gallois était un grand type maigre à large envergure d'épaules, d'où ballaient des bras aux humérus démesurés. Il avait un éternel béret vissé sur la tête qui lui donnait l'allure balourde d'un paysan de pacotille buveur de lait entier, mais étonnamment contrebalancée par un visage aux traits fins de vedette de cinéma. Une sorte de brouillon du jeune Alain Delon dans *Le Guépard* de Luchino Visconti, m'étais-je déjà dit en le surprenant une ou deux fois nu-tête. Il était sans doute – nous ne l'avions pas encore pris sur le fait, mais il ne s'en cachait pas vraiment – l'empoisonneur de chats et le mystérieux vandale qui tordait les balais d'essuie-glace des voitures qui avaient eu l'audace de se garer trop près de son muret. « Bonjour, monsieur Gallois. Qui a tué qui ?

– Mais enfin, le melon, Barone, le Omar Sharif des jardins. Tu vis sur une île déserte, mon garçon ? Ils ne parlent que de ça. »

Devant mon père, qui était le seul être vivant, excepté son berger belge, qui avait trouvé grâce à ses yeux, il avait laissé fuiter quelques éléments biographiques lors d'un apéro particulièrement arrosé de Pastis 51. Gallois s'était alors épanché sur sa longue et tortueuse carrière artistique, durant laquelle il avait raté avec une belle régularité ses multiples vocations : violoncelliste, pianiste, chanteur, poète, comédien. Nous l'avions d'ailleurs furtivement aperçu à la télévision dans un petit rôle dont la seule réplique, assénée avec la même gaucherie que celles des courts préliminaires verbaux des films préférés d'Alcibiade, était : « Mais vous savez qui je suis ? » Nous savions qui il était, et la suite de cette médiocre série policière n'avait pas réussi à nous faire oublier sa prestation.

« Ah oui, le meurtre de cette dame », répondis-je sans conviction, raide comme un piquet, le reste du corps tourné vers un autre destin. J'espérais, dans cette position peu avenante, ne pas trop encourager le bonhomme à dérouler une conversation au long cours – ou plutôt le monologue bilieux traditionnel que j'accueillais la plupart du temps avec des onomatopées ou des monosyllabes de pures formalités. « Évidemment que l'employé algérien a fait le coup, c'est leur revanche à eux, c'est comme ça qu'ils font maintenant. Et bien sûr qu'une bourge de la Côte d'Azur est capable de faire des fautes de conjugaison. » Il se baissa brusquement, arracha plusieurs touffes d'oxalis et de pissenlits qui défiguraient son pré carré, et les envoya dans un grand moulinet vers la route.

J'étais malheureusement ferré, et le petit garçon bien élevé que j'étais encore n'eut pas le courage de prendre ses jambes à son cou pour échapper à tout ça. Je lâchai mon sac dans l'allée et m'approchai à mon tour, mais à bonne distance du chien qui, malgré nos douze ou treize années de cohabitation, continuait de vouloir me sauter à la gorge. « Je crois qu'il est d'origine marocaine, et Omar Sharif égyptien », dis-je la tête légèrement penchée, d'une voix sans timbre, pour que la brave bête – ainsi que le bipède enragé qui l'accompagnait – cesse de m'identifier comme un danger potentiel. Gallois montra ses gencives à vif: « Garde ça pour le JT de vingt heures, David, c'est blanc bonnet et bonnet blanc. Enfin blanc… Sultan! Couché! » Le chien baissa les oreilles, fit trois tours rapides sur lui-même avant de s'aplatir en couinant sur les sabots de son maître. « Le plan Vigipirate? Ha, ha, ha! Du flan. Ce ministre de l'Intérieur a une tronche de premier de la classe qui se faisait piquer son goûter dans la cour de récré… Pas besoin de ces bidasses sans réflexes. Moi, j'ai ce qu'il faut et je les attends de pied ferme, les bicots. Ils n'atteindront pas Poitiers! Garanti sur facture! »

Les velléités créatrices de Gallois avaient fini par tourner court lors d'un concert devant une salle blasée au trois-quarts vide. Il avait eu l'un de ces trous de mémoire impossible à combler, malgré les boucles effectuées par un orchestre aussi professionnel que désemparé face à l'aphasie soudaine du leader. Le vers attendu n'était pas revenu, ni le suivant, ni même un yaourt improvisé qui aurait pu sauver les meubles. Juste ce grand dadais perdu sous la douche de lumière des projecteurs en train d'entortiller nerveusement le câble du micro autour de sa main pendant cinq minutes interminables pour faire pénitence. Il avait quitté la scène avec son masque de poète maudit et une nonchalance feinte, après avoir balbutié des excuses aux spectateurs qui avaient de toute façon commencé à se diriger vers les sorties dès les premières chansons. Le groupe avait effectué un baroud d'honneur, puis avait lui aussi baissé les armes.

À partir de ce jour, Gallois avait signé pour le rôle de patriarche acariâtre et de sentinelle de sa propre maison dans laquelle il patrouillait en brandissant une canne – un bâton de châtaignier de quatre-vingt-quinze centimètres exactement, comme le stipulait la fédération de canne de combat, activité à laquelle il s'adonnait tous les jeudis soir. Mais la plupart du temps – faute d'ennemis se bousculant à son portillon –, il déversait sa bile sur son épouse, une femme courtaude à la chair molle et rosée qui se tuait à la tâche pour faire bouillir la marmite familiale. « Nonor ? Va me chercher une bière dans le réfrigérateur ! » Et il y avait enfin ses deux filles, Iseult (Seseu) et Aliénor (Nonor), petites bestioles apeurées et contrites.

Il épongea son front qui dégoulinait de sueur avec un vieux mouchoir à carreaux qui semblait avoir déjà accueilli son comptant de fluides divers et variés. Puis il le replaça en boule sous sa chemise kaki sortie tout droit d'un surplus de l'armée, ce qui créa une excroissance à l'emplacement qui avait dû accueillir, comme l'évoquaient les différents trous, les décorations et les médailles du propriétaire précédent – à moins qu'il n'ait aussi une certaine tendresse pour les mites de vêtements. « Je disais justement à ton père ce matin...

– Vous avez vu mon père ?

– Eh bien oui, et il était pâlichon d'ailleurs. Je lui ai dit : “Mon vieux Barone, il faut s'armer et commencer à hérisser les barricades. Je peux vous prêter deux trois trucs, j'ai mon Colt Navy 1851 et ma Winchester 1873 en parfait état, et les pandores m'emmerdent pas avec mes armes de collection." C'est vrai qu'ils ont été un peu plus casse-bonbons avec la M16 que j'avais achetée sous le manteau à un ancien de la Légion, mais bon…

– Vous savez où il est parti ?

– Il est mort en jetant une grenade à plâtre près de la dune du Pyla.

– Mon père, je veux dire. » Gallois leva les sourcils, replaça son béret, et se moucha dans ses doigts qu'il essuya dans le pelage de son chien. Celui-ci, le museau incrédule devant cette papouille inopinée, se mit à couiner de plaisir et à se lécher. « Ma foi, l'a dû partir pour son rafiot. Il avait la panoplie en tout cas. Mais si j'étais lui, j'investirais dans un gilet pare-balles.

– Ou une cotte de mailles.

– Papa ! Papa ! » Nonor, la plus jeune de ses filles, qui avait un look de poupée de porcelaine, avec ses robes en dentelle empesées, sa moue rose figée et ses anglaises qui rebondissaient sur ses joues, sortit de la maison en courant et fonça tête baissée dans les guiboles de son père. Elle fondit aussitôt en larmes, et nous parvint aux oreilles une tirade étouffée qu'elle avait sans doute élaborée pour amortir le courroux paternel : « Papa, y a plus de bière ! C'est sûr sûr sûr ! J'ai bien fouillé dans le frigo ! C'est c'est c'est… pas… ma faute ! » Gallois lâcha son bâton au sol et ouvrit ses bras en croix pour accueillir la détresse enfantine, puis il lui gratta le cuir chevelu avec la même distance que l'essuyage en règle sur la croupe de son chien. « Nonor, tu sais ce que j'ai dit sur les pleurnicheries à répétition ? On garde la tête haute. C'est comme pour la gamine, la manouche pouilleuse à qui tu as cassé la clavicule avec ce maillet de croquet : si tu pleures derrière, tu perds l'ascendant. Et c'est pas ce qu'on veut montrer à ces gens-là, n'est-ce pas ? Cette faiblesse engendre la compassion, et qu'est-ce qu'on veut surtout pas, Nonor ? Devenir comme cette légion de chiffes molles. » Elle se mit à donner des coups de poing rageurs dans les cuisses de son père tout en continuant à frotter son nez contre son jean, puis elle leva ses yeux rougis bordés de longs cils frémissants et luisants vers lui. « J'avais visé sa grosse tête… comme tu m'as appris, dadou, mais elle me dépassait de beaucoup, tu sais…

– Je sais, je sais. C'est l'intention qui compte, et la clavicule, c'est pas si mal. Mais on a eu des difficultés à se justifier. La rotule aurait été plus simple. Peu d'efforts pour un effet bœuf. Tu te souviens ? » Aliénor, rassérénée, renifla longuement et mit sa menotte dans la grande paluche de son père. « Quant à la bière, on sait très bien que tu n'as pas osé soulever les brocolis qui te cachaient les trois bières bien fraîches qu'il doit forcément rester dans le fond du bac. » Octave s'accroupit au niveau de la petite fille, qui allait entamer une nouvelle salve de pleurs, et se mit à chuchoter des mots que je ne perçus pas dans le creux de son oreille. Aliénor fut comme piquée au vif par le laïus de son père. Elle sécha ses larmes de ses deux poings fermés et repartit vers la maison au pas de course, accompagnée par le berger belge qui, oreilles rabattues et queue basse, s'était accroché du bout des crocs à un ruban défait de la robe. « Il faut savoir parler aux enfants. Et pas les simagrées et les notes aiguës qui vont avec. La vérité, le réel, le monde tel qu'il est, quoi qu'il en coûte. Si on veut survivre, en tout cas. Le tri se fera tout seul, tu verras.

– Mon père vous a dit quelque chose ?

– Oh, pas vraiment, mais il avait l'air soucieux. On a parlé de la météo, des mauvaises herbes, un peu de la femme du gendarme qui était encore en soutien-gorge à sa fenêtre. Enfin, je sais ce qu'il a, moi. Je ressens ces choses-là. En Algérie, je pouvais te sonder une âme en un coup d'œil.

– Ah oui ?

– Oui. Les Portugais, les Espagnols et les Rosbifs.

– C'est une blague belge ?

– Pardon ? Non… La pêche, garçon, il est inquiet. Quand la moitié de l'Europe viendra rafler la poiscaille directement dans nos mers, on fera comment ? Et ils bosseront pour rien ces loqueteux, enfin à part les Anglais, qui viendront juste pour nous emmerder, comme d'habitude. Les Ricains nous bouffent déjà les entrailles depuis quarante-cinq, le tiers-monde va finir le boulot.

– L'Espagne et le Portugal sont assez loin du tiers-monde.

– J'y vais acheter mes cartouches de Winston light et les Gitanes de ton père. Ça vaut le Bangladesh, crois-moi ! Les types marchent pieds nus et mangent des cailloux… Et t'as vu leurs routes et leurs trottoirs ?

– Ils doivent sans doute en croquer un morceau ou deux au passage, quand ils ont une soudaine envie de caillou.

– T'es un petit rigolo, Barone, mais c'est ta génération qui ramassera la France en morceaux. Et c'est pas vos études jusqu'à trente-quatre ans qui vous sortiront de la mouise cosmopolite dans laquelle on essaie de nous diluer. » Nous avions atteint le point crucial de nos échanges, celui à partir duquel il allait me gratifier de l'insigne privilège d'assister à l'une de ses démonstrations d'autodéfense avec grandes manœuvres de canne. Et si j'avais eu de temps en temps la force de le regarder gesticuler, comme on pouvait apprécier par pure empathie les acrobaties farcesques des bonobos dans leur cage, je décidai de couper court et de tourner les talons sur ses dernières injonctions à me munir d'un couteau de chasse Bowie. Penaud, la baguette en berne, il tenta quand même de me lancer une dernière perche avant que je tourne la clé : « Barone, et pour les armes ? Vous les voulez ou bien ?

– Pas besoin. Avec un voisin comme vous, je me sens franchement en sécurité. Bonne après-midi, monsieur Gallois ! »

Je n'avais pas croisé mon père depuis plus d'une semaine. Ni vu autre chose que des vestiges de ses passages éclairs et de ses errances dans la maison. Ça commençait à faire, même dans une relation qui était très peu basée sur le dialogue, plutôt sur des soupirs et des mimiques lourds de sens. J'exagérais à peine, mais pour la première fois, ce silence radio prolongé commença à sacrément me peser, et je me dis qu'il était peut-être temps pour moi de tenter quelque chose.

Le principal problème dans cette entreprise de retrouvailles était la centaine de bornes qui me séparait du port de pêche, duquel mon père partait aux aurores depuis trente ans tendre des embuscades à des bancs de poissons toujours aussi incrédules. Un obstacle de taille si l'on considérait ses efforts incessants déployés pour soustraire sa progéniture à toutes possibilités d'autonomie locomotive. Mes pieds étaient toujours à vif, et une telle distance, même avec la meilleure des volontés, accélérerait sans doute les prévisions de mort précoce que j'avais annoncées à mon père pour, paradoxalement, lui extorquer un scooter, se réaliser.

Il me restait une solution, mais qui n'était pas non plus sans risques : la bécane d'Alcibiade. En laissant traîner mes oreilles un jour du côté du Petit Basque, un bar dans le bourg du village dont l'enseigne conservait encore des impacts de chevrotine, fruit d'un désaccord sur un hors-jeu, et dans lequel bruissaient tous les commérages du canton, j'avais pu entendre que le fameux 103 s'était opportunément retrouvé chez le garde champêtre, après l'équipée nocturne et nudiste de mon alter ego gréco-suédois. Dos Santos était réputé pour sa tendance à s'approprier les choses qui lui tombaient sous la main lors de ses multiples patrouilles. Sans réclamation au bout d'une paire de mois, il considérait que ses trouvailles lui appartenaient. Pour ma part, je ne comptais pas lui faire ce plaisir.

Récupérer la mobylette d'Alcibiade n'était pas un défi trop difficile à relever. Le vieux Dos Santos était un grand amateur de siestes éthyliques devant l'Éternel, et même un bombardement nourri sous ses fenêtres aurait échoué à le tirer de son sommeil réparateur. En outre, si j'étais un peu chanceux, le Renard – qui était également cantonnier – serait quelque part en train de combler, avec l'indolence qui le caractérisait, un nid-de-poule à l'autre bout du village. Il ne me fallut donc pas plus de vingt secondes pour me convaincre du bien-fondé de mon action. Voler un voleur me semblait être une activité peu répréhensible sous nos cieux, et je partis, la fleur au fusil, vers sa bicoque qui ne se trouvait pas très loin de chez moi, au milieu d'un carré de vignes clairsemé, sur lequel des merles s'étaient visiblement acharnés, ne laissant qu'une poignée de grains fripés sur les squelettes des grappes.

La maison allait avec le personnage, tenant debout par miracle, pansée avec les moyens du bord – tôles, bâches et polystyrènes – aux endroits qui avaient souffert des intempéries, ou d'un mauvais calcul architectural. Des poules déplumées se partageaient un territoire à l'abandon tout en tumulus spontanés et trous de taupes, réhaussés du vert profond de touffes grignotées de feuilles de pissenlits. Elles se risquaient parfois sur la route, en passant par les nombreuses ouvertures d'un grillage à l'agonie pour dégoter la pitance qui leur faisait défaut sur leur terre promise.

Je m'assurai d'abord qu'il n'y avait pas de mouvement à l'unique fenêtre aux montants de guingois qui donnait sur la basse-cour, puis m'agenouillai pour passer entre les barreaux du portail fait d'un assemblage de grosses roues de charrette en bois. Il ne me fallut pas longtemps pour repérer la mobylette, suspendue par sa roue avant à la large poutre maîtresse de la vieille grange ouverte aux quatre vents, qui prolongeait la maison à l'arrière. Alcibiade aurait serré les dents devant le spectacle de son fier destrier ainsi crucifié, et j'avouais avoir ressenti moi-même un petit pincement au cœur. Après tout, cet engin avait porté sans relâche nos carcasses sur les routes pour nous faire découvrir de nouveaux horizons, sans lesquels nous nous serions fracassé la tête de dépit contre les quatre murs de nos chambres étriquées. J'espérais qu'elle n'avait pas trop souffert du traitement et qu'elle démarrerait sans trop de problèmes.

La décrocher fut la partie la plus délicate de l'affaire. Mais une fois la roue délogée de son clou grâce à une barre à mine dénichée dans le fourbi de Dos Santos, je réussis, en y mettant tout mon poids et ma force, à la faire descendre lentement au bout de la chaîne qui l'entravait. À quelques centimètres du sol, je fus obligé de lâcher le tout sous peine de me retrouver à mon tour pendu comme un jambon. Le fracas qui s'ensuivit fut heureusement amorti par le tapis de paille sèche et de sciure éparpillées un peu partout – pour une raison qui m'échappait étant donné que le garde champêtre n'avait jamais eu d'autres animaux de ferme que ses trois poules rachitiques. Je tendis tout de même l'oreille vers la maison pour percevoir une éventuelle apnée du sommeil contrariée, mais rien ne bougea. Je récupérai le casque le moins moche dans la collection multicolore – une énième prise de guerre – qui était alignée sur un établi. Puis je poussai la meule désentravée jusqu'au portail qui chanta un petit peu sur ses gonds, mais rien d'inhabituel dans les stridences agricoles qui affleuraient dans le coin.

Un dernier coup d'œil vers la bicoque par acquit de conscience, et enfin, lorsque je pensai me trouver à bonne distance, j'enclenchai le kick. Le moteur démarra contre toute attente au quart de tour, et j'étais presque déçu de ne pas avoir à batailler pour réveiller la bête d'ordinaire si revêche. Son séjour en lévitation lui avait donné un bon coup de fouet, car je ne l'avais jamais entendu tourner aussi rond, sans ce tumulte digestif qui donnait l'impression qu'une poignée de boulons se baladait dans sa tuyauterie.

Mon père n'était pas si loin de la vérité quant à mon destin au guidon d'un deux roues. Je me fis plusieurs frayeurs sur la route, et me payai même le luxe d'une belle cascade, bien qu'à une vitesse quasi nulle, dans la négociation ratée d'un virage en épingle à cheveux généreusement gravillonné.

Je ne savais pas si je devais voir dans cet accident une sorte de justice immanente, rendue par un saint patron des cantonniers ulcéré par mon larcin au sein de leur communauté soupe au lait. Mais le châtiment ne fut pas bien sévère. N'ayant pas vu ma vie défiler pendant mon soleil, je m'étais contenté de rouvrir les yeux sur le ciel bleu qui tanguait au-dessus de moi. Après une rapide évaluation des dégâts – des bouts de peau en moins et une bosse au réservoir en plus – et un moment de recueillement pour stabiliser le paysage autour de moi, j'avais redémarré sans difficulté pour le reste du voyage, que j'abordais avec la décontraction d'un Hell's Angel aguerri.

Deux bonnes heures de route à la louche, pour une distance qui en aurait demandé la moitié. Je n'avais pas poussé les gaz dans les lignes droites ni lésiné sur le freinage dans les pentes, souvent avec l'aide de mes semelles fumantes sur le bitume, et avais multiplié les arrêts – vibrations obligent – pour des envies pressantes. Le gros de ces étapes intempestives fut, en effet, consacré à revigorer mon anatomie en dessous de la ceinture, qui avait, semblait-il, été coupée de tout afflux sanguin par une posture pour le moins rigide sur une selle inconfortable, et ce malgré ma notable prise de confiance. Le Peugeot 103 SPX, modèle qui avait fait rêver plus d'un ado de mon âge avec son carénage tape-à-l'œil de mini-moto, n'était pas franchement taillé pour un road trip qui dépassait de très loin les sauts de puce dans notre court périmètre vital.

Elle me laissa d'ailleurs tomber devant la rade du port. Une dernière toux du pot d'échappement, largement noyée sous la respiration sibilante des vagues, et une fin de course en roue libre stoppée de justesse avant le grand plongeon. Je pouvais toujours articuler les mots « essence », « huile », « carburateur » d'une manière très concernée, en fin connaisseur des faits mécaniques, tripoter le câble de bougie ou lui filer un coup de pied bien senti, comme j'avais dû voir Alcibiade le faire lors de thérapie de la dernière chance, je n'aurais pas pu lui faire avaler un mètre de plus.

Je sortis la béquille en tapotant du plat de la main la selle, sous le regard interrogateur d'un pêcheur du dimanche qui encaustiquait avec amour le pont de son cotre. À chacun sa folie douce. Puis je me dirigeai vers le bâtiment à la tourelle en forme de champignon au pied bizarrement coudé de la capitainerie. C'était l'unique endroit, me disais-je, où je pouvais récolter des informations sur les sorties en mer de mon père. Je n'avais pas remis les pieds sur son lieu de travail depuis l'épisode du redoutable roulis de mon enfance, et j'étais bien dans l'incapacité de savoir à quel endroit son bateau était amarré.

Je me souvenais en revanche assez bien de l'allure de son chalutier. Il dépareillait au milieu des fuselages monotones de la flotte voisine. Sa coque rouge et blanc était compacte et formait à l'avant un goitre bombé surmonté d'un nez plus aigu qui se découpait sur le ciel. Cette proue racée pouvait, lorsque le bateau prenait de la vitesse contre le vent, passer sous la surface de l'eau le temps d'un souffle avant de ressortir dans une gerbe d'écume, comme un bec de pélican ruisselant. En dépit de mon estomac retourné, j'avais été fasciné par la nage obstinée de cette machine imposante, autant que par les ailes de métal floquées de notre patronyme, qui se déployaient à la poupe pour supporter un harnachement compliqué, tout en poulies, chaînes et cordages noircis de cambouis.

« Barone ? Il est au hangar sept avec son bateau.

– Son chalutier est en cale sèche ?

– Pardine, mon garçon, tu débarques, ça fait un bail qu'il y est ! Tu lui diras d'ailleurs que le camping, ça va cinq minutes. J'ai fermé les yeux jusque-là, mais bon, à un moment donné, ça grince des dents chez les autres pêcheurs… Mais qu'est-ce qu'il fait, cet abruti ? Il veut jouer aux bateaux-tamponneurs ? » Je mis un petit moment à m'apercevoir que le capitaine ne s'adressait pas à moi, mais à une péniche, dans le prolongement derrière la grande baie vitrée dans mon dos, qui avait dangereusement dévié du couloir qui lui était assigné. Il balança un coup de corne de brume, et j'enfonçai mes doigts dans mes oreilles bien trop tard pour éviter le roulement de tympans qui se joua dans mon crâne. Le navire corrigea sa trajectoire, alors que je multipliais de mon côté les déglutitions pour rééquilibrer ma paix intérieure. Le capitaine retourna à sa patience, jeu de cartes auquel il jouait quand j'avais poussé la porte de son bureau, comme si je n'étais plus qu'un meuble. Je remis une pièce dans la machine. « Antoine Barone ? Du camping ? Vous êtes sûr, capitaine ? Mon père est un homme très proche de la nature, mais vous ne le feriez pas dormir ailleurs que dans un lit. » Il releva la tête, étonné que quelqu'un se risque à lui adresser une seconde fois la parole dans son repaire si tranquille. Ce type – à qui il ne manquait plus qu'un perroquet sur l'épaule pour parfaire son personnage de vieux loup de mer bourru – semblait n'avoir jamais eu besoin de pratiquer une syntaxe aussi soutenue, au milieu des cris des mouettes et des tintinnabulements des câbles de mâts dans le vent, à part les classiques onomatopées maritimes échangées avec ses semblables. Il se plia à l'exercice de mauvaise grâce, en arquant entre pouce et majeur un neuf de trèfle qui ne trouvait pas sa place. « Et pourtant. Ça fait quelques semaines qu'il dort ici, et c'est un vrai campement de Romanichels. Je sais pas ce qui lui prend, à ton pater, l'hôtel du port lui convenait très bien ces vingt dernières années. Faut dire qu'il a pas l'air très jouasse en ce moment… Bon… C'est pas mes affaires. Et puis, je vais pas pouvoir lui garder sa place indéfiniment, ça se bouscule au portillon pour frayer dans sa zone. Allez, oust ! »

Je redescendis de la vigie de la capitainerie et m'arrêtai devant un plan des lieux jauni et piqué par le sel. J'y cherchai, en suivant du doigt les tracés anémiés, l'emplacement du hangar numéro sept dans lequel mon père jouait les naufragés neurasthéniques. Mais nous étions bien loin du gigantisme du port du Havre, et il n'était pas vraiment difficile d'embrasser d'un regard le paysage et de repérer à l'horizon les chevrons des toits qui se détachaient derrière le ballet des grues métalliques.

Le chemin le plus direct était celui longeant les quais. En enfilant les passerelles de fer branlantes qui enjambaient une multitude de bassins à l'eau irisée par les fuites d'essence des moteurs, je pouvais gagner pas mal de temps. C'était sans compter sur les morceaux entiers abandonnés à la rouille, ou qui avaient été simplement démantelés pour de la récupération par des bricoleurs près de leurs sous. Certaines tenaient encore par l'opération du Saint-Esprit et je dus m'appliquer dans des acrobaties raisonnablement périlleuses pour ne pas me retrouver à la baille, même s'il y avait plus de chances que le tétanos ait ma peau avant que je puisse atteindre ces foutues cabanes.

Je fus accueilli à mon arrivée par les rires d'une escadrille de mouettes, qui piquaient à tour de rôle dans les carcasses de deux rougets frais, tombés d'un chargement pour la criée. Je tentai de contenir un haut-le-cœur face à cette chair rose déchiquetée qui, conjuguée au mélange des odeurs âcres émanant des chaluts étalés sur le quai, faisait remonter en moi un souvenir bilieux. Je ne pus m'empêcher de rendre le peu que j'avais avalé depuis mon départ, et ce malgré ce geste dérisoire – et, est-il utile de le rappeler, totalement inefficace – de placer une main devant ma bouche. La curiosité de deux volatiles affamés pour ce que je venais d'évacuer de mon gosier faillit me provoquer une autre séance de purge que je contrariai en retenant ma respiration et, contre toute logique thérapeutique, en battant des bras comme si j'encourageais mes nouveaux compagnons à un décollage vers le large. Il fallait se rendre à l'évidence : la proximité de l'océan ne me valait rien, et si j'avais été raisonnable, j'aurais laissé les vastes étendues de pins entre lui et moi.

La brise marine qui m'assaillit les narines et balaya les abords des hangars apaisa mes maux de ventre. Et je ressentis ce fourmillement aux joues, signe que je reprenais petit à petit mes couleurs d'origine, à savoir pas grand-chose ; mais quand même une teinte au-dessus du bleu cadavérique.

Ce coin du port était complètement désert à cette heure de la journée, et les bâtiments aux façades éteintes qui se dressaient devant moi ne témoignaient pas non plus d'une grande agitation en leur sein. J'avais du mal à croire qu'ils renfermaient des activités clandestines, autre chose que des épaves en sursis et leur comptant de pièces détachées. Puis je perçus le filet d'une mélodie à travers la paroi de l'un des hangars, ce crachin sonore et nasal caractéristique des postes à transistor que mon père avait l'habitude d'emporter partout avec lui, et tout naturellement lors de ses départs en mer. Une Panasonic noire qui avait plus de vingt ans, invariablement bloquée sur la station Nostalgie, et que l'on trimballait comme une mallette de voyage.

En m'approchant d'un peu plus près, je vis les gonds d'une porte minuscule, presque invisible, car taillée à même la paroi, collée à celle très large par laquelle passaient les bateaux. Elle était recourbée dans les coins comme si on avait tenté de la faire sauter à l'ouvre-boîte. Deux grosses chaînes, qui ne retenaient plus rien depuis longtemps, y pendaient jusqu'au sol. Je me penchai pour coller mon œil au trou qui avait dû un jour accueillir la poignée, puis, ne voyant rien d'autre à l'intérieur que des atomes de poussière voleter et de vagues ombres, j'y passai mon doigt pour tirer d'un coup sec. La musique se fit plus précise, et j'identifiai la basse obstinée du *Daddy Cool* de Boney M., qui me parut aussi incongrue dans cet endroit que du Black Sabbath dans une synagogue. Lorsque je passai le seuil, un jingle sirupeux à souhait, sorte de pastiche de *La Bamba* chanté par une choriste aussi enjouée qu'approximative, coupa la chique au baryton du disco et m'assura que je pouvais embellir ma vie en écoutant « le matin, le soir et même l'après-midi » sa radio. Peut-être étais-je un jeune con, mais je doutais sérieusement du fait que l'écoute frénétique d'artistes morts ou has been, parfois même les deux, puisse instiller la moindre dose de bonheur. Ou alors mon père, qui suivait à la lettre cette injonction radiophonique, avait une façon très personnelle d'exprimer sa joie de vivre.

Le lieu n'était pas le capharnaüm que j'avais imaginé. Hormis les monticules de cordages et de filets qui minaient le terrain dans la pénombre, il n'y avait pas grand-chose, et il ne me fallut pas longtemps pour trouver le chalutier de mon père. Je ne pouvais pas le manquer. Déposé sur ses grosses cales de bois, il était le seul navire en plein milieu du hangar, posé fièrement sous la douche de lumière diffuse du puits de jour, étincelant comme une maquette dans sa bouteille de verre.

« Alexandriiie, Alexandraaa ! Ha ! » furent les premiers mots que j'entendis de la bouche de mon père depuis des semaines. Il y avait de quoi être décontenancé, si l'on considérait les témoignages récents qui me le décrivaient au trente-sixième dessous. Je m'avançai sans bruit et grimpai les premiers échelons à la poupe, juste assez pour que ma tête dépasse le bastingage. Il était bien là, sur le pont, se dandinant sur la musique tout en touillant avec une grosse cuillère en bois le contenu d'une casserole posée sur un réchaud devant lui. La fille du transistor ne s'était pas beaucoup trompée : Claude François avait bien l'air d'embellir les jours d'Antoine Barone. Je n'avais jamais surpris ses jambes, ses bras, son bassin, sortir de leurs prérogatives purement mécaniques et utilitaires. Mon père dansait.

Je montai sur le pont, qui craqua légèrement sous mon poids, ce qui ne dérangea pas le moins du monde notre John Travolta local, et m'assis sur une pile de caisse en bois pour méditer un instant sur ce que j'allais pouvoir dire pour ne pas casser abruptement cet élan festif.

Je fis un rapide inventaire visuel pour évaluer la situation : des cigarettes tordues à moitié fumées qui semblaient avoir poussé comme de la mauvaise herbe dans un bac de sciure, une bouteille de whisky Ballantine's à moitié vide ainsi que les cadavres de ses copines, et quelques autres babioles qui n'étaient pas étrangères à la pratique de la pêche en mer. Les pieds du danseur menaçaient de se servir à tout moment de ces objets comme de patins à glace, et il me parut plus sûr d'intervenir avant l'accident domestique : « Papa ? » risquai-je d'une voix pas vraiment assurée. Cette première sommation n'eut pas l'effet escompté, noyé sous l'éructation sauvage du « Ba-ra-cu-daaa ! » de mon père, dont le crescendo s'accompagna simultanément d'une levée saccadée de bras au ciel assez gênante. L'idée me traversa l'esprit de rebrousser chemin et de refouler ces images dans un coin de mon cerveau, pour ne les évoquer de nouveau que dans une paire de décennies. De préférence sur un divan, devant un thérapeute chevronné qui me convaincrait que mes crises de larmes devant les dessins animés de mon fils dans lesquels des animaux dansent et chantent auraient été causées par ce traumatisme originel.

Bien sûr, il n'y avait pas de bonne façon d'interrompre ce spectacle. Devais-je d'ailleurs l'interrompre ? Était-il plus sûr de laisser la chose aller à son terme, comme on l'aurait fait face à une crise de somnambulisme ? En outre, mon père était à cent lieues de me voir apparaître dans son champ de vision, alors que des Claudettes pailletées et à moitié nues occupaient une grande part de son esprit en surchauffe.

Je retentai ma chance sur la fin du morceau. « Papa ? » Étonnamment, mon père se retourna vers moi avec un calme olympien, cuillère en bois à la main, avec laquelle il se mit à dessiner des arabesques dans l'air. Pas l'ombre d'une surprise dans son regard aux paupières à demi closes. « David, il faut descendre le filet. Dis-moi, t'es quand même bien capable de faire ça pour ton pauvre père ou c'est trop demander ? Il faut me le dire tout de suite, sinon… Sinon… » Il retourna à sa casserole, sortit la lame de son Opinel et piqua une saucisse. « Elle est bien morte, enfin, cuite. » Il attrapa sans regarder la bouteille sur sa droite et en descendit ce qui me parut être une très grosse lampée, le niveau de la bouteille revenue à l'horizontale ayant drastiquement diminué de deux bons doigts – j'entends des bons doigts de pêcheurs, et non mes doigts effilés et précieux de guitariste occasionnel. Puis il croqua dans la saucisse et me la tendit au bout de son couteau : « Prends des forces, tu en auras besoin. Je vois venir un coup de tabac au loin. Tu vois ce ciel d'encre, là-bas ? C'est pas bon. Pas bon du tout. » Il marcha ensuite d'un pas chancelant pour s'engouffrer dans sa cabine et en ressortit, après deux ou trois minutes de bruits divers et variés, vêtu de son ciré relevé jusqu'au menton et de son bonnet enfoncé au-delà du raisonnable. Ne restait qu'une fente par laquelle je percevais un bout de nez et une paire d'yeux qui roulaient dans leurs orbites. Je le vis alors s'élancer tête baissée vers la poupe du bateau. Dans un réflexe footballistique, je me jetai sur lui et lui barrai le chemin de tout mon corps avant qu'il n'atteigne la manette de la poulie, car je le soupçonnai de vouloir l'actionner afin de relâcher le filet sur les fonds bétonnés du hangar. J'avais une connaissance approximative de la valeur du matériel d'un chalutier, mais savais qu'il aurait fallu à notre famille une ou deux générations pour nous remettre du coût des réparations – et nous nourrir de poisson jusqu'à que nous poussent des branchies dans les plis du cou.

Question matériel, le transistor, qui s'était mis à recracher sa soupe, se fracassa au sol dans ma manœuvre et rendit l'âme sur ce que j'avais identifié comme un ultime falsetto de Patrick Juvet. Cette fois-ci, je lisais bien sur le visage de mon père ce qui lui avait manqué tout à l'heure : la stupeur. « Tu fais quoi, fiston ? Tu crois qu'ils vont sauter sur le pont comme ça, les poissons ? Et les factures ? Les factures, nom de Dieu ! C'est toi qui vas les régler, David ? C'est la guerre. Tu comprends ça ? On va devoir se battre pour avoir droit à notre part du gros gâteau européen ! Tu le sais, ça ? Dis-moi que tu le sais, bougre de petit con ! » Il jeta son bonnet par-dessus bord et agrippa mon tee-shirt dans son poing serré et exsangue. Il écumait, et je crus bien qu'il allait moi aussi m'envoyer faire un plat trois mètres plus bas. Mais il se contenta de me plaquer de toutes ses forces contre le bastingage et de me soulever d'une poignée de centimètres, de quoi me mettre sur la pointe des pieds, avant de relâcher progressivement sa prise. Il recula de trois pas en fixant son poing qui était de nouveau irrigué. « Pardon, David… » Et il se laissa tomber sur ce qui constituait son lit de fortune : un sandwich de couvertures et de toiles cirées disposés à même le pont.

Je lissai mon tee-shirt, qui en avait vu d'autres, du plat de la main et me baissai pour ramasser la radio. Elle s'en était moins bien tirée que moi. Des éclats de plastique de son carénage avaient sauté, l'antenne aurait pu sans problème servir de tire-bouchon, mais en collant mon oreille contre son enceinte, des stridulations sourdes me confirmèrent qu'elle n'était pas tout à fait au bout de sa longue carrière. « Désolé pour ça », dis-je en m'adressant au crâne chauve de mon père qui, menton contre poitrine, marmonnait dans sa barbe. Je reposai le transistor en sécurité. « J'ai quelques sous de côté pour t'en racheter un, si tu veux, ajoutai-je en m'accroupissant près de lui. Sinon je crois que Thomas pourrait lui donner une seconde vie.

– Une seconde vie… Oui. Thomas…

– Tu sais, papa, je crois que les poissons n'iront nulle part…

– Depuis quand tu t'y intéresses ?

– Écoute…

– Je me fous des poissons. » Mon père se redressa en s'appuyant sur mon épaule et retourna mouliner son cassoulet. « Et merde ! » Une forte odeur de roussi parvenait à nos narines depuis quelques instants. Il balança la cuillère sur le sol et coupa le réchaud. J'essayai une nouvelle approche en douceur. « Je peux faire du café, si tu veux.

– C'est ça, ouais, ton jus de chaussette habituel ?

– OK, je comprends que tu sois en colère parce que j'ai gâché ta petite sauterie, mais tu crois pas que j'ai droit à une explication ? À quoi tu joues, exactement ?

– Je prends des vacances.

– Ça, tu me l'as déjà dit, mais encore ?

– Rien. Retourne à la maison et vis ta vie. T'inquiète pas, je t'enverrai des chèques, et tu pourras continuer à jouer le musicien maudit aux frais de la princesse. » Le whisky parlait. J'attendis que cette tirade vache aille mourir quelque part au plafond parmi les hirondelles de fenêtre qui, comme mon père, avaient trouvé refuge dans ce hangar, puis je remis ce dernier sur ses deux pieds. Il tituba sur deux mètres, télescopa le bastingage et faillit rebasculer vers l'arrière avant de rétablir son équilibre dans une sorte de demi-brasse coulée aérienne.

Je savais qu'on s'épanchait peu dans la famille – une lignée de Ritals taiseux et bourrus qui ouvraient la bouche pour se plaindre en général – et que la plupart de nos repas ressemblaient à des conciliabules de mimes, mais il allait falloir faire mieux que ce venin sous influence pour me faire rebrousser chemin. J'avais du mal à avaler l'histoire selon laquelle il était venu s'échouer ici parce que j'avais refusé d'être le nouveau

Platini, ou de devenir le prochain capitaine Achab sur notre bonne vieille branche généalogique. Le vol de sa pêche par une horde de barbares venant de l'est avait aussi bon dos. La mort de sa femme, ma mère, n'aurait pas non plus suffit à expliquer cette fuite soudaine en avant, après toutes ces années d'un stoïcisme exemplaire – ou alors avec du retard au démarrage.

Mais après tout, pourquoi pas un cumul de tout ça ? La coupe était pleine et il était temps d'éponger.

Je dégotai la cafetière italienne et un fond de café moulu dans le placard en formica de la cabine, où la forte odeur de poussière et d'humidité me fouetta les sinus. Ce café avait dû être oublié ici depuis belle lurette, car lorsque je le versai, de gros grumeaux compacts en sortirent. Je mis une dose à réveiller les morts. Si je l'empêchais de tâter de la bouteille, cela devrait suffire à le ramener à de meilleures intentions à mon égard. Du moins à revenir à une discussion plus apaisée, qui ne finirait pas aux urgences du coin. Trouver de l'eau, toutefois, ne fut pas une mince affaire – il y avait fort à parier que mon père s'était uniquement hydraté à l'eau-de-vie écossaise pendant sa retraite –, mais je dénichai finalement un bidon dans un coffre de la soute. Je sortis le cassoulet cramoisi du feu et y plaçai la cafetière.

Pendant la préparation de mon antidote, mon père continuait sa pantomime. Il piocha un mégot dans ce qui faisait office de cendrier, tenta de redresser le bout tordu qui contenait encore une once de tabac entre pouce et index, et l'enflamma avec son briquet. Il la grilla en une bouffée, et l'envoya d'une pichenette dans la casserole que j'avais posée à mes pieds. Puis il renouvela l'opération sur quatre autres clous de cercueil avec plus ou moins de réussite sur les paniers – l'un des mégots atterrit sur mon épaule.

Le café me siffla. Je lui servis une pleine tasse de café noir en guise de drapeau blanc. Le fait qu'il la prenne sans broncher me signifiait que j'avais apprivoisé un tant soit peu la bête. Il renifla le breuvage, y trempa ses lèvres, puis se risqua à avaler une grande gorgée. « Il est dégueulasse, comme d'habitude.

– Ou peut-être t'es-tu brûlé les papilles à coups de… *Finest blended scotch whisky* », dis-je en déchiffrant l'étiquette de l'une des nombreuses bouteilles couchées sur le pont. Mon père me l'arracha des mains et la retourna au-dessus de son café pour y faire tomber les trois dernières gouttes. « Irish coffee ! » cria-t-il avec un grand sourire triste que je ne lui connaissais pas. Il vida la tasse, pourtant fumante, d'un trait, et s'assit à la barre où je le vis s'affaisser lentement sur ses deux coudes pour s'assoupir.

C'était la journée des grandes premières. Je n'avais jamais vu mon père danser ni s'alcooliser au point d'être hors service. Et je ne l'avais jamais vu dormir. Je savais évidemment que mon père dormait comme tout le monde, mais je ne l'avais jamais vu, de mes yeux vu, endormi. De la même manière que je m'imaginais que le héros d'un film avait probablement dormi, mangé, s'était soulagé à un moment ou un autre de l'histoire sans jamais en être témoin. Il était grand temps de s'apercevoir que mon père était un être humain.

Moi qui rangeais ma chambre tous les trente-six du mois, je me mis à faire le ménage sur le pont, laissant mon père cuver dans son coin. Je récoltai les vêtements qui avaient été disséminés un peu partout et les rangeai dans la valise éventrée sur une banquette. Puis je m'attaquai aux bouteilles vides, aux boîtes de conserve, aux clopes, à la casserole qui avait eu son dernier repas du condamné, et les jetai dans un grand sac plastique. Il y avait également divers autres objets et outils avec lesquels mon père avait dû jongler dans sa joyeuse ébriété, et auxquels je décidai d'attribuer arbitrairement une place dans les nombreux coffres du bateau. Après avoir fait place nette, je m'armai d'une grosse brosse à crin et j'envoyai le reste du bidon d'eau douce, qui m'avait servi pour le café, sur le pont pour venir à bout de taches que je préférais ne pas identifier.

Après deux bonnes heures de nettoyage acharné qui, je le savais, allait me servir d'excuse pour m'exempter de m'y coller à la maison jusqu'à ma majorité, j'estimai qu'il était temps que mon père émerge. Je posai une main sur son dos rond, qui le fit sursauter et agripper la barre pour manœuvrer à bâbord toute. Le bateau trembla fortement sur ses cales, mais tint bon. Puis il m'aperçut enfin. « David, David… David. » La diction était pâteuse, mais je sentis que mon prénom était cette fois-ci bien réel dans sa bouche, et non plus le coup de semonce annonçant la pluie d'obus. « Pourquoi à bâbord ? » dis-je en lui tendant une nouvelle tasse de café que j'avais fait réchauffer. « Hein ? » Il observa ses poings serrés sur la barre. « Ah. C'est ce qu'a fait le type du *Titanic* pour éviter l'iceberg. Je suppose.

– Et on s'en est tiré ?

– Bien sûr que non. »

Sur ces mots, mon père se traîna jusqu'à la cabine en essayant de dissimuler au mieux son coup dans l'aile par une démarche en crabe qui, devait-il croire, lui assurait une relative stabilité pour arriver en un seul morceau. Je le suivis et on s'inséra tous les deux face à face dans les banquettes en skaï bleu étriquées qui laissaient à peine passer nos bassins. On resta silencieux un long moment, tout en évitant, avec un certain talent, de croiser nos regards. Je n'étais pas pressé. Je le laissai encore reprendre ses esprits et être assailli par des souvenirs peu glorieux de son comportement, qui devaient lui revenir par bribes brumeuses si j'en jugeais par ses yeux dans le vague et ses haussements de sourcils intempestifs. C'était sans doute un remède aussi douloureusement efficace que mon café corsé pour revenir sur terre.

Nous avions retrouvé notre système de communication familier, et je pouvais maintenant me risquer à poser les bonnes questions : « Qu'est-ce que tu fais ici, papa ? T'es un peu trop à l'est pour attraper quoi que ce soit, si tu veux mon avis. » Il me lança un regard par en dessous, contempla le fond de sa tasse, et posa ses mains à plat devant moi, comme un type en garde à vue qui allait enfin, après de longues heures d'interrogatoire, balancer tous ses crimes et même ceux qu'il n'avait pas commis.

« Tu as vu le tableau.

– Quel tableau ?

– Celui de ta mère. Je l'ai trouvé dans ta chambre.

– Est-ce que tu viens d'avouer que tu fouines dans ma chambre à tes heures perdues ?

– David…

– Oui. Il était dans l'abri de jardin de Thomas. Je l'aime bien. Maman est magnifique.

– Ta mère était une très belle femme.

– Et étant donné que tu es un peu avare en photographies, je me suis dit que ça serait sympa de l'avoir.

– Elle n'aimait pas ça, les photos. » Il porta sa tasse à ses lèvres, tasse qui était vide, mais ne perdit pas contenance et aspira l'air pour donner le change. De son autre main, il pianotait nerveusement des doigts sur le formica gondolé. Je plaquai ma paume sur ses phalanges par réflexe, pour stopper le tremblement. Ça aussi, c'était une première, et mon père fut tout autant surpris que moi de ce geste inédit dans notre relation. Je la retirai presque aussitôt pour la ranger sous la table. De son côté, il tordit simplement la bouche et se remit à battre la mesure.

« J'avais dit à ton oncle de s'en débarrasser.

– Toi, tu as demandé quelque chose à Thomas ? » La réalité ne m'était jamais apparue aussi clairement, peut-être parce que je ne m'en étais pas soucié le moins du monde jusqu'ici, mais c'était un fait : mon père et mon oncle ne se voyaient jamais et ne se parlaient jamais. C'était sans doute lié à la disparition prématurée de ma mère, qui avait empêché la création d'une connivence durable entre ces deux ours des montagnes. Il n'y avait en outre jamais eu de repas de famille, de baptême, de mariage, de cousinade, comme je l'observais chez la plupart de mes camarades. Je me disais que nous fonctionnions différemment, et ça m'allait très bien. Ma mère n'étant plus là, les deux seuls membres de ma famille que je côtoyais régulièrement se contentaient de m'utiliser comme émissaire. J'étais une espèce de balle de ping-pong pour leurs échanges, qui étaient plus que sommaires : « Si tu as besoin, tu sais où trouver ton oncle ? »,

« Ton père est reparti en mer ? » Et c'était à peu près tout ce qui les reliait.

« Papa, pourquoi diable voudrais-tu te débarrasser d'un tableau représentant maman ? » repris-je devant la nouvelle séance de mutisme de mon père. Il se mit tout à coup à sonder les poches de poitrine de sa chemise, sans doute pour y dénicher un paquet de cigarettes, mais faisant chou blanc, il se pencha et colla son front contre la table en marmonnant : « Elle a sauté elle a sauté elle a sauté… » Je mis aussitôt ce chapelet de mots sur le compte d'un reste d'alcool dans son organisme. Puis je le regardai se désincarcérer péniblement de sa place pour aller fouiller dans les placards autour de nous. « Bordel ! Doit bien y avoir un paquet quelque part.

– Papa, rassieds-toi. Tu n'es pas en état de t'agiter comme ça.

– Attends, attends ! Le petit apprenti, tu sais celui qui a une tête de fouine, il laisse toujours son paquet de tabac ici. Et il s'étonne chaque fois…

– Papa ! » Je me redressai et l'agrippai violemment par le poignet pour l'obliger à se rasseoir. « De quoi est-ce que tu parles ? » criai-je à son visage congestionné, tout en sachant que les mots qu'il avait prononcés plus tôt étaient ceux que j'avais refoulés toute ma vie et qui s'étaient tout à coup agrégés pour former un mantra indélébile bourdonnant à mes tympans. Un sésame capable de déclencher un flot de sentiments boueux que j'avais choisi de ne pas effleurer. Elle a sauté. Je croyais avoir réussi, en évitant de prononcer cette simple phrase à voix haute, à tenir tout un monde à distance, alors qu'elle n'avait cessé d'infuser en moi pour enfin me péter à la gueule à cet instant.

« Elle a sauté, fiston. » *On* disait qu'elle avait sauté. Les mégères, les commères, les arsouilles de l'après-midi, les cueilleurs de champignon du dimanche. Et c'était aussi peu réel que la flopée de rumeurs qui guirlandaient à longueur d'année et de génération dans les rues commerçantes du bourg et les cours de récréation. *Le bois des pédés, le troisième téton de la mère Seurat, le maire entre les cuisses de la conseillère municipale, la Dame blanche du carrefour du monument aux morts, le vigneron ancien de la Wehrmacht.* Jusqu'à ce jour, sur ce chalutier suspendu improbable, où mon père, qui économisait à l'ordinaire sa parole comme l'eau en plein désert, venait de lâcher ces mots d'une banalité effroyable, qui étaient passés par tant d'oreilles et de bouches sans perdre de leur force. Les vannes étaient ouvertes. « J'ai cru que je l'avais sauvée, David. J'ai essayé. Je l'ai éloignée de lui le plus possible, mais il trouvait toujours un moyen de revenir. À un moment, j'y ai vraiment cru. Elle riait, elle riait tout le temps, tu sais. Elle était bien, Dieu m'en soit témoin, je l'ai vue heureuse. Mais il y avait ce lien invisible. Puis, pendant sa grossesse et à ta naissance, je sais pas… Elle a perdu pied. Thomas avait cette emprise, ce truc malsain, leur relation… » Je jurerais qu'il n'avait pas respiré de toute sa tirade, et il dut marquer une longue pause, où il se tritura les phalanges, qui craquèrent de concert, alors qu'il se regonflait littéralement devant moi, en faisant siffler l'air entre ses courtes incisives crénelées et jaunies par les sapes en règle de la nicotine. « J'avais rangé tout ça où j'ai pu, quelque part dans un coin, même si ça me fichait de sacrées migraines. Et puis, il est entré dans ta vie et j'ai laissé faire. Comment j'aurais pu l'empêcher ?

Est-ce qu'il pouvait aussi te faire du mal ? Est-ce qu'il t'en a fait ? Je m'en veux terriblement, David. Enfin, c'était là, tu sais, on peut pas s'en débarrasser, même si on avait déménagé aux antipodes. J'aurais voulu te l'épargner, j'étais décidé à l'emporter avec moi dans la tombe. Et puis j'ai trouvé le tableau dans ta chambre… Et ce qu'il lui avait fait… C'était une bouffée de honte, de peur, de colère, je ne sais pas, ça m'a rattrapé. »

J'avais eu ce que je méritais. C'était moi qui étais venu avec mes gros sabots inquisiteurs chercher une réponse. J'avais appuyé, malaxé, pressé jusqu'à ce que ça sorte en tirs groupés pour me cribler les flancs. Flancs que j'avais prêtés, sûr d'être en âge, sûr d'encaisser les coups, sûr de mon armure à toute épreuve.

Je savais qu'il n'y avait pas besoin d'en dire plus. Il m'était facile de faire appel à ma mémoire, à mes sensations, de revoir les yeux libidineux que mon oncle posait sur Manon pour tout comprendre. Et je ne forçai pas mon père à me raconter la suite. Aurais-je dû en supporter davantage ? Fallait-il aller jusqu'au bout de cette confession ? Imaginer était pire, mais je prenais le risque. Tout simplement parce que je ne pouvais plus me résoudre à lui faire cracher des mots qui auraient pu le repousser encore vers les profondeurs. La vérité s'accommodait de peu de choses. D'ailleurs, plus rien ne sortit. Je sentis qu'il était totalement vidé. Car cet aveu, loin d'alléger son fardeau, l'avait rabougri, et il me semblait le voir se rencogner doucement pour se fossiliser dans le skaï écaillé de la banquette.

Mon père tenait à peine debout, et je dus quasiment le porter jusqu'à la R5 garée, la mine penaude, derrière une file de coques abandonnées, posées à même la quille le long de la jetée. (J'avais réussi à le convaincre, après diverses éructations de refus mous, de renoncer à son exil, et nous avions accosté péniblement sur la terre ferme.) Je l'appuyai contre le carénage joufflu du coffre de la voiture, puis sondai les poches de son ciré pour y récupérer les clés. Je descendis au maximum le dossier côté passager et l'installai au mieux – une position en chien de fusil, les jambes repliées contre la boîte à gants.

Je n'avais jamais conduit de nuit ni sur une distance aussi longue, mais je considérai à peu de choses près mon périple en mobylette comme mon baptême du feu en la matière. Ça ne devait pas être beaucoup plus compliqué. « Gaffe aux sangliers », marmonna mon père avant de se rendormir pendant que je sortais la bagnole de son enclave marine.

Sortie de l'influence du halo lumineux du port, la R5 fut avalée par l'obscurité la plus totale, et la faible lueur de ses phares jaunes sur un bitume profond sans marquage n'était pas d'un grand secours sous l'immense carapace brune d'écorce de pin qui nous enserrait. C'était à peine si nous voyions à plus d'un mètre devant nous. Je croisai à plusieurs reprises des galaxies de pupilles d'animaux sauvages sur les bas-côtés et eus droit à la traversée téméraire de crapauds, de hérissons, et même d'une couleuvre la mâchoire serrée sur un campagnol. En dépit de mon manque d'expérience, je les évitai tous de justesse avec de petits coups de volant non réglementaires, qui faisaient vagir mon père dans son sommeil. Je ne pouvais en revanche rien faire contre le pare-brise insecticide qui se remplissait de taches visqueuses que les essuie-glaces étiques avaient grand-peine à balayer.

À mi-chemin, je ressentis le besoin d'être aidé pour me tenir éveillé face à la monotonie des grandes lignes droites de la région, rarement brisée par de brefs bourgs assoupis, où pointait toujours la même flèche d'église qui me donnait l'impression de tourner en rond. J'allumai alors l'autoradio, persuadé de tomber sur les friandises françaises dont raffolait mon père, mais ce fut à mon grand étonnement le chant plaintif du refrain du tube *It's My Life* du groupe Talk Talk qui emplit l'habitacle. Et cette pop enlevée à la basse staccato, aux accords de synthé mineurs et mouvants dominés par le torrent puissant de la voix de Mark Hollis, me mit un sacré coup de fouet, et je pilotais soudain la Lamborghini Countach du jeu vidéo de l'Atari ST de ma chambre.

Je jetai de temps en temps des coups d'œil à mon père, qui ronflait à présent bouche ouverte, laissant s'échapper des effluves d'alcool qui me piquaient les narines. Nous voguions dans un véritable alambic, d'autant que ma tentative pour ouvrir la fenêtre se solda par un échec, la poignée me restant dans la main après un tour et demi d'effort grinçant. Je me dis qu'à ce compte, il y avait de grandes chances que nous finissions au poste si d'aventure – en plus de l'absence manifeste de permis de conduire – on me faisait souffler dans un ballon.

« Pas la queue d'un condé », aurait trompeté Al sur la ligne d'arrivée. La plupart sans doute déjà endormis sur leur oreiller de contraventions. J'avais également triomphé du virage des trépassés haut la main, ou plutôt les deux mains tétanisées à dix heures dix comme me l'avait seriné mon père, et m'étais même demandé, grisé par une bouffée de suffisance devant mon exploit – et un chouïa par les vapeurs éthyliques –, comment on pouvait se louper et verser dans le décor à cet endroit.

J'arrivai dans notre lotissement, qui était comme pris dans une toile de brume ouatée au travers de laquelle apparaissaient des loupiotes nimbées de gouttes d'eau en suspension provenant des habitations en veille à cette heure tardive. Je l'avais fait. Malgré les paupières cartonnées par la fatigue, le cœur au bord des lèvres, et malgré la migraine carabinée, provoquée par l'extrême concentration qui avait tambouriné sans coup férir à mes tempes. Je franchis notre étroit portail dans un froissement d'aile dont j'évaluai à l'oreille les dégâts – pas trop méchants – et coupai le moteur pour laisser la voiture en roue libre jusqu'à la porte du garage. Je tirai d'un coup sec le frein à main, et mon père s'éveilla en sursaut plutôt désorienté. Il se redressa, et je crus, en discernant son visage faiblement éclairé par la lumière du plafonnier, qu'il allait fondre en larmes. Je sentis alors qu'il fournissait un terrible effort pour se contenir et ravaler l'âcre boule de peine qui lui serrait la gorge et s'apprêtait à le submerger. Il caressa un instant le tableau de bord et sa respiration fut de nouveau profonde et houleuse. Je sortis et fis le tour pour lui ouvrir la portière, en ne quittant pas des yeux sa silhouette. « On est chez nous », murmurai-je en l'extirpant de sa place. Ce petit bout d'homme que je dépassais d'une bonne tête pesait un âne mort, et le transporter jusqu'à son lit fut un vrai chemin de croix, surtout qu'il ne fit pas le moindre effort pour me soulager, comme lors de notre première escapade au port. Sa chambre, dans laquelle je n'avais pas dû mettre les pieds plus de deux fois de toute mon existence, était à son image, d'une austérité qui aurait fait passer pour exubérante la cellule d'un moine trappiste. Des murs nus, un lit fait au carré, une chaise, un guéridon et une fenêtre couronnée d'une tringle sans rideaux. Pas une touche de couleur, comme si nous venions soudain d'être encapsulés dans un négatif sépia. Mon père ne s'était pas changé ni lavé depuis un bon bout de temps, mais en dépit de l'odeur qu'il dégageait, un mélange de tabac froid, de sueur macérée, d'alcool et d'une pointe d'iode tournée au fraîchin, je décidai de simplement l'alléger de ses chaussures et de son ciré pour le glisser sous ses draps rêches et amidonnés. Au moment de déposer sa tête sur un oreiller peu dodu, il m'agrippa par le col : « J'aurais dû le flinguer, David. » Puis il se laissa basculer en arrière, ses paupières se fermant doucement. Mais alors que je tentais de sortir à reculons de la chambre à pas feutrés, il agita ses deux bras comme un naufragé sur un radeau de fortune : « Tu vas te débarrasser du tableau, hein ?

– Oui », mentis-je.

ALLÔ ? ALLÔ... Ouais. Je déteste ces putains de machines. En plus, vous avez pas fait de message d'accueil et on se prend ce bip criard en pleine tronche sans sommation. Je suis même pas certain que ce que je raconte ne finira pas dans les limbes électromagnétiques captés par la CIA. C'est ça, l'avenir ? Ne plus jamais se parler de vive voix et se fabriquer des conversations en boîte par répondeur interposé ? Ben moi, je vais entrer en résistance, David, et revenir à la bonne vieille lettre écrite à la plume d'oie qui arrivera après trois jours de cheval ! Et puis, on devrait pas garder de traces de ce qu'on vient de baragouiner, je préfère l'idée, le souvenir, la sensation, l'émotion, tu vois ? Comme de vrais êtres humains. Je préférais la poésie de l'appel manqué. Franchement. D'ailleurs, j'aime pas ma voix, je m'entends pas comme ça. Ce timbre de lutin du père Noël, c'est pas moi. Bon Dieu, qu'est-ce que ça m'emmerde ! Bref... Je sais pas combien dure la cassette de cet engin de malheur, alors... T'es là ? T'es pas là ? Ça décroche ? Bon... C'est Thomas, je le précise au cas où. Je t'ai pas vu depuis, quoi ? Trois semaines ? Un mois ? Pas un signe de vie. Pourtant, j'aurais eu besoin d'aide sur deux trois enquêtes scabreuses, si tu vois ce que je veux dire. Un ninja dans ton genre aurait été pas mal. Un type m'a poursuivi avec un râteau. T'inquiète pas. Me suis débrouillé, tu me connais… Mais là, je suis dans la merde… Et j'ai vraiment besoin que tu ramènes tes fesses à la cabane. J'ai un gros service à te demander. C'est à propos de Manon, elle…

Je me repassai la bande quatre, cinq fois, peut-être plus, croyant à chaque écoute que le message de Thomas ne se couperait pas bêtement sur la phrase primordiale de son insupportable monologue. La dernière, celle qui frôlait avec une nonchalance feinte ce prénom que j'aimais me répéter dans un souffle et qui laissait sur la bouche une sensation de baiser volé. J'y croyais dur comme fer. Si je persévérais, mon oncle finirait par se mettre à table et prononcer les mots qui me manquaient cruellement pour se graver enfin dans le silence assourdissant qui s'ensuivrait.

Il avait raison. Un mois que je n'avais pas donné signe de vie, trop occupé à ruminer un tas de choses. Alcibiade, Manon. Essentiellement Manon, c'est vrai. Qui, en plus de m'avoir laissé un souvenir toujours aussi vif, m'avait totalement, je le ressentais ainsi, vampirisé en m'offrant une généreuse empreinte dentaire sur l'oreille. Et je n'y pouvais rien, cette cicatrice dont je caressais compulsivement les aspérités était le lien mystique qui me raccrochait à son image et à son odeur, sans repos. Manon mordait, oui, les fruits des bois qu'elle cueillait lors de ses louvoiements champêtres, les idiots transis dans mon genre qui en redemandaient, mais mordait-elle la main qui la nourrissait ?

Je pensais à Al et à ce qu'il n'aurait pas hésité à nommer sa « déportation » chez sa grand-mère paternelle, deux villages plus loin sur la nationale, pour le remettre sur les rails de la probité, et chez laquelle il lui était demandé – d'après les informations que j'avais pu soutirer au téléphone à sa mère, entre deux communications avec des amants impatients – d'enchaîner les génuflexions devant une entité à laquelle il n'accordait que peu de crédit, à part pour la prier instamment de soulever les jupes des filles sur son passage dans la cour du lycée, quand le vent ne faisait pas son travail. En outre, elle l'obligeait à porter des costumes écussonnés marine et bordeaux ayant appartenus à son père, dont la raideur amidonnée lui échauffait sans doute les parties les plus sensibles de son anatomie. Je connaissais un peu cette vieille femme que j'avais croisée aux différentes kermesses de notre école primaire, qui, en dépit d'un cœur racorni totalement dénué de la moindre tendresse, confectionnait en ces jours de fête des pâtisseries sirupeuses et grasses qui faisaient l'admiration des institutrices.

Ce grand escogriffe, comme l'appelait affectueusement mon père, me manquait. Je n'avais pas pu le voir ni même lui parler depuis un sacré bout de temps. Et je savais que le temps viendrait où je devrais envisager de parcourir les kilomètres qui nous séparaient afin de l'exfiltrer de cette enclave compassée. Pour sa santé mentale, et pour la mienne.

À cet embouteillage de pensées d'ordre sentimental se superposait l'idée grossière, qui devait se voir comme le nez au milieu de la figure, surtout pour un vieux briscard comme mon oncle, que je m'appliquais de mon mieux à l'éviter. Je n'avais plus la force d'entendre son timbre de baryton martin me bourdonner aux tympans en déblatérant ses assertions inspirées sur le monde et sur la vie qui, au vu des éléments qui m'étaient littéralement tombés dessus au cours des dernières semaines, me faisaient froid dans le dos rien qu'à leur simple évocation. Il était maintenant l'ogre de la forêt, celui des contes qui finissaient mal. Et il fallait un certain talent pour faire sortir ce genre de personnage envahissant de sa vie. Thomas avait été un second père, il s'était immiscé dans les moindres interstices de mon existence, et il était vain de penser que je pouvais m'en débarrasser en le tenant suffisamment longtemps à distance. Il m'avait fait lui aussi, même si je m'apercevais qu'il avait tenu le beau rôle et qu'il avait été facile pour lui d'incarner tout ce que mon vrai père n'était pas – un confident, un ami, un mauvais génie–, sachant que je remportais chaque jour mon bagage névrotique chez moi et qu'il allait pouvoir se rengorger tranquillement de son attitude libérale à mon égard sans en endosser les responsabilités.

Je ne pouvais pas indéfiniment repousser notre duel à OK Corral, d'autant qu'il avait réussi à m'appâter avec bien plus qu'une chasse à l'adultère ou au matou kidnappé. Je mordis donc à l'hameçon et décidai d'abandonner mon père qui semblait récupérer de dix-huit années d'insomnie en dormant dix-huit heures par jour. Durant ses rares phases d'éveil, je jouais sans broncher les gardes-malades et lui apportai des plateaux-repas peu variés – mes piètres rudiments de cuisine se bornant à l'apport de sucres lents d'avant-match –, quoique suffisamment consistants pour lui faire remonter la pente. Antoine Barone avait toujours été un homme sec et nerveux, sans une once de gras sous son cuir tavelé par les saisons d'une vie en plein air, mais j'évaluais sa perte de poids à cinq ou six kilos, même avec son régime de boîtes de conserve-whisky, et j'avais discerné au ras de son cou des saillances osseuses et des affleurements de veines vert pâle que je n'avais jamais vus. Je lui avais également racheté un transistor moderne contre lequel il pestait sans arrêt : « Six boutons nom de Dieu ! C'est le tableau de bord d'un Boeing 747 ! » Le retour de ses coups de sang n'était pas un mauvais signe, et je comptais sur l'appui non négligeable du déferlement continu de tubes Nostalgie pour m'absenter quelques heures sans trop m'inquiéter. À condition que la chanson *Le Bal des Laze* de Michel Polnareff, dans laquelle un type annonce sa pendaison dès les premiers vers sur un fond d'orgue Hammond sépulcral, soit absente de la programmation. Je ne pouvais pas décemment les appeler afin de les inciter à passer du Sacha Distel *ad nauseam* pour maintenir les taux de sérotonine, d'endorphine et d'ocytocine de mon père à un niveau acceptable.

Je déposai à pas de loup son repas sur le guéridon, m'assurai de la bonne fréquence de la station, de sa respiration et sortis en laissant un message vague justifiant mon départ sur un bout de papier en évidence sur la cafetière, source à laquelle j'étais certain qu'il irait puiser entre deux comas réparateurs.

Sur le trajet qui menait à la cabane de mon oncle, sur mon infatigable bécane, je me repassais en boucle la scène à venir. Peaufinant mon texte, ma posture et les quelques plans aussi audacieux qu'inutiles qui allaient magnifier mon interprétation, que j'imaginais épique. J'étais sûr de mon coup. J'étais prêt à en découdre et à vider mon sac.

Sa maison, qui avait essuyé les éparses, mais abondantes, averses automnales, s'était assombrie, ses larges bardeaux de bois comme détrempé absorbant sans la renvoyer les lumières poussives d'un soleil trop bas sur l'horizon. Derrière les griffes des chênes quasiment dénudés, cette tache noire semblait être un caillot maladif empêchant les ocres de se déployer plus loin dans la forêt. Je n'en menais pas large sur le chemin boueux qui conduisait à sa porte, et je patinais presque sur mes Pataugas, aux semelles pourtant largement crantées, entre les quelques îlots meubles de chiendent qui étaient, par chance, assez nombreux pour rétablir mon équilibre précaire. Je décidai de ne pas annoncer mon arrivée en agitant le carillon à l'entrée comme j'en avais l'habitude, espérant que l'effet de surprise jouerait à mon avantage.

Je fis le tour en évitant au mieux les planches que je savais craquantes, pour atteindre le côté cuisine. Mais alors que j'allais pénétrer dans la maison, je vis à travers les carreaux de la porte vitrée une grande fille aux cheveux d'un blond presque blanc assise sur un tabouret haut devant le comptoir. Elle était penchée au-dessus d'un bol de ce qui me parut être des céréales barbotant dans leur lait. Je ne distinguai pas son visage, juste la cuillère à soupe qui plongeait puis disparaissait dans une grande bouche aux lèvres pleines. Elle était uniquement vêtue d'un tee-shirt floqué du dessin d'un chimpanzé à casquette, qui appartenait à Thomas, et au bas duquel semblaient sortir comme d'un coquillage étrange ses longues jambes nues et luisantes. Puis la cuillère resta suspendue en l'air un instant, et des billes bleu marine transpercèrent les filaments en bataille de sa frange décolorée pour se rendre compte de ma présence. Je ne vis pas l'ombre d'une inquiétude dans son regard, alors que mon allure d'épouvantail aurait fait fuir plus d'un moineau matinal. Elle afficha un large sourire qui formait un triangle parfait, essuya d'un revers de manche les quelques gouttes qui perlaient sur son menton, et me fit signe de la rejoindre à l'intérieur du bout de l'index. Je m'exécutai, sachant qu'il était un peu tard pour m'enfuir, et me plantai devant elle, bras ballants, incapable de prononcer un mot ou n'importe quel son prouvant que je n'étais pas en train de faire un AVC. Elle se leva et entama une parade d'inspection autour de moi : « *Nun, was haben wir hier?* » Je reconnus *was* et *wir* pour les avoir ânonnés jusqu'à plus soif sur les bancs de la classe d'allemand de madame Lehire ; le reste m'échappa. Il faut dire que je n'avais pas écouté grand-chose en cours, d'abord parce que je goûtais peu les sonorités de cette langue, ensuite parce que j'étais distrait par un Alcibiade qui m'assurait de l'inutilité de la pratique – les harems de correspondantes allemandes blondes et élancées qui nous étaient promises pratiquant, selon lui, le roulage de pelle universel. Je m'en mordais naturellement les doigts et lâchai sans conviction une formule dont je me souvenais, mais n'étais pas certain de la signification. : « *Herzliche grüße…* » Ma tentative de communication fut accueillie par un reniflement porcin qui, je le déduisis par les secousses sismiques de sa poitrine sous l'ample tee-shirt, était son rire. Elle s'approcha de moi et me tendit son poignet droit : « *Da ich bin.* » Ça, c'était dans mes cordes. Je baissai la tête et y vis un tatouage. Gerda y était écrit en lettres noires tout en boucles. Son prénom ? Quel genre de personne pouvait bien se faire tatouer son propre prénom sur le bras ? Une amnésique ? Une poupée perdue cherchant désespérément son propriétaire ? « OK… *Ich bin David* », dis-je en montrant à mon tour mon poignet qui était vierge de tout dessin, hormis un pli bizarre, une marque de naissance que ma mère portait aussi, d'après ce qu'on m'en avait dit. Nouveau reniflement. « *Komm komm!* » Elle sortit de la cuisine en petites foulées en tirant sur les pans de sa robe de fortune. Je la suivis au salon et y trouvai mon oncle, alangui sur son canapé, enveloppé dans un drap douteux tel un consul romain après les bacchanales. « Le grand retour du fils prodigue ! Bon Dieu, mais où t'étais passé ? Je parie qu'il y a une histoire de minette là-dessous. » Il se redressa avec difficulté, me laissant entrevoir au passage une demi-lune de ventre sous laquelle pendait une paire de testicules étonnamment glabres, et me prit dans ses bras. Bien évidemment, devant une telle effusion, tout le ressentiment, la haine que j'avais accumulés depuis des semaines, montés en épingle sur ma bicyclette, prêts à éclater quelques minutes plus tôt, retombèrent comme un soufflé. « Salut, Thomas.

– “Salut, Thomas”, me dit-il la gueule enfarinée après avoir disparu de la surface de la Terre ! Tu entends ça, Inge ?

– Gerda, dit Gerda en montrant de nouveau son poignet.

– Gerda, c'est ce que j'ai dit *meine Liebe* ! Tu as donc fait la connaissance de cette petite odalisque teutonne, David ? Regarde-moi ce petit bijou bavarois ! Désape-toi *Puppe* pour montrer ta pureté divine à notre invité et prépare-toi, on va se remettre au boulot, j'en ai pas pour longtemps. » Gerda retira son tee-shirt, noua ses cheveux en une couette, et alla s'allonger de tout son long sur le tapis devant le canapé. On la regarda un moment ajuster sa posture – sur le ventre, le menton posé sur le plat d'une main, le bassin relevé de quelques degrés et un pied en l'air – avant qu'elle ne se fige complètement. « *Wonderbar! Nicht* euh… bouger ! » cria mon oncle. Il me tira ensuite par le bras jusqu'à son chevalet, sur lequel je découvris les premières esquisses du corps de Gerda. Mon oncle n'était pas dénué d'un certain talent, en particulier pour ce qui concernait le rendu des chairs, comme ici le diaphane crayeux de son modèle qui, sur la toile, semblait plus vrai que nature. Pour le mouvement et les proportions, c'était autre chose – la pauvre Gerda ressemblait à une endive atrophiée perdue dans un bac à légumes –, mais il aimait à répéter à l'outrecuidant béotien qui le lui faisait remarquer que c'était une fantaisie artistique volontaire, à l'instar d'un Jean-Auguste-Dominique Ingres. « Je suis content que tu sois là. J'ai comme qui dirait un bon gros service à te demander. Je suis dans une merde noire et t'es le seul compagnon fidèle qui pourrait m'en tirer. » Il attendit une réaction de ma part, sans doute une allégeance aveugle, avant de m'annoncer la suite, mais je restai de marbre comme Gerda. Il remonta sa toge qui, dans son agitation, avait glissé dangereusement sous la ligne de flottaison de ses tétons adipeux. Il reprit : « Bon. Tu te souviens de Manon ? Je crois qu'elle te plaisait bien. » Son œil frisait, car il savait très bien que je l'avais revue à plusieurs reprises, et je soupçonnai qu'elle ait pris un malin plaisir à lui confesser sur l'oreiller mes élans contrariés pour sa personne. J'acquiesçai. « Faut que tu l'amènes dans un endroit pour moi.

– Pourquoi tu ne t'en occupes pas toi-même ? À ton retour, Gerda n'aura pas changé de position, si tu te dépêches.

– Très drôle, gamin, et si j'avais pas une épée de Damoclès au-dessus du crâne, je rirais avec toi de bon cœur, mais on est en alerte maximale.

– Il lui est arrivé quelque chose ?

– Non… Enfin si, forcément, mais c'est moi qui risque gros. Elle est enceinte. » Je sentis mes jambes me lâcher, comme si on venait de me sectionner d'un coup les tendons des genoux, et je m'appuyai sur la première chose que je trouvai derrière moi, en l'occurrence un vieux guéridon sur lequel mon oncle exposait ses pipes de collection, tout en essayant de faire passer ça pour de la simple impatience. « OK », dis-je d'un timbre le plus neutre possible, qui grimpa malgré moi dans les aigus. Thomas tiqua, mais son regard se déporta aussitôt vers Gerda : « Ben non *meine kleine Maus de Nymphenburg* ! C'était parfait ! J'avais dit *nicht* bouger !

– Pipi !

– Bordel ! Je lui apprends à longueur de journée les plus beaux mots de la langue de Molière et elle me balance du “pipi”. C'est à désespérer. Mais enfin, regarde-moi cette croupe fendue.

– Enceinte ? » Il suivit Gerda des yeux et revint vers moi avec un petit air satisfait, les commissures de ses lèvres et le bout de cartilage au bout de son gros nez vibrant de concert.

« Oui. Enceinte, en cloque, un polichinelle dans le tiroir, quoi. T'as bien appris ça en science et vie de la terre, non ? Ha, ha, ha ! » Sa toge lâcha définitivement, sans qu'il cherche cette fois-ci à la retenir, et il se retrouva à poil devant moi. « T'as dû en voir d'autres dans les vestiaires, hein ? » Sans me quitter des yeux, il passa un maillot de bain aux couleurs criardes, qu'il avait pioché au milieu d'un tas d'autres vêtements enchevêtrés, puis enfila le tee-shirt porté plus tôt par Gerda. Il avait, comme d'habitude, l'air d'un touriste prêt à profaner un lieu sacré. Il se mit à chuchoter : « Elle a quinze ans, un truc comme ça. Et je préférerais garder tout ça sous les radars. Il y a une solution pour ça, et t'es un peu la condition *sine qua non* de l'affaire. T'as déjà été bien plus efficace que les mercenaires soi-disant entraînés que j'ai engagés sur deux trois plans casse-gueule. Et puis toi, t'es de la famille. »

Une impérieuse envie de faire souffrir m'assaillit, irrépressible, violente, des eaux troubles dans lesquelles je n'avais jamais frayé jusqu'ici, même avec mon ennemi juré, Lilian Chapelet. Il ne faisait aucun doute que je détestais Chapelet, mais il me semblait que je lui voulais du mal de manière quasi métaphorique, à bonne distance, et s'il m'était venu à l'idée de le pousser du haut d'une falaise ou de douves lors de voyages scolaires, j'attendais ingénument un retour de karma qui m'éviterait de me salir les mains. Le cassage de nez n'avait pas été prémédité et relevait plus du réflexe conditionné qui pouvait s'emparer de n'importe quel porteur de balle. Pour Thomas, c'était différent. J'étais prêt. À tel point que j'avisai même un pot en terre cuite informe de sa fabrication et m'imaginais lui fracasser le crâne avec, lorsqu'il me sortit abruptement de ma torpeur meurtrière en courant à pas lourds pour s'engouffrer dans son bureau. Il en ressortit, le teint couperosé sous l'effort, avec un bout de papier griffonné : « Voilà l'adresse. Le type me doit un service, si tu vois ce que je veux dire. J'ai quelques infos qu'il préférerait ne pas voir se retrouver entre les mains de sa régulière. » J'écumai intérieurement, mais me ravisai une nouvelle fois en passant en mode automatique. Inspiration, expiration, maintien des fonctions vitales. Je pris le papier et déchiffrai son écriture, à l'inclinaison appuyée telles des herbes couchées par le vent. Un nom et une adresse en ville, effectivement située dans les beaux quartiers. Il me tapota l'épaule. « Demain dix heures trente tapantes. » Il sortit deux billets d'une blague à tabac – quatre Debussy et un Delacroix –, qu'il tenta de déchiffonner en les frottant contre son ventre tendu, pour finalement les enfoncer de ses gros doigts aux phalanges noueuses au fond de ma poche de jean. « Voilà pour les dépenses éventuelles. Et je te filerai un autre joli billet quand l'histoire sera pliée. Une formalité. Tu m'ôtes une sale épine du pied mon garçon. Gerda ? Elle est partie pisser où, celle-là ? *Ich bin fertig!* »

Mes priorités avaient évidemment changé. Confronter mon oncle à ses exactions pouvait bien attendre – et ne pesait pas lourd face à la mission qui m'était assignée. La dernière que j'accepterais de lui. Accourir au chevet de Manon. J'essayai de me persuader que ce n'était pas un acte de couardise de ma part, mais une sorte de repli stratégique nébuleux et imparable qui me verrait revenir plus déterminé que jamais pour lui régler son compte avant le générique de fin.

Les faits étaient limpides, et il n'existait pas deux versions de l'histoire, même si je me laissais bercer d'illusion un temps. Je venais de me faire embobiner, écraser et retourner comme une crêpe par Thomas. Et avec l'art et la manière. Je n'avais jamais vraiment eu une seule chance d'avancer un pion face à un type de cette stature, qui pouvait vendre une paire de chaussures à un unijambiste. Il était bien trop malin pour ne pas avoir senti le vent tourner. En outre, il me vint à l'idée qu'il n'était pas impossible, par déformation professionnelle ou par vice, qu'il m'ait fait suivre, photographier, écouter lors de mes pérégrinations des dernières semaines. Peut-être même m'avait-il fait surveiller toute ma vie, du biberon à la première bière. Je savais qu'il en était capable. Il savait que je savais et m'avait piégé en agitant l'image de Manon. Mais dans quel but ? Pour me garder sous sa coupe ? Prolonger le mensonge pour s'en délecter ?

Le fait était que je ne pouvais pas refuser de l'aider. Il ne voulait pas se faire pincer après avoir engrossé une gamine de quinze ans, et il voulait que je sois son complice. Point barre. Il n'y avait que Manon qui comptait dorénavant.

Je repassai chez moi récupérer des affaires, et surtout pour vérifier que mon père allait bien et n'avait pas fugué vers son bateau échoué. Je trouvai des vestiges de repas sur le pouce, une nouvelle tour de trois ou quatre tasses de café empilées, une odeur de tabac encore chaude. Il s'en était fallu de peu que nous nous croisions. Je trouvai aussi un post-it corné sur le comptoir avec quelques mots raturés. J'appréciai cette tentative de communication, que je pris comme une amélioration, certes timorée, mais une amélioration tout de même. Je filai jusqu'au bout du couloir et perçus à travers la porte sa respiration régulière. Il dormait, ou faisait semblant, et ça m'allait très bien.

De retour au salon, je fus pris d'une vive angoisse qui me retourna l'estomac : qu'arriverait-il à Manon une fois là-bas ? Interruption volontaire de grossesse. Avortement. Je saisissais l'idée générale, mais ce que ça signifiait concrètement, je l'ignorais. Qu'est-ce qu'on allait lui faire subir ? Était-ce dangereux ? Je n'avais en mémoire que des récits plus épouvantables les uns que les autres, glanés çà et là dans un répertoire de fictions de toutes sortes, à base d'aiguilles à tricoter ou d'ingestion de potions abortives concoctées dans des officines secrètes par de vieilles magiciennes échevelées. Ma fertile imagination enclenchée, je commençai sérieusement à flipper. Je fis alors ce que j'aurais fait pour n'importe quel travail demandé en classe – un exposé sur la première croisade, l'impressionnisme ou la photosynthèse – et me jetai sur le filon de culture le plus proche, à savoir les volumes d'encyclopédie en reliure cuir rangés sur une étagère branlante au-dessus de la télévision. Les seuls bouquins appartenant à mon père, en plus d'un ou deux *San Antonio* jaunis et d'un atlas routier Michelin Espagne-Portugal. J'attrapai un volume qui pesait un âne mort et l'ouvrit sur la table basse aux pages concernées. Je parcourus les lignes à la recherche d'une sentence qui me ferait faire machine arrière ou foncer tête baissée, mais je déchantai rapidement. Cette édition était totalement dépassée, datant sûrement d'une époque d'avant la légalisation de la pratique, et ce que j'y lus dans un jargon à la fois clinique et imagé – aménorrhée, utérus, sang et larmes –, assorti de dessins bigarrés et criblés de légendes, ne me rassura pas le moins du monde. Je m'imaginai malgré tout qu'à une encablure du XXIe siècle, certains progrès avaient été effectués dans le domaine, même si un visionnage des actualités récentes nous prouvait qu'on n'avait pas avancé d'un millimètre et que la barbarie et l'obscurantisme, loin de montrer des signes d'essoufflement, se portaient comme des charmes sur une bonne partie du globe, et peut-être même au coin de la rue. Je ne repartis pas plus avancé et choisis de faire confiance à un sixième sens plus ou moins fiable en déployant au maximum mes antennes. Et si le praticien – sa tronche, sa blouse, sa voix, ses ongles ? – ou les lieux ne me revenaient pas, il serait toujours temps d'exfiltrer Manon.

J'arrivai chez elle à la tombée du soir. Je ne savais pas pourquoi je débarquais la veille du grand jour, une poignée d'heures après ma visite chez Thomas. Je n'avais rien préparé pour justifier ma présence, ne m'étais même pas posé la question de savoir si mon oncle l'avait prévenue. Quoi qu'il en soit, je me doutais que l'accueil serait plutôt glacial.

La porte s'ouvrit avant que j'atteigne le perron, et Manon apparut dans l'encadrement de la porte, dans une longue robe meringuée qui cachait ses pieds. Elle flotta vers moi et descendit la première marche. « Tiens ! Qui voilà ? On écoute toujours la voix de son maître. » La flèche attendue fut bien décochée, mais je sentis beaucoup moins d'engouement à transpercer les chairs. Aussi la laissai-je siffler à mes oreilles. « Salut, Manon.

– Ce cher David Copperfield avait désespérément besoin d'un petit drame pour s'y rouler. Tu dois être satisfait. Je suis douée pour ça. » Son accent était plus pointu que jamais et avait coloré toute sa tirade. Elle s'adossa à un poteau avec un air de défi, qui fut aussitôt contredit par l'entortillement nerveux d'un élastique autour de son pouce. « Je peux retourner d'où je viens, si tu y tiens », lançai-je en jetant un coup d'œil par-dessus mon épaule, plus pour dissimuler mon émoi devant cette brèche inattendue dans la carapace de Manon que pour joindre le geste à la parole. Je n'en avais pas la moindre intention, et il y avait fort à parier, si elle me claquait la porte au nez, que je m'effriterais lentement sur place, jusqu'à me diluer dans l'humus ambiant qui nourrirait des générations de pâquerettes et, avec un peu de chance, des cèpes de Bordeaux de bonne taille. Et le pire de l'histoire était que je me satisferais amplement d'être piétiné par les pieds nus de Manon entre deux rosées si l'on en arrivait à de telles extrémités.

Elle tourna les talons et rentra sans un mot, laissant la porte ouverte derrière elle. Il y avait mieux comme invitation, mais je prenais.

La maison était plongée dans le noir, et je me cognai contre un certain nombre d'obstacles avant que mes yeux s'habituent à l'obscurité et décèlent l'ampleur du capharnaüm. Une lueur se mit à poindre et à avancer vers moi, entourée d'une large mâchoire d'ombres. « Ces abrutis m'ont coupé le jus », dit-elle en déposant le bougeoir sur une grande table ronde en bois massif collée contre un mur de la pièce. Puis elle se laissa tomber comme une poupée chiffonnée sur une chaise en paille. « Tu es entré, alors je suppose que tu peux t'asseoir. » Je posai mon sac là où je repérai l'un des rares espaces inoccupés au sol, entre un monticule d'objets chinés par Manon dans les poubelles avoisinantes et des branches mortes pour la cheminée, et m'assis à mon tour. Elle avait les traits tirés, et je fixai un moment l'architecture nouvelle de son visage que je n'avais pas saisie dans la lumière crue et qui était ici révélée par les ondulations mordorées de la lumière. Un masque lunaire, aux cernes comme des mers troubles, qui ne me rassurait pas du tout pour la suite. J'ouvris mon sac et, en fouillant, tombai sur deux barres énergétiques écrasées, qui devaient être là depuis mon précédent périple, et les disposai devant moi. « Je ne garantis pas le goût, mais ça te donnera un coup de fouet.

– J'ai vomi tout ce que j'ingurgite depuis trois jours. Je suis enfin vide. Avaler le moindre atome de bouffe me ferait repartir. Boire un verre d'eau me file la nausée. Et puis, tu en auras plus besoin que moi. C'est toi qui marches aux coups de fouet. » Manon se leva, s'accroupit devant l'âtre de la cheminée et je vis apparaître, derrière son dos arrondi sous l'effort, des pépites rouges qui pulsaient à un rythme régulier dans le néant. Elle y jeta une bonne poignée de brindilles de bois ainsi qu'une pomme de pin et le feu commença timidement à prendre. On écouta religieusement les premiers crépitements, puis elle ramassa le tisonnier à côté d'elle et se mit à fouiller les entrailles incandescentes qui s'embrasèrent un peu plus. Elle revint enfin à table, le sourire satisfait d'une pyromane aux lèvres et la tige de métal encore fumante à la main. Je me tenais sur mes gardes, le buste légèrement en avant, les jambes fléchies, prêt à bondir de ma chaise au premier coup de folie. Je commençais à être rompu aux attaques surprises. Mais elle déposa simplement le tisonnier à ses pieds et joua à tremper son doigt dans la coupelle où la cire de la bougie n'avait pas encore coagulé. Une fois refroidie, elle la gratta du bout de l'ongle pour former de petits copeaux qu'elle laissa ensuite rôtir jusqu'à ce qu'ils rejoignent, fondus en grosses gouttes huileuses, la flamme qui luttait pour sa survie. Elle faisait ça avec une extrême application, et un certain plaisir, et j'étais fasciné de la voir ainsi jouer avec le feu.

« Tu as quinze ans. » C'était sorti tout seul. Et je n'avais rien trouvé de mieux à dire alors qu'il y avait un large panel de possibles à ma portée, ainsi qu'un laïus réconfortant tout à fait approprié dans cette situation. Mais il fallait que je déroule cette simple phrase pour en apprécier l'envergure, sa résistance à l'air, et une fois pour toutes l'associer au visage de Manon que j'avais si souvent invoqué. Elle stoppa net son petit jeu et souffla la bougie : « Tu connais mon âge. Ça va mieux ? Ça change quelque chose à quoi que ce soit ? Ton monde tourne plus rond, Copperfield ? C'est ce qui t'a fait te jeter à mon secours, j'imagine ? Sauver la pauvre petite fille abandonnée ?

– Je ne suis pas là pour te sauver, je veux juste...

– Oh oui, tiens, fais-moi profiter de ton expérience de ces quelques mois de plus passés sur cette bonne vieille Terre. Je suis sûre que tu as un tas de choses à m'apprendre.

– Tu sais quoi ? Tu es une petite fille, et de la pire espèce. Une peste sans cœur qui mériterait une bonne paire de claques !

– Eh bien vas-y ! Sois un mec ! Gifle-moi ! » Manon se jeta et commença à se frapper le visage. « Tape ! T'es une vraie gonzesse, Copperfield ! Il faut y mettre du tien, sinon je n'apprendrai jamais rien de ma putain de vie ! Fais-moi rentrer tout ça dans le crâne ! Ton oncle, il sait y faire, lui. Il t'a pas montré comment un mâle se comporte, hein ? Cogne, cogne ! » Je lui bloquai les bras dans le dos. Elle avait une force surprenante, et j'eus un mal de chien à la maîtriser. Je relâchai ma prise, et elle se dégagea. Je restai dans cette position un moment, essayant de réapprovisionner mes poumons en oxygène tout en fixant mon attention sur les galaxies accidentelles du plafond, entre moisissures et nœuds de bois étranges. Je ne voulais pas poser mon regard sur Manon, que j'entendais à la fois haleter et chantonner un truc qui sonnait comme une comptine pour enfant, de peur de relancer une crise de nerfs. Je devais sûrement être le dernier des crétins pour venir délibérément m'infliger ça. À ce train-là, si je continuais à me frotter à elle avec autant de ferveur, il y avait de fortes probabilités que je termine avec une gueule de pirate ou de boxeur en fin de carrière avant ma majorité. « Tu peux dormir ici », dit-elle dans un murmure. Je continuais à faire le mort sur le champ de bataille, tandis qu'elle s'avançait pour balancer au feu la chaise sur laquelle elle était assise cinq minutes plus tôt. « De quoi te tenir chaud un moment. Elle est en hêtre massif, fauchée chez un brocanteur. Il reste encore quelques trucs à brûler pour tenir cette nuit. Après, tu devras sans doute attaquer les murs à la hache. » Puis elle disparut dans une pièce à droite de la cheminée, que j'imaginais être sa chambre.

Cette fille était cinglée, clairement, et je l'étais encore plus de ne pas m'enfuir après tout ça. Il n'y avait plus qu'à se rendre à l'implacable évidence que je m'étais laissé cueillir comme une fleur pour embrasser avec abnégation et dévotion un nouveau culte. Un culte païen voué à une Isis ou à une Perséphone redoutables, aux origines mystérieuses et aux humeurs impénétrables. Sinon quoi d'autre ? Où chercher les raisons de cet aveuglement ? Un gaz délétère, un empoisonnement par l'eau du robinet ?

J'étais épuisé et m'effondrai sur un clic-clac cul-de-jatte qui ferait l'affaire pour la nuit. Je posai l'une de mes jambes en béquille pour ne pas me retrouver à glisser parmi les moutons de poussière qui auraient pu, s'il m'avait pris l'envie de les compter, m'aider à trouver le sommeil.

Dehors, la pluie se mit à tomber, d'abord dans un grelottement clair, puis en tir nourri. Assez rapidement, je sentis les premières gouttes me tomber dessus. L'eau s'était frayée un chemin par le toit qui avait perdu de nouvelles rangées de tuiles depuis ma dernière visite. Le plafond devait être une véritable éponge. Je décalai le canapé de deux mètres, mais bientôt une autre fuite vint m'arroser. Je me levai et attrapai à tâtons les sacs plastiques remplis des trésors de Manon. Je les vidai, les perçait de quelques trous avec mon couteau suisse pour me confectionner un imperméable convenable, et retournai m'allonger sur mon lit-douche, bercé par les percussions continues des gouttes sur mon pyjama improvisé.

Je rouvris les yeux, la peau du visage picorée par le froid. Je ne savais pas combien de temps j'avais dormi. Cinq minutes, trois heures, deux jours. Mon black-out avait été total et sans rêve. La cendre dans la cheminée ne fumait pas, la pluie s'était arrêtée, et j'évaluai l'heure à la teinte mouvante d'un bout de nuage que je voyais avancer par l'oculus à la vitre fêlée de la salle de bains en face de moi. Quelque chose comme huit heures du matin en cette saison.

Je ne bougeai pas tout de suite et restai dans mon empreinte, l'oreille tendue à l'affût du moindre bruit. Un silence de fin du monde régnait dans la maison. Puis des piaillements se mirent doucement à monter du jardin, suivis de mille petits grouillements d'abord enroués, et qui, après un tour de chauffe, jouèrent à l'unisson avec la fréquence vrombissante de la Terre sur son axe.

Je me redressai sur un coude, et les réserves d'eau de pluie accumulées sur les sacs poubelles durant la nuit dégoulinèrent le long de mes jambes et trempèrent mes chaussures. De quoi me réveiller définitivement. J'avais les jambes ankylosées, la mâchoire douloureuse, les lèvres gercées et la vessie pleine. Je ne m'en tirais pas si mal. Je soulageai en premier lieu ma vessie dans des toilettes qui étaient à l'avenant du décor postapocalyptique de la maison – une cuve à la faïence bouffée par un tartre brun caillé nauséabond dénuée d'évacuation –, ce qui eut le mérite de me faire relativiser la liste de mes traumatismes. J'exécutai quelques étirements qui n'arrangèrent rien et pris mon courage à deux mains pour aller toquer à la porte de Manon. Pas de réponse. J'entrai avec prudence, prêt à me recevoir en pleine face ce qui pouvait tomber sous sa main particulièrement leste. Mais rien ne vola, et je la retrouvai emmitouflée jusqu'aux yeux dans le cocon d'un sac de couchage, dont l'épaisseur aurait été appropriée pour une ascension de l'Annapurna. Seule sa chevelure dense jaillissait au sommet de sa tête telle une couronne que de rares rayons nimbaient de reflets bleutés. Le flash morbide qu'elle ait pu s'étouffer me traversa l'esprit, et je me concentrai pour capter les infimes vibrations de la couverture. Mais je n'eus pas à attendre longtemps, car je vis la fermeture Éclair glisser et une main qui émergea du sac de couchage pour me faire signe de la rejoindre. Manon recula de quelques millimètres pour me laisser une place. Sans réfléchir une demi-seconde, je retirai mes godasses et m'y glissai en lui offrant timidement mon dos. Elle me recouvrit, mit ses mains sous mes aisselles et m'attira contre elle en pressant ma poitrine. Son corps était brûlant, et je sentis contre la peau hérissée de ma nuque deux baisers mouillés. Je me raidis, mais à peine avais-je réfléchi aux multiples options qui s'offraient à moi après de telles prémices que son étreinte se relâcha. Il ne me fallut pas longtemps pour me rendormir à mon tour.

Je me réveillai en sursaut avec la sonnerie stridente d'un téléphone qui rugissait quelque part dans la maison. Je cherchai l'heure sur le radio-réveil, qui se contenta de m'agresser la cornée de ses deux paires de zéros rouges clignotants. Le courant était, semblait-il, revenu, et je savais instinctivement que nous avions trop dormi. « Manon ! Le rendez-vous !

– Pas de panique, Copperfield. » Elle se retourna, fouilla dans un tiroir avec fracas et en sortit une montre. Elle plissa des yeux sur le cadran, puis me la lança sur le ventre. « Douze heures treize, mais heure d'hiver ou d'été, va savoir…

– Thomas avait dit dix heures trente précises.

– Bah ! Mon embryon finira peut-être par crever d'impatience. Ça nous évitera le trajet.

– Sarcastique dès le réveil, j'apprécie.

– T'es une chochotte.

– Et toi, tu feras une bonne mère, si on ne se dépêche pas. » J'enfilai mes chaussures humides et lui envoyai une paire de Spring Court que je trouvai au pied du lit. « Ah, la petite leçon de morale. On l'avait pas encore eue, celle-là. Je pourrai élever cet enfant aussi bien, voire mieux qu'un bon paquet de parents que je croise. Mieux que mes parents, ça serait pas difficile.

– Ce n'est pas une leçon de morale. Juste une piqûre de rappel sur ce qui nous attend.

– "Nous attend" ? C'est mignon. C'est qu'il serait bien capable de m'épouser. Mais dis-moi, puisque tu sembles avoir tout prévu, mon chéri, on y va comment, là-bas ? À dos de cigogne ? » Manon mettait dans le mille. J'avais imaginé tout un tas de choses, sauf le moyen de transport, et les cars qui auraient pu nous rapprocher de la ville étaient déjà partis. Deux mineurs au volant de la voiture de mon père en plein centre-ville n'étant pas une très bonne idée, je n'avais pas vraiment le choix. Je fouillai dans ma poche et sortis l'argent que m'avait donné mon oncle. « Ton téléphone, il est où ?

– Quelque part.

– Tu ne m'aides pas beaucoup.

– C'est toi, l'aîné, tu te rappelles ? » Je perdais patience et me mis à tout envoyer valdinguer sur mon passage. Et il y avait matière, dans ce bordel monstre. Si Manon n'était pas une accumulatrice compulsive – mais l'hypothèse était tout de même à considérer –, peut-être devrait-elle tenter de refourguer ces objets foutraques aux gitans à qui Al avait acheté sa meule, près de l'autoroute.

Elle me regarda m'acharner ainsi un bon quart d'heure, avec son rictus habituel, trop heureuse de me voir lâcher les chiens et insulter la planète entière. Je trouvai le téléphone en bakélite sous un éventail de disques vinyle complètement rayés – Uriah Heep, Status Quo, Alan Parsons Project. J'appelai les renseignements pour obtenir le numéro d'une compagnie de taxis. S'ensuivirent des négociations interminables pour convaincre un type à la voix mi-amusée, mi-blasée de venir nous récupérer dans notre étrange contrée aussi éloignée de son secteur, pendant que Manon sirotait un jus de pomme à la paille et se régalait toujours du spectacle. Le prix annoncé était exorbitant, la liasse allait y passer, mais je n'avais pas de meilleur plan. « Tu n'emportes rien ? » lui demandai-je soudain inquiet. Elle ne répondit pas et enfila son manteau. Qu'est-ce qu'on pouvait bien apporter pour un avortement ? Je me surpris alors à fixer son ventre avec un peu trop d'intensité, tentant de percevoir si quelque chose avait changé dans cette taille menue que j'avais un jour serrée entre mes mains. Les hanches ? Un léger renflement ? Je remontai jusqu'à sa poitrine. « T'essayes de voir s'il me donne des coups de pied ? J'en suis à cinq semaines, gros bêta. » J'avais la nausée d'avoir trop faim, et je me mis à ronger un vieux quignon de pain qui traînait dans le grille-pain, mais le recrachai dans l'évier, le goût s'approchant de saveurs qui auraient dû rester étrangères à toute notion de nourriture – moisi, terre, ammoniac ?

Longues plages de silence. Un silence pas vraiment gênant, qui n'avait pas besoin d'être comblé. Je voulais malgré tout jouer la carte du « tout ira bien » usée jusqu'à la trame, même si je n'en savais foutre rien, mais je fus contré par les deux coups de klaxon brefs du taxi qui venait de se garer devant la clôture. Je pris la main de Manon pour sortir.

« C'est la jungle ici, j'ai dû slalomer dans cette bouillabaisse pour arriver chez vous. Je devrais vous faire payer le car wash, tiens ! Suis sûr que ça va attaquer ma carrosserie. » Le chauffeur était fringué en cowboy d'opérette, santiags, jean, ceinture à grosse boucle, chemise satinée, Stetson. Et le physique s'accordait à la voix, dont la tonalité traînante étirait chaque syllabe.

En lieu et place de la diligence, nous avions une Mercedes qui datait un peu, mais qui avait clairement été bichonnée par son propriétaire. Manon et moi devions faire nos meilleures têtes d'enterrement, car le type afficha un air pincé comme s'il venait de se faire épiler les poils de nez. Il retira son chapeau et dévoila deux mèches de cheveux maladives ratissées sur son crâne avec une généreuse dose de gel. « Bon bon, c'est que de la boue, hein, ce sont les risques du métier. » Il ouvrit la portière arrière à Manon et exécuta une légère courbette pour l'inviter à s'installer. Je pris place à côté d'elle tandis que le chauffeur faisait tanguer la voiture en s'insérant dans l'habitacle – où une odeur de tabac concurrençait celle du cuir des sièges. « On va où, déjà ? » Je lui tendis mon bout de papier. « Ah oui, là où il y a toutes les boutiques et les restos du grand monde ! »

Sur la route, Manon ne dit pas un mot et garda les yeux rivés sur la fenêtre, où défilait un paysage de champs aux couleurs délayées, qui fut rapidement colonisé par les découpages minéraux des grands immeubles à l'approche de la ville. Je tenais toujours sa main dans la mienne et je ressentis tour à tour les emballements, puis les mises au pas de son pouls battre dans les coussinets veloutés de sa paume. La ressemblance avec ma mère me frappa une nouvelle fois, et je ne pus m'empêcher de caresser sa joue du bout de l'index pour en éprouver la réalité, comme si je voulais déjouer les lignes de fuite d'un trompe-l'œil. À ce geste, elle sursauta et me renvoya un sourire d'une infinie tristesse, avant de retourner à sa contemplation silencieuse. Elle ne jouait plus. Et je me disais que si cette fille que j'avais vue avec morgue plier la nature à sa volonté et s'amuser des dangers que nous avions rencontrés, qui pouvait me battre à la régulière sur n'importe quel terrain, si ce genre de guerrière là commençait à avoir peur, c'était que l'heure était bien plus grave que je le pensais. Et pour tout dire, je pensais déjà, bien avant de voir Manon paniquer, que nous foulions du pied une mine d'emmerdements.

Le chauffeur de taxi déblatéra quant à lui pendant tout le trajet sur la beauté de sa Mercedes W114 créée par un certain Paul Bracq et le miracle anatomique des six cylindres, de l'alimentation à injection Bosch, du bloc en fonte et culasse aluminium, du vilebrequin à sept paliers : « En plus, c'est la version US d'une voiture teutonne ! On peut pas faire mieux ! Des pare-chocs à absorption d'énergie, des feux de position latéraux ! Vous vous rendez compte du privilège que c'est de voyager dans ce vaisseau béni des Dieux ? À ma mort, je veux rien d'autre comme corbillard. Profitez, ça vous arrivera pas tous les jours. C'est quand même autre chose qu'une R18, ha, ha, ha, ha ! »

La nausée me reprit, et je tentai d'ouvrir ma fenêtre pour remplacer l'air en boîte que nous respirions depuis une demi-heure. Je poussai le bouton, mais la vitre se referma aussitôt. « Ah non, jeune homme, c'est moi qui les contrôle. Sinon, les clients font joujou avec et ça nique le mécanisme. Je peux mettre la clim, si vous voulez ? Non mais regardez-moi cette blondasse qui sait pas utiliser son clignotant ! On est bien chez les rupins qui roulent sur le petit peuple sans sourciller ! Salope ! 'Scusez mon langage, les enfants.

– Ça ira, merci.

– De toute façon, vous êtes à bon port, les tourtereaux. » J'avais la désagréable impression que ce type pensait que j'étais un fils à papa revenant la queue entre les jambes et à court d'argent de poche après sa fugue romantique. « Deux cents francs, comme convenu, et je suis sympa. » Je lui filai le tout et me penchai du côté de Manon pour lui ouvrir la portière. Elle descendit, tituba quelques pas, et je la rattrapai de justesse avant qu'elle ne s'affale sur le trottoir. « Ça va, la petite ? Elle est pâlichonne.

– Elle est toujours malade en voiture. » Le chauffeur me fixa un long moment en agitant mes billets devant son nez, me fit un clin d'œil, puis démarra en trombe. Je me retournai vers Manon, dont le teint avait effectivement viré au gris. « Ça va ? Tu veux t'asseoir ?

– Finissons-en David. »

On marcha quelques minutes dans les rues piétonnes remplies de boutiques de luxe et de banques. Manon reprit des couleurs, et le malaise ne semblait plus menacer, même si je l'avais connue en meilleure forme.

On se retrouva devant la façade de l'immeuble. Elle était flanquée de la classique porte-cochère avec ses ferrures, son heurtoir, et était surmontée d'un mascaron figurant une tête de femme aux joues gonflées. Je cherchai le nom du cabinet sur l'interphone parmi ceux de praticiens divers (dentiste, kinésithérapeute et un psychologue jungien), et sonnai. La porte vibra, et Manon s'accrocha un peu plus à moi en franchissant le seuil. On traversa une vaste cour pavée jusqu'à l'accueil, où une femme en blouse blanche assise derrière son bureau nous fit signe d'avancer. Je conduisis Manon, comme une petite fille, vers une rangée de chaises dans un coin de la pièce, la fit asseoir, et lui tendit bêtement un magazine de mode pour l'occuper. « Nom et heure de rendez-vous ? » me cria depuis son poste la femme de l'accueil. Nous avions trois heures de retard, et je n'avais aucune idée du nom de famille de Manon. Je n'essayai même pas de le lui demander, convaincu qu'elle ne pouvait pas en posséder un, comme toute divinité qui se respecte. « Eh bien, notre rendez-vous était pour dix heures trente, mais…

– Vous plaisantez, mon garçon ? J'espère que vous avez une excuse en béton armé. Une météorite a détruit votre maison, vous êtes venus à la nage à contre-courant… Voyez ?

– Je suis à peu près sûr que le docteur nous recevra sans problème. » Je me comportais de la même manière que mon oncle pendant ses enquêtes, avec assurance, voire arrogance, comme si j'avais un coup d'avance ou un atout dans la manche. Mais je n'étais pas mon oncle, et avec la nuit que je venais de passer et la dégaine que je me payais, j'imaginais qu'elle avait déjà pressé un bouton dissimulé sous son bureau pour prévenir la sécurité.

« Tiens donc, c'est la meilleure ! Et qu'est-ce qui vous fait dire ça ?

– Appelez-le, vous verrez. Dites-lui que nous sommes envoyés par monsieur Eitan. Thomas Eitan. » La secrétaire ouvrit son agenda dont elle tourna les pages avec emphase, puis elle passa la mine de son stylo sur une ligne. Celle, je le supposai, de notre rendez-vous, qui était noté en vert et souligné trois fois. « Manon S. ?

– Oui. » Elle tendit le cou pour essayer d'apercevoir Manon par-dessus mon épaule, qui n'avait toujours pas bougé d'un iota. Elle avait trouvé une nouvelle fenêtre à contempler, qui cette fois-ci donnait sur un carré de ciel bleu immobile griffé par les antennes de télévision des immeubles voisins. « Bon. La petite n'est pas au mieux visiblement, et vous ressemblez à mon neveu qui ne coûte pas très cher en shampoing et qui écoute de la musique de sauvage dans sa chambre toute la sainte journée, alors je vais accepter cette petite entorse à la règle. » Elle appela. Il y eut très peu de mots échangés. *Docteur. Le rendez-vous de dix heures trente. Oui. Devant moi. Bien.* Et un rire comme un coassement avant de raccrocher. « Je vous conseille d'investir dans un billet de loto en sortant d'ici. Il n'a effectivement pas bronché, et c'est une première pour le docteur Lançon. Il va descendre vous chercher. Vous pouvez rejoindre votre petite amie. » Petite amie. Pas la force de contredire cette assertion. Ça ne me déplaisait pas, et c'était la chose la plus vraisemblable dans cette histoire de fou. Thomas avait bien calculé son coup. Ça ressemblait à ce à quoi ça devait ressembler. L'accident à la con entre deux jeunes cons. Je rejoignis Manon, qui était voûtée sur sa chaise et de plus en plus apathique. « C'est bon, il arrive. »

Un homme d'une cinquantaine d'années, barbe taillée en pointe et crâne chauve, sortit d'un ascenseur que je n'avais pas repéré à droite du bureau. C'était un de ces ascenseurs cachés par une porte vitrée comme on en trouvait encore dans certains vieux immeubles. Pas de blouse, mais un complet veston beige à fines rayures que l'homme passa son temps à réajuster en avançant vers nous. Il prit la pose, l'une de ses mains saucissonnée dans la poche de sa veste et l'autre caressant sa barbiche. « Je dois dire que je ne vous attendais plus. Je n'ai pas que ça à faire, allons, mademoiselle, on se dépêche un peu.

– Est-ce que je peux voir vos ongles ? dis-je en empêchant Manon de se lever.

– Pardon ?

– Montrez-moi vos ongles. » Les sourcils du docteur étaient montés très haut sur son front bardé de vaguelettes de peau ridée et de taches brunes, mais il me tendit ses doigts crispés comme deux serres de rapace. Ces phalanges étaient anormalement poilues, et l'une d'elles portait une chevalière en argent gravée de la lettre L. Mais les ongles étaient d'une propreté irréprochable. « C'est bon. » Je me redressai avec Manon. « Non, non, non ! Elle vient toute seule.

– Je vous préviens que si vous lui faites du mal, la charcutez ou…

– La charcuter ? Mais qu'est-ce vous racontez ? Je vais d'abord l'ausculter, puis je lui donnerai les deux médicaments et les explications sur le déroulement de cette IVG. C'est très efficace. Une formalité. »

Je me tournai vers Manon : « Je ne bouge pas de là. Tu m'entends ? » *Tout ira bien. Tout ira bien.* Cette putain de phrase ne voulait pas sortir. Elle me repoussa et se dirigea d'un pas décidé vers l'ascenseur. Le docteur posa sa main sur mon épaule : « Tout ira bien. » Puis il s'empressa de la rejoindre en faisant résonner les talonnettes de ses mocassins luisants sur le marbre veiné du sol.

Je m'assis et feuilletai le magazine que j'avais voulu refourguer à Manon. Je n'y trouvai rien de très réconfortant, à part des pubs pour des parfums ou des déodorants qui eurent le mérite, par leur slogan et leur visuel qui vous promettaient un bout d'éternité si vous cédiez à l'appel de la fragrance artificielle, de me changer les idées. Je décrochai même un échantillon collé sur une page et le passai sous mes narines, ce qui eut pour résultat de me filer un mal de tête. Mais à peine avais-je reposé ma lecture capiteuse sur la pile de revues que la paire de tennis de Manon apparut. « On se casse, Copperfield.

– C'est… terminé ? Je veux dire, tu… » Elle me tira par le col et m'entraîna vers la sortie devant les grimaces d'étonnement de la secrétaire. Je freinai des quatre fers une fois dehors. « Woooo ! Deux minutes Manon ! Comment… C'était pas un peu rapide…

– Ça s'est passé à merveille, mon chéri. Le rejeton va crever comme prévu, et j'ai une seconde potion magique à prendre dans quarante-huit heures. Si tu veux, je te garderai une place au premier rang pour l'expulsion ! Tu as parfaitement rempli ta mission. C'est tonton qui va être aux anges. » Elle allait très vite, poussée par je ne sais quelle nouvelle énergie, alors que je lui servais de tuteur une demi-heure plus tôt, et j'eus du mal à la suivre dans le flot de gens qui sortaient des grands magasins. La course-poursuite dura jusqu'à ce que l'on atteigne des rues moins fréquentées et plus populaires. Je réussis alors à choper un pan de son manteau devant la flèche de la cathédrale noircie par la pollution, qui se mit à carillonner à notre passage. Elle continua à avancer, et on exécuta un ballet erratique sur le parvis autour d'un homme en djellaba qui vendait des théières et des plats à tajine en se curant les chicots avec une pique à brochette. « Bordel, mais ralentis ! Il faut qu'on rentre.

– Je vais me débrouiller. Je me suis très bien débrouillée sans toi jusqu'ici. Le chaperonnage, c'est fini.

– On pourrait au moins parler de tout ça.

– Mais qu'est-ce qu'on pourrait bien ajouter, mon pauvre David ? Un haïku de ta composition ?

– Parler de lui.

– De qui ?

– Thomas.

– Il n'y a rien à en dire. Tu connais les grandes lignes. Il a peint mon cul, il a payé mon loyer, il m'a baisée, il m'a mise en cloque.

– Il n'en est pas à son coup d'essai, tu sais… Il a fait des choses… Il faut…

– Il faut quoi, Copperfield ?

– Ma mère s'est suicidée, putain ! Et il n'est pas étranger à l'histoire. Je ne veux pas qu'il t'arrive la même chose ! C'est si compliqué à comprendre ? » J'avais hurlé pour couvrir le son des cloches, et Manon arrêta de me tracter comme un poids mort pour enfin me faire face. « Je peux le dénoncer. On va aller voir les gendarmes, le père d'un ami peut nous aider.

– Le dénoncer ? Mais dans quel monde tu vis ? J'ai tout fait, tout voulu de mon plein gré, c'est ça qui t'emmerde, hein ? Que je ne sois qu'une pute et pas une petite fille en détresse ?

– Tu n'as que quinze ans, tu…

– J'ai cent ans. Crois-moi. »

Elle se dégagea de ma prise et s'accroupit pour regarder les théières exposées. Le petit homme sec s'anima d'un coup et en sortit une dizaine du carton sur lequel il était assis. Puis il m'en proposa une qu'il me fit caresser pour en apprécier les gravures. « Inox inox ! » Je tapotai mes poches pour lui signifier que je n'avais pas un sou, et il m'en apporta une autre beaucoup plus rudimentaire. « Sans gravure, moins chère ! » J'allais lui faire remarquer un petit trou sur la trompe courbée de la théière, mais mon attention fut attirée par les rondes-bosses d'une silhouette familière derrière les vitres d'une grosse BX grise garée un peu plus loin. Thomas nous avait filés. Et il portait sa plus belle tenue, imper gris, fédora affaissé et lunettes noires – tenue qu'il m'avait reprochée lors de mon baptême de détective. Un pervers attendant patiemment l'heure de la récré. Manon se planta devant moi : « C'est bon, Copperfield. Tu en as assez fait. T'as sauvé la princesse dans le château en flammes.

– Attends, Manon, si j'ai bien compris, ce n'est pas tout à fait terminé. Il faudrait quelqu'un pour rester auprès de toi les prochains jours. Je peux peut-être… Je pourrais encore me rendre utile, je ne retourne pas en cours avant…

– Allons, allons ! Tu peux reprendre ta vie passionnante d'ado, courir les filles qui ne font pas pipi dans la nature, fumer des pétards, etc., c'est bien ça ? Je ne suis pas une petite bête fragile. Pas plus qu'une oie blanche. »

Je regardai une nouvelle fois la voiture suspecte et vis distinctement Thomas retirer son chapeau et ses lunettes. Puis il passa ses gros doigts boudinés dans sa barbe pour en faire tomber les habituelles miettes de chips, preuve s'il en fallait qu'il nous épiait depuis un bout de temps. Une bouffée de colère monta soudain en moi, et je me dis que c'était le bon moment pour lui sauter à la gorge et tout lui balancer. Cette fois-ci, je n'allais pas me dégonfler. Mais à peine avais-je esquissé un mouvement dans sa direction que j'entendis le moteur vrombir, et la voiture, en s'ébrouant sur toute sa carcasse, fit un grand demi-tour sauvage sans se préoccuper des trottoirs avant de filer sur les rues grossièrement pavées de la vieille ville.

« À quoi est-ce que tu joues ? » me demanda Manon. Je portai machinalement ma main à son ventre, mais elle recula d'un pas. « Tu as mal ?

– Laisse tomber, tu entends ? Je t'ai dit que j'allais me débrouiller maintenant. Merci pour la balade, Copperfield, et pour le reste. » En se calant sur la pointe des pieds, elle me gratifia d'un baiser appuyé sur le front. Et je fus tellement surpris par ce geste d'affection que je me contentai de la suivre du regard, tétanisé, jusqu'à ce qu'elle disparaisse derrière un essaim de marchands de légumes s'affairant à déballer leurs cageots colorés sur les étals qui flanquaient les grandes verrières des halles du marché.

Le petit vendeur me sortit de ma torpeur en faisant tinter une autre de ses théières dont il frotta vivement le ventre avec un morceau de sa djellaba : « Tu dois faire trois vœux ! Trois vœux ! Hi, hi, hi ! » Je lui souris, l'abandonnai à son sort et me mis à courir en direction de mon lycée. Si je voulais rentrer chez moi, il me restait moins d'une heure pour tenter d'attraper le dernier car de Miguel.

« MAIS TU DEVRAIS PAS ÊTRE UN PEU mongolien du coup ? Ça expliquerait un paquet de choses sur ton comportement ! » Alcibiade était assis entre deux créneaux des remparts et balançait ses jambes dans le vide. À intervalles réguliers, il faisait cogner les talons de ses mocassins tout en préparant son plus beau mollard à grand renfort de raclement de gorge. Il finissait par lâcher sa bombe visqueuse, non sans avoir éprouvé au préalable son élasticité en la faisant monter et descendre comme un yoyo pendu à l'ourlet rose de sa bouche, qui atterrissait dans un bruit mat sur les larges feuilles d'un catalpa en contrebas. « Qu'est-ce que t'es encore allé chercher comme conneries ? »

Il releva la tête vers moi qui, debout, me cramponnais comme je le pouvais à un mât avec un drapeau portant les armoiries de ce vieux village médiéval. « Ben… Si je comprends bien, ton oncle a fait plus que jouer à touche-pipi avec ta madre. Il paraît que de l'autre côté de l'estuaire c'est presque une tradition entre frère et sœur… T'es peut-être le produit d'un inceste de citron, mon vieux. Remarque, imagine tous les avantages, les places de parking, passer devant tout le monde à la caisse… J'espère que t'en feras profiter les copains !

– Ce que tu peux être con. Ça m'a manqué. Mais dis-moi, cette petite retraite au vert n'a pas réussi à te mettre du plomb dans le crâne à ce que je vois.

– Ma grand-mère aimerait bien me faire rentrer tout un tas de choses dans la tronche, mais elle dit que le diable est dans mes veines, et contre ça, y a rien à faire. Pour le reste, t'as toujours pas fait pondre la vérité à Thomas. Et franchement, j'aimerais pas être là quand ça arrivera. Mais faudrait quand même savoir si t'es Rain Man ou pas, mon pote ! »

J'avais enfin réussi à rejoindre Al grâce à la complicité de sa mère, qui lui avait fait parvenir mes messages plus ou moins codés – suffisamment pour tromper la mamie Hallström qui ouvrait son courrier, mais pas trop pour éviter les nœuds au cerveau du blondinet. Nous avions convenu de nous retrouver sur ce mur de rempart, au moment de la messe du soir pendant laquelle la surveillance de la vieille garde-chiourme endimanchée se relâchait au profit de pieuses méditations. C'était encore la mère de Al qui m'avait accompagné en voiture jusqu'ici et m'avait chargé de faire passer en contrebande à son fils des victuailles dont il était friand (des cartouches de Délichoc) et un vieux *Playboy* des années soixante-dix avec Brigitte Fossey en couverture. « Je n'ai pas trouvé mieux. C'est à son père », m'avait dit Elena Hallström avec une petite moue, en caressant les photos sages sur papier glacé en comparaison des canons érotiques pratiqués par son fils. Toutes ces petites tractations ne devaient évidemment pas arriver aux oreilles de l'adjudant-chef, qui avait demandé que les relations avec son fils soient réduites à la portion congrue pour ne pas, disait-il, perturber son nouvel équilibre. Les récriminations du concerné attendraient donc les vacances scolaires, moment où Al pourrait regagner ses pénates et un semblant de vie normale pendant deux semaines. Bien sûr, Elena dérogeait à cette loi injuste et l'appelait le plus souvent possible avec les mêmes précautions que celles dont elle usait pour joindre sa horde d'amoureux transis.

Je m'étais donc retrouvé au pied de l'enceinte qui frôlait les dix mètres de hauteur. Mais au prix d'acrobaties pas trop mal exécutées, et avec l'aide des longs bras osseux d'Alcibiade, j'avais pu me hisser assez facilement jusqu'à lui. « Je n'en ai pas fini avec mon oncle. La priorité était d'aider Manon. Mais assez parlé de moi, c'est toi le bagnard qui dois être réconforté, non ? D'ailleurs, j'adore ton costume et ta nouvelle coupe.

– Putain, la vieille peau ! Elle m'a ratiboisé ! Pourtant j'ai gueulé, je t'assure ! Rien à faire, une vraie maniaque des ciseaux. Ça m'a rappelé notre rencontre. » Al s'était retrouvé du jour au lendemain avec une coupe courte bizarrement asymétrique – un pelage d'écureuil à demi hérissé –, très dégagée derrière les oreilles, qui dévoilait un long visage en forme de cabosse, parcheminé par les ravages des poussées d'acné successives. Il avait vraiment une autre allure tiré à quatre épingles, même si le boutonnage approximatif de sa veste et son col relevé me rappelaient que le frondeur n'était pas très loin. Les premiers mots qui étaient sortis de sa bouche en me voyant, cette gouaille foutraque très personnelle et le plus souvent inspirée, avaient fini de me convaincre qu'il était peu ou prou dans l'état où je l'avais laissé.

Al ouvrit le sac, éventra aussitôt le paquet de gâteaux, puis jeta un œil au *Playboy*. « Hé, sont pas mal les nénés de la Brigitte. Suis sûr qu'elle a un minou de compète. » Il tourna le magazine dans tous les sens, y colla son nez comme pour s'assurer en expert de la marchandise qui lui était présentée. Il le referma en s'efforçant de prendre l'air du mec à qui on ne la faisait plus et qui ne se laisserait plus distraire par les saintes aréoles. « Tu sais, je me suis mis au ciné trad. *Barton Fink*, c'est du grand art pour un film économe en fluide corporel. » Il raclait le chocolat de ses deux grosses incisives, puis, une fois le biscuit totalement déshabillé, l'enfournait d'un coup. « Par contre, *Basic Instinct*, c'est une blague ? Bon, OK, la donzelle est gironde, mais la main serrée sur les draps froissés en satin et les mordillements de dessous de bras ? Laisse-moi rire ! Un paso doble à l'horizontale pour papi mamie dans les salons de thé ! Tu me feras pas croire que c'est ça, la baise.

– Et tu t'y connais !

– Ouais, ben je sais pas. Mais y a un juste milieu entre les frottements de slips et la double pénétration, non ? Les coups de pic à glace sont plus crédibles que les coups de reins.

– Je croyais que t'étais ici pour rentrer dans le droit chemin. Ça m'a tout l'air de ressembler à l'ancien.

– Ouais, alors le droit chemin, c'est téloche le matin, le midi et le soir. *Les Feux de l'amour*, *Côte Ouest*, *Le Juste Prix*, *La Famille en or*, et j'en passe. Et pas une meuf digne de ce nom à des kilomètres à la ronde. Même pas un catalogue La

Redoute. » Alcibiade épousseta les miettes tombées sur son costume qui avaient jailli en pluie fine lors de son plaidoyer la bouche pleine. « Bon, et il y a ce jeune pedzouille qui s'occupe du jardin, Rémy avec un Y, comme il aime le souligner. Un gars grassouillet et presque chauve à vingt-cinq balais, qui est tout le temps en train de me parler de la taille de son engin. Moi je crois que maman a dû faire des remarques désobligeantes pendant le bain du soir ! Un vrai vicelard ! Bordel, il veut quoi, mon père ? Que je vire ma cuti ? Un lavage de cerveau ? Peut toujours courir... Heureusement, c'est avec ce gars que je deale des vidéos sous le manteau. Dis, maman t'a pas mis un peu de lait avec la boustifaille ? Je suis à sec ! »

Depuis notre vigie improvisée, nous avions une vue imprenable sur la grande place du bourg bordée de bâtiments imposants aux carcasses de pierre et d'ardoise, qui n'étaient pas bien différents de ceux de notre village, si ce n'était la chapelle au style gothique dont on apercevait une partie des arcs-boutants à la pierre rougie par les derniers feux vespéraux. Al se pencha dangereusement en arrière, retenu seulement par la force de ses jambes harponnées à la paroi et à un moulinet douteux de ses avant-bras, pour essayer de deviner l'avancement de la messe. « Ils en ont encore pour un moment. Le vieux chanoine est bavard. Te raconte pas ce qu'il tire comme charabia de ces contes pour bonnes femmes ! J.-C. fait un truc à la con qui sort du chapeau et c'est parti pour bavasser quatre heures. Mais au moins, la vioque fait plus trop attention à moi pendant ce temps-là ! » Il reprit sa posture d'équerre et bascula vers le pôle opposé pour lâcher un nouveau glaviot. « Désolé de pas t'avoir prévenu de mon transfert, David. Ça s'est fait très vite, mon père était dans une colère noire. J'ai pris la rouste de l'année. J'ai même cru qu'il allait sortir son pétard ! Bref, suis coincé ici pour un moment, avec le portrait craché de mon père version vieux pruneau séché. En plus, il a découvert que ma mère bossait pour le Minitel rose. Tu vois les grandes affiches 3615 ULLA ? Ben Ulla, c'est elle. Enfin, elle fait partie du harem, quoi. Ça craint, mais elle se fait de l'argent de poche qu'elle me refile ensuite. Ça fait de moi un maquereau, Davidou ?

– L'adjudant-chef Hallström pourrait effectivement le voir ainsi.

– Le con ! Il serait capable de me foutre en taule ! Bon… c'est surtout pour les répétitions que ça m'emmerde. Être ici ou à la caserne, c'est du pareil au même, et moins je croise mon père, mieux je me porte, mais comment on va faire pour révolutionner le rock ?

– Eh ben justement. J'ai un truc à te proposer qui, disons, n'est pas d'une totale légalité.

– Ça y est, t'as fondu les plombs ! On va braquer une banque, voler des tableaux de maître en justaucorps comme dans *Cat's Eyes* ! » Il bondit sur ses deux pieds et joua les funambules en faisant plusieurs allers-retours entre moi et l'espèce de grosse tourelle à l'angle de la muraille. Puis il s'accroupit devant moi, les genoux de ses longues cannes de sauterelle remontant presque jusqu'aux épaules. « Bon, j'en suis. C'est ça l'amitié, hein ? On coule ensemble jusqu'au fond ! *Butch Cassidy et le Kid* – et prem's pour être Redford ! – sous la mitraille de l'armée bolivienne !

– Tes références cinématographiques sont effectivement de plus en plus classiques… Mais on ira pas jusque-là. J'avais plutôt dans l'idée de monter un concert sauvage au lycée. Disons pour fêter mon retour de mise à pied… et pour un peu rendre la monnaie de sa pièce au dirlo. On passera un sale quart d'heure dans la foulée, mais on devrait pas être criblé de balles.

– Ah ouais… quand même. C'est pas moins risqué que ce que je disais. Et va falloir que je m'échappe d'ici. Tu sais, c'est pas aussi simple que ça en a l'air : la mamie a des jambes de coq et elle trottine comme si elle avait le diable aux fesses.

– De toute façon, pour la place au Paradis, c'est déjà foutu, non ?

– Si c'est pour finir en martyre du rock… Et puis, le justaucorps me compresserait les parties, alors…

– Rien ne t'empêche de tenir les baguettes en body. »

Les carillons du clocher sonnèrent la fin de notre réunion au sommet. On évita de justesse les niaiseries des au revoir déchirants, mais Al m'attrapa par les épaules et les malaxa avec vigueur : « "Toi ! Toiiii ! Tu es mon super bras droit !" » Il attendit ma réaction quelques secondes, puis : « Bah alors, t'as pas la réf ? Palance et Nicholson dans *Batman* ! Je te dis, je rattrape mon retard. » Je le vis rejoindre avec l'aisance d'un chat de gouttière la procession des ouailles, anesthésiées par les psaumes, qui passaient en dessous de nous. Ils ne semblèrent rien remarquer du retour dans leur rang de la brebis égarée, qui venait pourtant de tomber littéralement du ciel dans un bruit de biscotte écrasée. Pas même sa grand-mère qui fermait la marche, trop grisée par le sermon du prêtre pour s'occuper du vol des anges blonds devant ses yeux.

Je fis à mon tour de mon mieux pour rejoindre le plancher des vaches, mais dévissai bêtement avant la fin. Par chance, ma chute fut amortie par les arbres abreuvés plus tôt par les expectorations d'Alcibiade. Et mis à part un vague élancement sur le flanc gauche, je constatai que je pouvais mettre un pied devant l'autre, ce qui était le minimum requis pour retrouver la voiture d'Elena qui m'attendait patiemment à l'entrée du village.

Comme dans un film noir hollywoodien, elle me fit des appels de phare en m'apercevant, même si elle était la seule voiture à des kilomètres à la ronde et que j'étais le seul quidam à battre la campagne à la tombée de la nuit. Elle se pencha pour m'ouvrir la portière. « Ah, David, je commençais à avoir peur qu'elle vous ait surpris, la peau de vache… Et puis, ce coin perdu n'est pas franchement chaleureux. Un type en tracteur m'a lancé un regard peu amène, je dirais. » J'imaginais assez bien la réaction du paysan habitué aux vaches normandes à la vue de cette pin-up au volant de sa Golf aussi écarlate que son rouge à lèvres. Lorsque je lui avais signalé que la robe fourreau à bustier et les escarpins assortis n'étaient pas la tenue adéquate pour notre entreprise, elle s'était contentée de soupirer en affirmant que j'avais encore beaucoup de choses à apprendre sur la marche du monde. « Al va bien.

– Il n'a pas trop maigri ? Sans les petits plats de sa maman, il se laisse dépérir…

– Il m'a paru égal à lui-même. » Elena passa la première vitesse en faisant craquer l'embrayage, et la voiture fit un bond violent en avant qui me projeta d'abord contre la boîte à gants, puis m'écrasa au fond du siège. Un nouveau soubresaut sur la deuxième et les cris du moteur en surrégime emplirent l'habitacle. Enfin, la troisième, après quelques kilomètres de ce traitement sur un gravier instable, jusqu'à trouver un certain apaisement en rejoignant la route goudronnée. Je n'eus pas le cœur de la contrarier en abordant effrontément l'utilité de la quatrième pour soulager la pauvre machine. « Je vais le quitter ! Il ne le sait pas encore, il ne le voit pas venir, mais j'ai des opportunités à la capitale. Bernard s'en mordra les doigts quand il me verra sur le petit écran.

– Des opportunités ?

– Un rôle.

– C'est super. De quoi s'agit-il ?

– Ils appellent ça une sitcom. C'est pour la première chaîne, tu sais, ce n'est pas rien, David. Un producteur me veut, moi. Il dit qu'il n'a même pas besoin de me faire passer d'essais.

– Je suis sûr que vous serez parfaite.

– Je vais jouer une mère célibataire. C'est déjà pratiquement ce que je suis, non ? » Elle remonta son bustier, qui glissait inexorablement sous les cahots de la route et replaça ses mains à dix heures dix. « Épouser un gendarme, la plus belle connerie de ma vie. Me marier tout court. Un conseil, David, ne te marie jamais, tu entends ? Jamais !

– Pour être honnête, madame Hallström, vu mon talent pour les relations avec le sexe opposé, il y a beaucoup de chances que ça arrive.

– Encore du madame! » Elle posa une main sur ma cuisse et se mit à la caresser. Je me figeai puis serrai les genoux.

« Elena.

– Allons, *monsieur* Barone, je ne vais pas *vous* violer. Al t'as tout dit, pas vrai ? Bernard m'a traitée de tous les noms lorsqu'il a découvert ce que je faisais, mais je réconforte, je console avant tout. La bagatelle n'a qu'un temps. Et puis, je suis comédienne. J'en ai besoin. Il ne me comprend pas. Tout ça n'est qu'un grand jeu, une grande scène. » Elle tâtonna au-dessus d'elle pour trouver le bouton du plafonnier, tamponna du bout des doigts ses longs cils, ses pommettes ainsi que ses lèvres. J'agrippai par réflexe le volant à la première embardée et pendant toute l'opération. Elle me fit un clin d'œil, alluma une cigarette, et je pus lâcher les rênes lorsqu'elle se reconcentra sur la route. Je décidai de boucler ma ceinture. « Une fille t'en fait baver, hein ? Si seulement ça pouvait arriver à Al... Je ne sais pas ce qu'il se passe. Il est tellement secret.

– Je serais vous, je ne m'inquiéterais pas trop pour lui. Les trois-quarts des filles du lycée lui en font baver. »

Elena Hallström parut satisfaite par cette réponse, et nous ne prononçâmes plus un mot le reste du trajet.

À l'approche d'une forêt de pins familière, je lui demandai de s'arrêter sur le bas-côté. « Tu es sûr que tu ne veux pas que je te dépose plus près ? Ça ne me dérange pas, je t'assure.

– L'accès à la maison de mon oncle est très sablonneux, vous vous enliseriez. Merci Elena, et pensez à venir à notre premier concert.

– Je ne manquerais ça pour rien au monde, beau gosse ! »

Des lueurs bleues qui balayent de leurs pinceaux les troncs bien alignés des forêts de pins des alentours ne pouvaient vouloir dire que deux choses : un incendie volontaire ou accidentel qui ravagerait les hectares de pins patiemment plantés pour assécher les landes marécageuses, ou un chasseur sous influence qui aurait abattu sa femme et son beau-frère, les ayant pris respectivement pour un sanglier à casquette et un chevreuil à bottes. Deux situations qui nécessitaient la présence de véhicules de pompiers. Mais lorsque je vis ces derniers dans le jardin de mon oncle, j'échafaudai une nouvelle hypothèse qui me fit froid dans le dos. D'autant que l'un des gyrophares émanait d'une voiture de la gendarmerie. « Hé, vous ! Vous faites quoi caché derrière ces arbres ? » Un grand type en uniforme que je ne pus identifier me pointait sa lampe torche dans les yeux. « Je ne me cache pas. Je viens rendre visite à mon oncle.

– David, c'est toi ? » Bernard Hallström se tenait devant moi, alors que j'avais encore le parfum de sa femme dans le nez. Il retira son képi et le plaça sous son bras, peut-être pour me signifier que je n'étais plus considéré comme un ennemi tapi dans l'ombre. « Nom de Dieu, David, c'est pas beau à voir. Je suis pas sûr que tu devrais rester ici. Je vais appeler ton père. » Je m'attendais au pire et je commençai à me diriger vers la maison, mais l'adjudant-chef me coupa aussitôt la route. « Je veux la voir !

– De qui tu parles ?

– Manon.

– Manon ?

– Oui, c'est une fille qui… Elle posait pour Thomas et…

– La petite Russe ?

– Elle a un fond d'accent, oui, mais elle parle mieux français que vous et moi. Je ne sais pas exactement.

– Ton oncle a pu nous dire que c'était elle qui l'avait blessé avant de s'effondrer, mais elle nous a filé entre les doigts, une vraie anguille. Apparemment, elle a sauté par la fenêtre en nous entendant arriver et elle s'est volatilisée dans la forêt. Les chiens sont sur le coup. Figure-toi que c'est un chasseur qui nous a prévenus. Il a entendu des hurlements. Le monde à l'envers !

– Blessé ? Mais qu'est-ce qu'il s'est passé ? » Bernard Hallström me prit par le bras pour m'accompagner vers la maison. Un gendarme était en faction devant la porte, et des ambulanciers entraient et sortaient du côté de la cuisine. « Après tout, tu pourras accompagner Thomas à l'hôpital. C'est pas plus mal que quelqu'un veille sur lui. Tu es sa seule famille, je crois. » J'entrai et vis mon oncle allongé sur un brancard, sa chemise ensanglantée, et une large compresse plaquée sur son œil droit. Un pompier pompait manuellement de l'air dans le masque à oxygène placé sur son nez. J'étais le seul à savoir que le champ de bataille qui nous entourait était l'état naturel de la maison, et pas vraiment une preuve tangible de la scène dramatique qui venait de s'y dérouler. En revanche, la toile lacérée du portrait de Gerda dans le plus simple appareil pouvait être un indice. « Ce n'était pas un couteau très aiguisé, un truc dont ton oncle se sert pour racler ses croûtes, enfin ses œuvres, mais je crois que son œil est foutu », me dit le père d'Al en posant sa main en cache sur son visage, dans un geste un peu ridicule.

« Il est dans le coma ? » dis-je en contenant difficilement mon trouble. « Non, il s'est évanoui, il y avait beaucoup de sang, mais les pompiers disent qu'il est stable et qu'il est hors de danger. » Un autre gendarme déboula avec fracas dans la maison, avec un gros berger allemand en laisse qui paraissait bien agité. Il grimpa le long de mes jambes, salopant mon pantalon de ses pattes boueuses, avant de jeter son dévolu sur les assiettes qui traînaient sur la table. « Elle s'est jetée dans le fleuve, chef! Langlois lui a crié de pas sauter, mais rien à faire, elle nous a fait un… doigt, puis plouf! Elle a nagé un bon moment, puis on l'a perdue de vue… C'est… Y a un courant pas possible par là-bas. » Le père d'Alcibiade remit son képi sur sa tête, qu'il hocha un certain nombre de fois en caressant l'encolure du chien qui commençait à attaquer à grands coups de canines et de langue l'emballage plastique du couteau déposé sur le comptoir. Le maître-chien tira fortement sur la laisse et sortit en bâclant son salut vers son supérieur. « C'est embêtant. » Bernard alla remplir un verre d'eau au robinet et me le tendit : « Tu la connais, David ? » La fameuse psychologie du verre d'eau, pensai-je. Il devait s'imaginer qu'en faisant ça, je balancerais toute l'histoire.

« Oui. Enfin, pas vraiment, je l'ai vue quelques fois. J'aide souvent Thomas pour son travail, et il m'arrive de croiser ses modèles.

– Et pourquoi est-ce que tu as crié que tu voulais la voir tout à l'heure ?

– C'est une gamine, je me suis dit… C'est une fille sympa. Je n'en sais rien. Un réflexe.

– Elle n'est pas un peu jeune pour être modèle ? » Je bus plusieurs gorgées d'eau qui eurent beaucoup de mal à passer le goulet de ma gorge, mais je tins bon.

« Je ne connais pas précisément son âge, mentis-je.

– Il y a de fortes chances pour que ça soit la fille qui traîne depuis plusieurs mois dans le coin. J'ai reçu des plaintes. Son signalement correspond. Pas plus de quinze ou seize ans. Elle fouille les poubelles et a une flopée de rapines à son actif. Encore une expat', ils quittent les pays de l'ex-URSS parce qu'ils savent plus où ils habitent... Elle doit bien avoir des parents. Bref, ça promet une sacrée chienlit. » Il se tourna vers mon oncle qui avait lancé un râle strident, mais ne sembla pas s'en inquiéter le moins du monde. Il tira une paire de gants de sa ceinture, les fit claquer dans ses mains et aboya ses ordres : « Dites à Langlois d'envoyer la vedette des brigades fluviales pour faire des recherches. Manquerait plus qu'elle se soit noyée. » Je ne laissai rien paraître de mon émotion devant cette remarque balancée sans une once d'empathie pour le sort de Manon, et comptai les quelques secondes d'apnées entre chaque respiration de mon oncle, dont plus personne ne s'occupait à présent. « Comment va Al ? » sortis-je à brûle-pourpoint pour me ressaisir. Bernard me regarda avec sévérité tout en prenant un temps infini pour enfiler ses gants – chaque doigt fut minutieusement ajusté au cuir jusqu'à l'assaut final du pouce –, comme s'il se préparait à me les glisser autour du cou. « Alcibiade se porte comme un charme. Et Antoine ? J'ai entendu dire que ce n'était pas la grande forme. » J'allais la jouer laconique à mon tour, même si mon père avait décidé de reprendre le travail après deux semaines de cure de sommeil, mais un pompier nous pressa de prendre la route de l'hôpital.

Je montai à l'arrière de l'ambulance, au chevet de Thomas. Le pompier qui était avec nous ne me lâcha pas une syllabe ni un regard. Il prenait régulièrement les constantes de mon oncle, avec une nonchalance qui me parut assez peu appropriée à la situation. « Comment va-t-il ? demandai-je.

– Comme un type devenu pirate sans avoir rien demandé. » Il cogna deux coups secs contre le siège du conducteur et la sirène deux tons s'activa, accompagnée d'une forte accélération qui me projeta contre les portières arrière. Il était difficile de dire si ce soudain emballement était dû à une volonté de couper court à toute conversation ou à l'aggravation de l'état de Thomas. Je me relevai et replaçai la jambe de mon oncle qu'il balançait dans le vide. Je me rendis compte alors qu'il avait perdu une sandale. Le pompier, peut-être face à l'expression d'étonnement que j'affichais, me toisa. Mais son regard en disait plus long, et l'air de famille me sauta enfin aux yeux. Le grand-frère Chapelet, que j'avais déjà rencontré un certain nombre de fois lors de matchs contre l'équipe de Lilian. Un garçon assez hargneux, boule à zéro, que l'on voyait souvent faire son footing le long des routes, vêtu d'un treillis et portant un bandeau rouge à la John Rambo. Après des années d'errance du côté des délits mineurs – vols de scooter, trafic de marijuana –, qui faisaient l'admiration du petit frère et le déshonneur des parents, il avait eu un beau matin une révélation et s'était engagé comme pompier volontaire. Ses cheveux avaient maintenant bien poussé et bouclaient sur le dessus, formant une houppe mousseuse. Je l'avais complètement oublié depuis qu'il s'était rangé, mais lui m'avait tout de suite reconnu, d'où la légère animosité à mon encontre. La cloison déviée de son frère devait lui être restée en travers de la gorge. Je continuai à faire semblant de ne pas le reconnaître. Il n'y aurait rien eu à gagner à jouer la connivence. En outre, je pensais que mon oncle avait eu ce qu'il méritait, pour tout un tas d'autres raisons, et j'étais presque soulagé de ne pas avoir eu à m'en occuper. Pourtant, je n'arrivais pas à le détester complètement. Il est des choses dont on ne peut se défaire d'un simple revers de main. La preuve en était que j'étais bien là, dans cette ambulance, alors que j'aurais pu l'abandonner. Se réveiller seul dans une chambre d'hôpital aurait été une punition tout aussi lourde que de perdre un œil dans la bataille. Peut-être.

Je ne voulais pas montrer trop d'intérêt pour Manon devant le père d'Al, mais je regrettais de ne pas être parti à sa recherche. Avait-elle besoin de moi ? Je n'arrivais pas à croire qu'elle ait pu se noyer. C'était tout bonnement impossible, et je la voyais nager parmi les silures et les poissons-chats, des ouïes et des écailles apparaissant soudain sous sa longue chevelure se confondant avec les prairies aquatiques, attendant son heure pour refaire surface. « Barone ? Désolé de te réveiller, mais on a autre chose à faire que de s'occuper de ta famille de cinglés. Si ça tenait qu'à moi, je vous laisserais vous entretuer dans votre coin. » Chapelet descendit le brancard sans ménagement et me tira à l'extérieur. Il fit signer une décharge au médecin sur place et remonta dans l'ambulance à côté de son coéquipier. Il me fixa avec tous le mépris qu'il avait emmagasiné, me balança par la fenêtre la seconde chaussure de mon oncle, avant de foncer à tombeau ouvert vers un autre appel. Il avait effectivement changé, et j'appréciais le chemin parcouru par cette tête brûlée. Deux ans plus tôt, il m'aurait réglé mon compte façon commando. Faut croire qu'il n'était jamais trop tard pour prendre du plomb dans la cervelle.

Thomas passa trois heures en salle d'opération. Un chirurgien m'annonça avec l'obséquiosité de rigueur qu'il n'avait pas pu sauver son œil en dépit de tous ses efforts, mais que ses jours n'étaient pas en danger. Un peintre doublé d'un détective privé devenu borgne. Manon avait bien calculé son coup. « Vous pouvez le voir si vous le souhaitez. Il ne devrait pas tarder à se réveiller. »

J'entrai dans sa chambre, où seul un néon grésillant au-dessus d'un vase vide était allumé. Mon oncle était totalement inerte, et sa peau d'ordinaire rosacée avait viré au gris pierreux. Sans les bips de la machine, j'aurais pu croire que je contemplais un cadavre embaumé. Mais à y regarder de plus près, je constatai qu'il respirait bien. Il avait l'une de ces charlottes d'hôpital sur la tête qui saucissonnait son front, et sa barbe avait bizarrement été bordée sous les couvertures. Un tuyau reliait son bras à une poche de liquide translucide et un bandage épais avait été placé sur son œil. Je n'avais pas l'habitude de voir cette grosse carcasse si paisible, qui même endormie continuait à vrombir comme une marmite en ébullition.

Je m'assis sur le rebord du lit, et je le vis émerger doucement de son sommeil artificiel. « David… » Son timbre était voilé. J'attrapai un grand verre en plastique beigeasse posé sur sa table de nuit, décoinçai sa barbe et lui fis boire une gorgée d'eau à la paille. *La psychologie du verre d'eau.* Il déglutit bruyamment. « Où suis-je ?

– À l'hôpital.

– Bordel… je dois finir… » Sa tessiture se réaccordait aux basses ondes que je lui connaissais. Il leva l'un de ses bras avec difficulté, comme s'il pesait une tonne, et le bougea de droite à gauche en arpégeant ses doigts sur un clavier imaginaire. La dose de cheval d'antidouleurs qu'on avait dû lui injecter était sans doute pour beaucoup dans ce geste halluciné, sans compter la bille en moins qui devait rendre la réalité d'une platitude déconcertante. « Qu'est-ce qu'il s'est passé ?

– Tu as récolté ce que tu as semé.

– Qu'est-ce que tu racontes ?

– Ton œil. Tu as perdu un œil. » Sa paupière valide qui papillonnait jusque-là s'ouvrit en grand et l'iris dilaté comme une goutte d'huile s'affola à scruter l'environnement stérile autour de lui. « J'estime qu'il n'y a pas plus douce vengeance. Tu vas vivre avec ça.

– Ha, ha ! C'est comme ça, alors. Le grand déballage, hein ? Tu te décides enfin… Haha ! La putain de garce ! » Il caressa du plat de la main son bandage. « Elle l'a fait. Ha, ha, ha ! » Je savais que ce ricanement lui coûtait, résonnait dans son crâne et enserrait un peu plus cette béance nouvelle entre ses deux oreilles, même s'il essayait de n'en laisser rien paraître en affichant un large sourire carnassier de ses dents grises. « Tu la prends pour une sainte, je suis sûr. Tu n'es qu'un petit con. Tu l'as toujours été. J'ai fait de mon mieux, mais tu as ça dans le sang.

– Tu es une ordure.

– Les mots. Toujours les mots… Lâche de père en fils. Et tu vas faire quoi ? Rien, mon petit pote. Rien du tout.

– Je n'ai pas besoin de faire quoi que ce soit, Thomas. Savoir qu'elle t'a pris quelque chose me suffit. La peinture, l'espionnage à la petite semaine… c'est terminé tout ça. Le monde n'y perd pas grand-chose, tu étais médiocre dans les deux disciplines. Et qui sait ? Peut-être reviendra-t-elle finir ce qu'elle a commencé. »

Je me surpris à éprouver un plaisir cruel à prononcer ces mots à haute voix. Après tant de temps à retenir mes coups, lui cracher ça à l'abri des garde-fous avait une saveur toute particulière. Mais au lieu d'une incompréhension brumeuse et d'une pointe de désespoir que j'espérais voir raviner son visage cireux, il se remit à rire, d'abord par hoquets espacés – je crus qu'il s'étouffait –, puis à gorge déployée. Les bips du cardiogramme s'emballèrent et jouaient à présent au ping-pong avec les éclats de Thomas qui redoublaient d'intensité. Il serra ses poings et frappa son bandage de toutes ses forces, si violemment qu'une tache rouge commença à imbiber tout le tissu. Puis il l'arracha et le jeta au sol. Il me montra alors son œil crevé, qui était comme un bulbe noir sur lequel germaient de petites racines. « Tu vas me payer cet œil ! Tu crois que j'ai tout perdu ? Mais je survivrai ! J'ai toujours survécu ! Je suis pas comme ta lavette de père ! Tu me dois tout, tu entends ? Tu vas me rendre cet œil, et tout de suite ! Ha, ha, ha ! Ces enculés n'y connaissent rien ! Il est où ? Il est OÙ ? » Il se plia en deux et tendit ses bras vers moi pour m'attraper, mais je reculai jusqu'à la porte, où je m'étalai les quatre fers en l'air. « Tu es à moi ! Comme ta mère ! Vous… » J'étais paralysé devant la fureur déployée, et le décor tanguait autour de moi. Deux hommes en noir m'enjambèrent ainsi qu'une infirmière et ils se jetèrent sur lui pour le plaquer. Il y eut une bonne minute de lutte, où je crus bien que mon oncle allait se débarrasser d'eux aussi facilement que des danseuses étoiles, avant qu'un médecin ne débarque seringue en main pour lui piquer le bras. Les deux hommes prirent enfin le dessus. Le rire de dément de Thomas qui emplissait la pièce s'estompa, et il s'écrasa comme un poids mort sur le matelas. L'infirmière, qui réassemblait les pans de sa blouse, m'aida à me relever. « Rien de cassé, jeune homme ? » Rien de cassé. Rien de cassé. Ces mots se télescopaient dans ma tête, beaucoup de choses étaient cassées, et tout ce que je savais, c'était que je voulais mettre le plus de distance possible entre l'ogre et moi.

AL M'ATTENDAIT DE PIED FERME à l'endroit convenu, près d'une station Elf à quelques encablures de chez sa grand-mère. Il avait repris sa tenue « civile », chemise à gros carreaux, baggy et godasses écrase-merde, et ça faisait un bien fou de le voir comme ça. J'arrêtai la voiture à sa hauteur. « Yo, David, combien de temps avant que ton père pète les plombs en s'apercevant que sa tire n'est plus là ?

– Il vient de rentrer et il est directement parti se coucher. On est large. Et la vieille ?

– Ça devrait pas tarder à sonner l'alarme, mais bon, elle va me chercher un moment dans tous les recoins, je pense. J'en suis pas à ma première tentative pour éviter l'enseignement de la foi et le bourrage de crâne télévisuel. Et c'est pas les cachettes qui manquent dans sa ferme !

– OK. Grimpe. »

Je m'étais levé tôt, avais attendu que mon père s'effondre pour charger la voiture avec tout le matos dont nous avions besoin. La batterie d'Al, qui prenait tout de même une sacrée place malgré sa formule réduite à l'essentiel (cymbales charleston, crash et ride, grosse caisse, un tom aigu, un tom basse et les pieds qui vont avec), un ampli Fender Twin Reverb emprunté à un magasin de musique du centre en échange de menus services, la sono pour le chant et, enfin, ma guitare Jim Harley qui ferait largement le boulot, aussi cheap soit-elle. Kurt Cobain avait commencé avec bien pire, avais-je lu quelque part. J'avais décidé que le permis de conduire n'était qu'un bout de papier et avais foncé, la R5 chargée à mort, pour récupérer mon batteur sur le bord de la route. Certains débuts de groupes mondialement connus étaient franchement moins rocambolesques que les nôtres, et ce mélange détonnant de danger routier, de grande évasion et de concert sauvage n'était pas pour nous déplaire. J'avais préparé un mix sur cassette histoire de nous mettre dans le bain, et Al, qui se secouait à mes côtés sans sa crinière, avait franchement l'air d'un derviche qui faisait du surplace.

On se planta à l'entrée du bahut. L'idée était de commencer par coller l'affiche à un endroit stratégique et de distribuer nos flyers. Alcibiade était au meilleur de sa forme. Il haranguait les foules apathiques qui se déversaient des bus scolaires et déroulait un discours de marchand de tapis pour vendre avec aplomb le premier concert d'un groupe qui n'avait pas assez répété et à qui il manquait cruellement l'apport rythmique d'un bassiste, sans lequel la magie du rock n'opérerait pas. Une seconde avec de courtes dreadlocks et une acné ravageuse regarda notre flyer d'un air dédaigneux : « Vous savez jouer *No Woman No Cry* ?

– Hein ? Non, non, nous on n'aime bien faire pleurer les filles ! » avait persiflé Al en récupérant le papier dans les mains de la rasta, qui nous avait évidemment gratifiés d'un doigt d'honneur mérité.

Al s'était donné un mal de chien pour composer une affiche qui avait de la gueule. Et il s'était bien débrouillé, je devais le reconnaître. « Faut qu'on ponde un nom de groupe qui sonne à la fois sophistiqué et flegmatique », m'avait-il dit en faisant rouler ses baguettes sur ses genoux, un week-end de permission à la caserne durant lequel nous avions pu nous revoir alors que son père était en déplacement. « Tu penses quoi de Copperfield ?

– Cop-per-field ? Ouais, ouais, c'est pas dégueu, ça me titille la langue et ça sonne plutôt bien. D'où ça sort ?

– Un souvenir. »

Évidemment, il avait fallu se pencher sur l'incontournable logo, mais nous n'avions pas l'année pour nous décider. J'avais donc laissé Al faire fonctionner son imagination fertile, et il était revenu, après avoir griffonné deux bonnes heures et tenté des lancers francs de boulettes de papier vers la poubelle, avec un personnage aux lignes claires, presque enfantines, représentant un diablotin fourche en main et coiffé d'une auréole sainte. Ça m'avait plu et ça jurait pas mal avec le style très léché habituel. Ce *do it yourself* prôné par des groupes américains émergeant des garages de leurs parents, loin des codes des rockstars compassées à mises en plis et fringues de clown, me paraissait une bonne ligne de conduite.

L'affiche et les flyers avaient été imprimés dans la foulée au tabac-presse du village. Le gérant, un moustachu toujours vêtu d'un pull-over sans manches été comme hiver, nous avait toisés avec méfiance, comme si nous voulions nous rincer l'œil sur le rayon porno bien fourni ou chaparder des Chupa Chups (ce qui était hautement probable). Il avait posé ses lunettes sur le bout de son nez et avait tenté de déchiffrer l'écriture stylisée d'Alcibiade. « Qu'est-ce que c'est que ça ? C'est pas des tracts communistes, au moins ?

– Oh non, m'sieur, on déteste les Rouges autant que vous. Puis vous connaissez mon paternel, il permettrait jamais ce genre de choses », avait répondu Al en minaudant, aidé en cela par sa nouvelle coupe de cheveux irréprochable. Le papier donnait tout simplement le lieu et l'heure du concert, et nous avions prévu d'en distribuer un maximum, même si, avec l'endroit que nous avions choisi, il y avait peu de chance de nous manquer.

Je voulais installer tout le matériel à l'extérieur sous la galerie du bâtiment principal et sans se faire choper par un pion, ce qui, à cette époque de l'année, n'était pas vraiment un problème, la plupart d'entre eux préférant siroter leur café bien au chaud dans les canapés du foyer pendant les cours. Quant au proviseur et sa garde prétorienne, ils avaient très peu l'habitude de quitter leur nid d'aigle surplombant le petit peuple.

À midi tapant, et si le téléphone arabe avait bien fonctionné, nous commencerions notre concert devant un bon millier de paires d'yeux et d'oreilles effarées. La réverbération à cet endroit du lycée se chargerait de rameuter ceux qui ne seraient pas tombés dans les filets de notre campagne publicitaire éclaire et agressive. Après une bonne heure à suer, entre déchargement et montage du matériel, nous étions presque prêts à en découdre. « J'ai trouvé du jus dans cette salle », me dit Al avec un air de béatitude qui laissait penser qu'il venait de découvrir le feu. Au moment où j'allumai les amplis et la sono qui me murmurèrent leur souffle caractéristique, je vis Lilian Chapelet s'approcher en rasant les murs. « Ce gros con va tout faire foirer », dis-je en attrapant un pied de micro. Al se posta devant moi : « Attends, David. Pose ça, mon vieux. J'ai une bonne et une mauvaise nouvelle. Enfin, c'est peut-être l'inverse, on sait jamais avec ce genre de truc.

– Je te propose de tout balancer d'un coup avant que je te fourre ce pied dans un endroit auquel tu tiens particulièrement.

– Te fâche pas, mais Lilian est bassiste, et il se trouve qu'il se débrouille pas mal et qu'il connaît les morceaux qu'on veut jouer. Alors, je me suis dit, après d'âpres discussions avec ma conscience, que ce serait pas si grave s'il rejoignait le groupe.

– Tu te fous de ma gueule ?

– David, écoute-moi ! On peut pas jouer sans bassiste, c'est nul et tu le sais. Ça serait comme un porno sans soubrette… OK, on pourrait peut-être se passer de ça, mais disons le pain sans la croûte… Merde, je suis à court de métaphore, gros. En plus, il m'a dit qu'on serait quitte pour son nez en patate. Regarde, il est presque redevenu droit, c'est de l'histoire ancienne… Enfin, il était droit avant ton nez, Chapelet ? » Lilian s'assit sur le siège de la batterie et s'amusa à tourner sur lui-même, affichant son sourire narquois de circonstance – il tenait sa véritable revanche –, mais j'y perçus peut-être quelque chose de plus sincère. « On n'est pas obligés de devenir potes pour faire de la bonne musique, Barone. Je sais ce que tu penses de moi, mais y a pas meilleur bassiste dans le coin, et j'ai apporté mon instrument. » Je jetai un œil à l'horloge du lycée. Sept minutes avant la sortie des classes. Al avait raison, on ne pouvait pas se passer de cet élément de la section rythmique. Je pouvais transiger pour la réussite du concert, non ? Ça ne faisait pas de moi un traître à la cause ? Il y avait des précédents : Jagger et Richards fonctionnaient à l'amour vache, Gilmour et Waters se tiraient dans les pattes à l'époque de *The Wall*, et les Beatles avaient quasiment fini le *White Album* dans un bain de sang. Une alliance provisoire ne devrait pas trop me coûter. « D'accord, Chapelet. J'ai récemment croisé ton frangin, et il y a visiblement un mince espoir que tu ne finisses pas comme un total connard. J'espère que t'es meilleur bassiste que gardien.

– Sinon quoi ? Tu m'enverras ta petite copine pour me corriger ? Je dois reconnaître qu'elle a un sacré punch. »

Manon. Les gendarmes ne l'avaient pas retrouvée. Après plusieurs jours à fouiller les environs et à draguer les eaux du fleuve, ils avaient abandonné les recherches. « Personne ne connaît sa véritable identité, et personne n'a signalé sa disparition. Ton oncle est revenu sur sa déposition et ne souhaite plus porter plainte. D'ailleurs, pas plus tard qu'hier, il a reçu mes collègues avec une volée de caillasse. Toute cette histoire est pas nette, mais on est obligé d'en rester là, mon garçon », m'avait dit le père d'Alcibiade. D'autant que je dois m'occuper d'un autre dingue qui égorge les chats dans ton quartier. T'aurais pas une piste ? »

J'avais longé les berges des heures entières, parcouru en long et en large les chemins de traverse et les îles désertes dans lesquels elle m'avait perdu, à la recherche d'une preuve de vie, ou de mort, mais sans résultat. J'étais retourné dans la maison que mon oncle lui louait, mais le toit s'était définitivement effondré, et tous les accès avaient été barricadés à grand renfort de planches et de grilles rendant impossible la moindre inspection.

Je m'étais même rendu une nuit dans les lotissements cossus du village, espérant apercevoir au détour d'une rue les entrechats de ses jambes nues battre les airs pour sonder les bacs au trésor.

C'était comme si elle n'avait jamais existé, comme si elle n'avait été qu'un fantôme, un pur produit de mon imagination.

Lilian réapparut une minute avant que la sonnerie du lycée ne retentisse avec tout son matos – du matos qu'on ne pouvait pas se payer. Basse Fender Precision et frigo Ampeg qu'il poussait sur des roulettes. « Grouille-toi, Chapelet ! » cria Al. Il courait comme un dératé et fit les derniers mètres porté par son ampli.

« C'est bon, la blondinette, je suis paré ! »

Midi pile, la sonnerie retentit, suivie du grondement sourd des chaises labourant le sol des classes. « C'est parti ! » Al me donna le tempo de quatre coups de baguette, et j'enclenchai la pédale de distorsion. J'avais poussé les potards à fond, et un énorme larsen nous transperça l'échine. Puis je balançai les accords du riff de *Even in His Youth* de Nirvana au moment où les premiers élèves sortaient des bâtiments. Je me retournai vers Al et Lilian, qui avaient tous les deux des tronches de pyromanes avant l'incendie. Al martela à la perfection le break d'appel et la basse me rejoignit pour cingler les notes à l'unisson. Chapelet n'avait pas menti, et ça me faisait mal de l'admettre, mais cet abruti avait le gros son qu'il nous fallait.

La cour et la galerie furent rapidement remplies et on s'agglutinait autour de nous. Les premiers rangs étaient malmenés par les troupes derrière qui poussaient au cul ; la pression monta d'un cran. C'était plutôt flippant. Je ne voyais rien d'autre qu'une masse sombre et informe de têtes reliées entre elles, d'où jaillissaient des paires de bras enchevêtrés. Ça débordait de partout, et je crus un instant que nous allions être submergés par cette lame de fond, mais la bulle de la scène semblait être encore miraculeusement préservée par je ne savais quelle force. Je regardai Al puis Lilian, qui s'étaient repliés en eux-mêmes, déjà en transe sur leurs instruments, ne prêtant plus aucune attention au chaos qui nous entourait. Je décidai de me cacher sous ma touffe de cheveux et de me concentrer sur la boule argentée du micro. Je pris une grande inspiration pour entamer le couplet. « *Even in his youth/He was nothing.* » Ma gorge et mes poumons me brûlèrent dès les premiers mots, mais le monde redevint limpide sous mes yeux. Je vis chaque visage très distinctement. Je me sentais à ma place. « *Kept his body clean/going nowhere.* » Je reconnus Nina, Nicolas et quelques autres de ma classe, qui dansaient, sifflaient, grimaçaient, se bousculaient. « *Daddy was ashamed/He was nothing.* » Je reçus une chaussure dans la mâchoire. Je ne me démontai pas. « *Smears the family name/He was something.* » J'aperçus alors Berbérian, le prof de maths, armé d'une grande équerre jaune, qui tenta de jouer des coudes pour nous atteindre. Il décolla, soudain soulevé par deux élèves qui s'amusèrent à le balancer de droite à gauche avant de l'envoyer se faire avaler plus loin par un banc d'adolescents en furie. « *Leave the check/Before you're through/I've got nothing left to prove.* » La mère d'Alcibiade était là, perchée sur les épaules d'une personne que je ne pus identifier, sa tête étant noyée sous les larges volants de sa jupe. Elle hurlait le nom de son fils telle une groupie hystérique. « *If I die before I wake/Hope I don't come back again.* » Al me piqua du bout de sa baguette. « C'est à toi, Barone ! Solooooooooo ! » J'envoyai le micro valdinguer d'un coup de manche et collai ma guitare à la gamelle de l'ampli pour faire rugir les fréquences aiguës, comme j'avais vu Cobain le faire en live. Je sentis la foule dans mon dos retenir son souffle une demi-seconde, puis vomir de plus belle sa rage sous les vrombissements métalliques qui partirent dans tous les sens. Je ne savais pas vraiment ce que je faisais ; je tirai comme un possédé sur les cordes, en cassai une ou deux, et moulinai de plus belle de la main droite, du bout du médiator puis de mes doigts. Je shootai dans la pédale de distorsion et me jetai par terre tout en continuant à jouer, le front collé au ciment glacé. Lilian me rejoignit dans ma messe noire et agrippa son manche de basse à deux mains, comme une énorme massue, et la fracassa contre son ampli qui envoya des météores de bruits blancs qui nous explosèrent aussitôt les tympans. Al, de son côté, souleva sa caisse claire, l'éventra sur le pied de charley et la balança contre le mur derrière lui. Puis il attrapa une cymbale à la manière d'un frisbee et la fit voler dans les airs face à un public qui en redemandait. La digue des tarés du premier rang finit par céder et le flot de gens envahit notre espace vital, me piétinant au passage. Le son des amplis se coupa net et il n'y eut plus qu'un feu roulant de rugissements et les tintements de casserole de la batterie d'Al qui se faisait démembrer. Je compris alors qu'on venait de couper le courant, et à peine eus-je le temps de me relever que la marée humaine s'ouvrit sur le proviseur Bellochio et sa cohorte de pions, dont l'un brandissait avec menace le tuyau d'un extincteur d'incendie. Les rats quittèrent le navire et, en un rien de temps, la cour se vida pour découvrir l'étendue des dégâts. Al s'était recroquevillé dans sa grosse caisse et Lilian continuait de cogner machinalement le sol avec le manche de sa basse arraché. Quant à moi, plus mort que vif, je faisais face à Bellochio, qui serrait ses deux petits poings en tremblant. Je ne l'avais jamais vu aussi furax. Cette fois-ci, c'était son corps entier qui semblait se gonfler comme une frégate en parade nuptiale, sauf qu'il était clair qu'il ne me voulait pas du bien et qu'il aurait voulu me voler dans les plumes. « Barone… Vous venez de toucher le fond du fond, les abysses, et il n'y aura personne pour vous sauver. Ça sera le conseil de discipline cette fois. »

Le vent se leva et balaya doucement les décombres de notre concert sauvage, emportant les flyers abandonnés comme des feuilles mortes. Alcibiade me prit la main, comme au temps où, petits garçons, nous musardions sur le chemin de l'école. « Mon père va me bouffer tout cru, David, mais putain, c'était rock and roll, mon pote. On a fini en beauté !

– Tu te goures Al, ce n'était que le début. »

Julien Cridelause
D'Anvers est contre tous
(2022)

À la mi-temps de sa vie, David d'Anvers traverse une crise existentielle chahutée – une épouse qui semble vouloir le trucider après un coït inespéré, une mère frappée d'Alzheimer lubrique, un caveau familial déserté par le corps de feu son père… Bref, ça fait beaucoup pour un seul homme. Dans une odyssée burlesque, ce paléographe à la dérive s'évertue à trouver des échappatoires aux turbulences qui n'en finissent pas de l'ébranler.

En faisant grincer les rouages de l'inconscient familial, Julien Cridelause secoue nos esprits endoloris et nous offre une parenthèse d'hilarité jubilatoire, à rebours des clichés.

Julien Cridelause a lu Pierre Desproges : il sait rester amusant sur la durée. Un jeu de massacre plus mélancolique qu'il n'y paraît.
— Antoine Faure, *Lire/Le Magazine littéraire*

Conception graphique et réalisation
Anne-Marie Bourgeois/m87design

Achevé d'imprimer
par Normandie Roto Impression s.a.s.
à Lonrai (61),
en janvier 2024

Dépôt légal
mars 2024

Numéro d'imprimeur
2400492

Édition n°1